KB068574

산 따라 강 따라
역사 따라 걷는

# 수도권
# 도보여행
# 50선

산 따라 강 따라
역사 따라 걷는

# 수도권
# 도보여행
# 50선

글·사진 **윤광원**

- 대중
교통으로
쉽게
- 덜
알려진 곳
- 이야기가
있어야

바른북스

필자는 걷는 것을 좋아한다.

전철이나 버스 1~2 정거장 거리는 웬만하면 걸어간다.

무리해서 탈이 나기도 했다.

필자의 '똥차'는 아파트 지하주차장 신세를 면하기 어렵다.


걷는 데 이골이 나면, 길 주변의 것들이 눈에 들어온다.

바로 이야깃거리들이다.


어린 시절, 경기도 연천이 고향이던 필자는 어른들을 따라 외갓집

까지, 한나절을 걸어서 간 적이 몇 번 있다.

산과 들을 지나고 마을길을 따라, 걷고 또 걸었다. 힘들다고 칭얼

대기도 했다.

그러다 꼭 거쳐야 하는 곳이 있다. 바로 임진강 '적벽'이다. 양쪽으로 깎아지른 듯한 절벽 사이로, 임진강이 유유히 흐른다.

그 절벽 길을 조심조심 내려가, 강가에서 나룻배를 기다려야 했다. 외할아버지는 연신 "배 타요"라고 외치며, 뱃사공을 부른다. 반대편 절벽에 메아리가 울려 퍼진다.

겨울에 강이 얼어붙으면, 그냥 건너기도 했다.

지금이야 다리가 놓이고 버스도 다니니, 그럴 일은 다시 없다.

그 절벽이 바로 임진강 '주상절리'다.

'유네스코 세계지질공원'으로 지정된, 임진강·한탄강 일대에 발달된 주상절리가 그것이다.

연천과 포천, 철원지역에 발달된 주상절리는 수십만 년 전 화산활동으로 형성된 희귀한 지형이다. 어릴 때는 그저 높디높은 절벽일 뿐이었는데, 어느새 관광명소가 됐다.

필자가 뛰어놀던 동네 마을길은 '평화누리길' 겸 '경기둘레길'의 일부가 됐다.

그 절벽 위에 세계적인 구석기 유적지와 고구려 옛 성터, 고려의 종묘(宗廟) 격인 '숭의전'이 있고, 마을길 끝에는 군남댐과 두루미 도래지가 나온다.

이런 것들이 길에서 만날 수 있는 이야기다.

이 책은 이렇게 우리가 평소에 흔히 산책하는 주변 길에서 만나는 이야기들을 모은 책이다.

단순한 트래킹 코스 안내서가 아니다. 인문학적 내용을 겸비한 교양서다.

이 책은 세 가지 전제가 있다.

첫째는 수도권에서 대중교통으로 쉽게 갈 수 있어야 한다는 점이고,

둘째는 대중들에게 널리 알려진 곳이 아니어야 하며,

셋째는 '이야기'가 있어야 한다는 것이다.

가장 중요한 것은 이야기다.

이야기가 있으면, 길은 단순한 걷기용 코스를 넘어선다. 사람들은 걸으면서, 그 길에 아로새겨진 사람들의 이야기를 보고 들으면서, 그 사람들과 대화를 나눌 수 있게 된다.

역사가, 문화가, 옛 인물들이, 그리고 자연이 우리에게 말을 건넨다.

이렇게 100코스를 채우면서 나온 책이 2018년 출간된 《배싸메무초 걷기 100선》이다.

그리고 이번에 다시 후속편을 준비했다.

이 책《산 따라 강 따라 역사 따라 걷는 수도권 도보여행 50선》은 그렇게 탄생했다.

이제 여러분들 차례다.
길을 걸으면서 건강은 물론, 인문 교양도 챙겨보자.

책을 만드느라 수고해 주신 바른북스 김병호 편집장님과 김재영 매니저님, 기타 관계자분들께 감사드리며, 같이 길을 걸었던, 또 지금도 걷고 있는 수많은 도반(道伴)들께 이 책을 바친다.

목차

서문

# 서울의 3.1운동
# 유적지를 찾아서(1)

—

민족사 최대 민중투쟁, 3.1운동의 고향들

잘 알다시피, '서울'은 일제 때 경성(京城)으로 불렸다.

엄혹한 일제의 '무단통치'하에서도 서울은 정치 · 경제 · 사회 · 문화의 중심지였고, 항일 독립운동에서도 '메카'였다.

3.1독립만세운동(獨立萬世運動) 역시 서울에서 잉태되고, 준비되고, 폭발했다. 시기는 해외의 '무오독립선언' 및 '2.8독립선언'에 뒤졌지만, 서울의 독립선언과 만세운동은 이후 모든 독립운동의 도화선(導火線)이 됐다.

'삼일절'을 맞아, 서울의 3.1운동 유적지를 찾아 나섰다.

지하철 1호선 '종각역' 3번 출구를 나와 조금 걸으면, 기독청년회관(YMCA)이 보인다.

이 건물은 1907년 건립된 근대문화유산이다. 당시 황태자였던 '영친왕 이은'이 쓴, 건물 입구 오른쪽에 붙어 있는 "일천구백칠년(一千九百七年)" 석판 글씨가 선명하다.

한쪽에는 여기가 3.1운동을 준비했던 곳이라는 석비도 있다.

종로2가 사거리를 건너면, '탑골공원'이다.

탑골공원은 최초로 만세함성이 터진 곳이다. 학생들이 모여 여기서 〈독립선언서(獨立宣言書)〉를 낭독하고, 군중들에게 태극기를 나눠주면서, 처음으로 독립만세시위행진에 나섰다.

이를 기념해 공원 내에는 기념탑이 우뚝 서 있다. 〈독립선언서〉 전문이 새겨져 있다.

그 왼쪽에는 3.1운동의 최고 지도자였던 '의암 손병희(孫秉熙)' 선생의 동상이 있고, 조금 더 들어가면 '경신학교' 출신의 '정재용' 선생이 〈독립선언서〉를 낭독했던 팔각정도 보인다. 탑골공원은 정문에도 "삼일문"이란 현판이 걸려 있는데, 고 박정희(朴正熙) 전 대통령의 글씨다.

탑골공원은 평소엔 어르신들의 쉼터인데, 3.1절 전후로는 젊은이와 어린이들도 많다.

공원을 나와, '종로3가'에서 '창덕궁' 방향으로 발걸음을 옮겼다.

'종로3가역' 7번 출구에서 조금 걸으면, 골목 안에 대각사(大覺寺)가 있다. 바로 3.1운동 민족대표 33인 중, 불교계 대표 2인의 한 분인 '백용성' 스님이 창건하고, 주석한 곳이다.

용성(龍城) 스님은 선불교 교화사업을 하면서, 1912년 '백범 김구' 선생을 만나게 된다. 백범 선생은 서울에 오면, 거의 이 절의 용성 스님을 찾았다고 한다.

'만해 한용운' 스님도 이곳에 자주 들러, 용성 스님과 독립운동 문제를 논의했다.

3.1운동 때 용성 스님은 '서대문형무소'에서 2년간 옥고를 치렀고, 후에도 독립자금을 보내 대한민국임시정부와 만주의 독립군을 적극 지원하다가, 1940년 3월 대각사에서 열반(涅槃)했다.

이런 용성 스님을 기리고 감사함을 표현하고자, 백범과 임시정부 요인들은 해방으로 환국한 직후 대각사를 방문했는데, 이때 인파가 '인산인해'였다.

다시 큰길로 나와, '낙원상가' 쪽으로 방향을 잡았다.

상가에서 길을 건너 '안국역' 쪽으로 조금 가면, '천도교(天道敎) 중앙대교당'이 있다.

3.1운동은 '천도교', '기독교', '불교'가 힘을 합쳐 일으킨 것이지만, 주도세력은 천도교였다. 처음 만세운동(萬歲運動)을 주창하고 기획했던 천도교는 준비과정에서도 핵심 역할을 했다.

손병희 선생이 천도교 제3대 교주였다. 선생은 친일매국행위로 지탄을 받던 '일진회'를 축출하고 교단 명칭을 동학(東學)에서 천도교로 개칭, 항일 독립운동에 적극 나섰다.

3.1운동을 준비하는 '총본부' 격이었던 곳이 바로 여기, 천도교 중앙대교당(中央大敎堂)이다.

이 중앙대교당은 의암(義菴) 선생 주관으로 1918년 착공해 1921년 완공됐는데, 높고 웅장한 근대건축물로 당시 '명동성당', '조선총독부'와 함께 서울 시내 3대 건축물(현재 서울시 유형문화재 36호)이었다고 한다.

특히 의암 선생은 대교당 건축을 명분으로, 모금한 건축비의 상당

부분을 3.1운동에 썼다.

이제 '인사동' 쪽으로 발걸음을 옮긴다.

인사동 사거리에서 '종로'로 나가기 직전, 인사동 입구 왼쪽 골목 안에는 '승동교회'가 있다.

서울시 유형문화재이기도 한 승동교회(勝洞教會)는 3.1운동 거사를 위해 '김원벽' 선생 등 학생대표들이 모여 모의했던 곳이다. 이를 기념하는 표석과 안내판이 경내에 있다.

1893년 창건된, 유서 깊은 교회다.

이어 33인 민족대표들이 〈독립선언서〉를 낭독하고 독립만세 삼창을 외친 후, 출동한 일본 경찰에 전원 체포됐던 태화관(泰和館) 터를 찾아간다.

인사동에서 '종로1가' 방향으로 골목길을 따라가면, 1층에 '국민은행'이 입주한 '태화빌딩'이 있다. 여기가 바로 태화관이 있던 자리로, 건물 왼쪽에 이를 알리는 표석이 우뚝 서 있다.

주변 일대가 '3.1 독립선언광장(獨立宣言廣場)'으로 조성됐다. 표석 뒤로 '독립선언서 돌기둥'이 보이고, 소나무 3그루와 느티나무 1그루, 물길, 바닥조명, 판석, '독립 돌' 등이 설치됐다. 광장 오른쪽에는 '을사늑약'에 자결로 항거한 '충정공 민영환(閔泳煥)' 선생 기념비도 있다.

종로1가 사거리에서 길을 건너 우회전, 조계사(曹溪寺) 뒤로 돌아가면 '수송공원'이라는 소공원이 있는데, 여기가 바로 〈독립선언서〉를 인쇄한 '보성사' 터다.

보성사 사주이기도 했던 손병희 선생은 '육당 최남선'이 기초하고 민족대표 33인이 서명한 〈독립선언서〉 인쇄를 당시 사장인 '묵암 이

종일(李鍾一)' 선생에게 지시한다.

2월 27일 밤 〈독립선언서〉 3만 5,000부를 인쇄했는데, 운반 도중에 일본 경찰에 발각될 뻔했으나 족보 책이라고 둘러대기도 했고, 인쇄 작업 도중 형사가 들이닥치자, '뒷돈'을 찔러줘 겨우 위기를 모면했다고 한다.

만세운동이 터지자 일제는 보성사를 폐쇄했고, 6월에는 불을 질러 건물을 아예 없애버렸다.

공원 안에는 지난 1999년 3월 1일 당시 문화관광부(文化觀光部)와 종교계가 공동으로 건립한 기념조형물과, 이종일 선생 동상이 있다.

또 만주 독립군의 요람 신흥무관학교(新興武官學校)의 후신인 신흥학교(지금의 경희대학교) 터, 그리고 중동학교(中東學校) 옛터 표석도 설치돼 있다.

▪ 3.1운동 불교대표 백용성 스님이 주석하던 서울 종로 '대각사'

▪ 3.1운동을 준비했던 '승동교회'

- 3.1 〈독립선언서〉를 인쇄한 '묵암 이종일' 선생 동상
- '태화빌딩' 앞 우측에 있는 '충정공 민영환' 선생이 자결하신 곳 기념비

- 3.1운동 민족대표 33인이 〈독립선언서〉를 발표한 '태화관' 옛터

# 서울의 3.1운동
# 유적지를 찾아서(2)

―

피로서 세계만방에 증거한 민족해방의 의지

'승동교회'에서 북촌 방향으로 올라가다 보면, 오른쪽 골목 안에 '유심사 터'가 있다. '3.1독립만세운동' 당시, 불교잡지 《유심(惟心)》을 발행하던 출판사 '유심사'가 있던 곳이다.

민족대표 33인 중 불교계를 대표했던 '만해 한용운(韓龍雲)' 선생은 자신의 거처이기도 했던 이곳에서, 불교계의 3.1운동 참여를 주도했다고 한다. 지금은 다른 한옥건물이 들어섰지만, 그 앞에 벽에 "3.1운동 유적지" 현판이 붙어 있다.

조금 더 올라가면, '중앙고등학교'가 있다. 중앙고(中央高)도 3.1운동과 관련, 중요한 곳이다.

교정으로 들어서면, 고풍스러운 본관 건물 앞에 동상 하나가 우뚝

서 있다. 바로 이 학교와 '고려대학교'의 설립자인 '인촌 김성수(金性洙)'의 동상이다.

그 오른쪽에 1919년 당시 중앙고 교장이던 송진우(宋鎭禹) 선생과 김성수, 그리고 교사이던 '현상윤' 선생 등이 모여, 독립선언문 작성 등 3.1운동 계획을 세우던 숙직실이 있었다.

이 자리에, 1973년 6월 1일 동아일보사가 '3.1운동 책원비(策願碑)'를 건립했다. 이 비석은 국가보훈처 지정 '현충시설'이다.

그러나 김성수는 일제 말 '변절'해, '친일파'로 전락하고 말았다. 3.1운동의 핵심이었던 '최린', 〈독립선언서〉를 기초했던 최남선(崔南善), 〈2.8독립선언서〉를 쓴 '이광수' 등도 마찬가지였다.

"해방될 줄 몰랐다", "어쩔 수 없었다" 등 변명거리도 있겠지만, 변절하지 않은 분이 더 많다.

한쪽 구석에는 일제 때 대표적 저항시인이던 이상화(李相和) 선생의 대표작 〈빼앗긴 들에도 봄은 오는가〉 시비가 있다.

대한제국 장교 출신으로 무장독립투쟁을 이끌었던 노백린(盧伯麟) 장군 집터 표지석도 보인다.

중앙고교 앞쪽의 건물들은 대부분 근대에 지어진 고색창연한 건물들이다. 지금 실제 사용되는 건물들과 운동장은 교정 안쪽에 있다. 학교가 매우 넓다. '땅 부자' 학교다.

운동장 앞 소나무 밑에 〈레디메이드 인생〉, 〈인텔리와 빈대떡〉, 〈천하태평춘〉, 〈패배자의 무덤〉에 이어 1941년 《탁류(濁流)》를 발표한, 투철한 사회의식을 가진 작가 '채만식' 문학비도 있다.

본관 앞 왼쪽에는 3.1운동 이후 1926년 터진 또 다른 독립만세운동인 '6.10만세 기념비'도 우뚝 서 있다.

중앙고를 나와 오른쪽 길을 따라가다가 큰길을 만나 좌회전, 길을 따라 내려간다.

한구석에 "대종교 중광(重光) 터" 표석이 보인다.

잠시 후 도로를 건너면, 3.1운동을 총지휘했던 '의암 손병희(孫秉熙)' 선생이 살던 집터임을 알려주는, 표지석이 반갑다.

그 옆 골목을 들어서, 골목길을 따라간다.

길옆 '교육박물관' 뒤는 '정독도서관이다'. 여기가 바로 구 경기고등학교(京畿高等學校)가 있던 자리다. 1900년 '고종황제'의 칙령(勅令)에 의거, 한국의 첫 근대 중등교육기관으로 출범한 경기고는 우리나라 '관학 중등교육'의 시초다.

이제 거꾸로, 지하철 3호선 '안국역' 쪽으로 내려간다.

종로 옆 '피맛길'을 따라 서대문 방향으로 빠르게 이동한다. '한글회관' 앞에서 '조선어학회 사건'을 주도했던 '한힌샘 주시경(周時經)' 선생의 흉상을 보고, '서대문'이 있던 자리도 지났다.

사거리에서 우회전, '서대문독립공원'이 있는 독립문(獨立門) 쪽으로 길을 잡았다.

독립문은 다들 알다시피 '독립협회'가 독립의식을 고취하기 위해 세운 것이다. 그런데 그 독립협회 출신의 친일파도 많았다. 대표적인 자가 바로 나라를 팔아먹은 '원흉' '이완용'이다.

서대문독립공원 내에는, 대한독립을 위해 순국하신 분들의 위패를 모신 현충사(顯忠祠)가 있다. '유관순' 열사와 '안중근', '윤봉길' 의사 등 많은 분들이 모셔져 있다.

현충사 앞에서, 그분들께 큰절을 올렸다.

서대문독립공원 내 '서대문형무소'는 많은 애국지사들이 갇혀 고초를 당하고, 죽어갔던 곳이다. 대표적인 분이 유관순(柳寬順) 열사다. 유 열사는 2019년 '3.1운동 100주년'을 맞아, 서훈이 3등급에서 1등급으로 격상됐다. 당연한 일이다.

서대문독립공원 안쪽에는 3.1운동기념탑(三─運動記念塔)이 우뚝 서 있다.

〈독립선언서〉 내용과 '공약 3장'이 새겨진 비석, 태극기를 휘두르며 만세를 부르는 사람들의 동상이 결합된 이 탑 앞에서, 사람들은 옷깃을 여민다.

독립공원 위에는 2022년 3.1절 직전 완공된, '국립 대한민국임시정부(大韓民國臨時政府) 기념관'이 새로 들어섰다.

■ '만해 한용운' 선생이 불교계 3.1운동을 준비했던 '유심사' 터

■ '서대문독립공원'에 있는 '3.1운동기념탑'

■ 3.1운동을 창시하고 주도했던 '의암 손병희' 선생이 살던 집터

■ 중앙고등학교 내에 있는 '3.1운동 책원비'

■ 서대문독립공원

■ '중앙고등학교' 교정에 있는 '이상화' 시인의 〈빼앗긴 들에도 봄은 오는가〉 시비

# 남한 유일 '3.1운동 3대 항쟁지' 경기남부

—

경기지역 만세운동의 성지, 수원과 화성

'수원' 화성(華城)은 '정조'가 축성하고, '다산 정약용' 선생의 현장 지휘로 완공된, '유네스코 세계문화유산'이다.

이 화성이 외세에 맞서 '진면목'을 발휘한 것은 전란 때 적의 공격을 받아서가 아니라, 이 땅을 폭압적으로 지배하고 수탈한 일제에 맞선 민중들의 항거였던 '3.1독립만세운동' 때였다.

화성 한쪽 구석에는 '3.1독립운동기념탑'이 우뚝 서 있다. '팔달산' 정상인 서장대(西將臺)에서 남쪽으로 직진하다가 남문 쪽으로 꺾여 내려가기 직전, 숲속 안쪽에 있는 이 탑은 수원지역에서의 치열했던 3.1운동을 대변하는 기념물이다.

일제 때는 '수원시'는 물론, 인근 '화성시', '오산시', '의왕시' 등이 모두 '수원군'에 속했다.

당시 수원군과 인근 안성군(安城郡)은 '3.1운동 3대 항쟁지'로 손꼽힌다. 나머지 2곳은 모두 '북한(평북 의주, 황해도 수안)'에 있다.

전국 어느 곳이든 3.1운동에 대해 할 말이 많겠지만, 유독 이 3곳이 3대 항쟁지(抗爭地)가 된 것은 우리가 아닌 일제 스스로가 재판기록을 통해, 그렇게 '객관적으로 평가'했기 때문이다. 그만큼 만세운동이 격렬하고 치열했으며, 끈질겼다.

3.1운동은 비폭력(非暴力) 운동이었지만, 일부는 '무력항쟁'이기도 했는데, 여기가 그랬다.

수원의 3.1운동은 '서울', '평양', '개성'과 같이 3월 1일 당일 오후, 바로 터졌다. 역시 지방으로선, '남한'에서 유일하다.

화성 내 국가지정문화재 보물 방화수류정(訪花隨柳亭) 아래에서, 수백 명의 학생과 주민들이 만세운동을 벌였다. 화성에서 가장 아름다운 곳으로 꼽히는 방화수류정은, 이름 그대로 일제의 총칼에 쓰러진 민중의 피로, 꽃처럼 붉게 물들었다.

16일 장날에는 화성 서장대와 동문 쪽 연무대(鍊武臺)에서, 수백 명이 만세를 부르며 '종로' 시가지를 통과했다.

23일엔 정조가 풍년을 염원하며 축조한 인공호수인 서호(西湖)에서 700여 명이 일본 경찰 및 헌병들과 충돌했고, 25일 장날에도 학생과 노동자들이 시장에서 만세를 불렀다.

29일에는 정조가 화성을 찾았을 때 머물렀던 '화성행궁' 앞에서 만세소리가 터졌는데, 이날은 특히 기생들이 '선봉'에 섰다.

수원예기조합(水原藝妓組合) 기생 33명이 건강검진을 받으러 가던 중,

일제히 봉기한 것. 기생 김향화(金香花, 2009년 대통령표창 추서) 선생이 거사를 주도한 것으로 알려져 있다.

'수원박물관' '이동근' 학예연구사는 "일제에 의해 훼손된 화성행궁에서 치욕적인 건강검진을 받아야 했던 상황에 대한 저항이었다"면서 "고향집 같던 화성행궁을 무너뜨리고 지은 병원 '자혜의원'에서 성병검사를 받아야 했던 그녀들은 매우 큰 수치심을 느꼈을 것"이라고 말했다.

이 소식을 들은 상인과 노동자들도 합세, 만세를 부르며 일본인 상점에 돌을 던지고 유리창 등을 파괴했다.

수도권 전철 1호선 '수원역'에서 내려 로터리를 건너면, 수원화성의 '화서문'이나 '장안문'으로 가는 버스가 많다. 화성에만 가면, '화홍문'과 방화수류정, 서장대와 연무대, 화성행궁(華城行宮) 등 3.1운동의 현장을 쉽게 찾을 수 있다. 3.1독립운동기념탑도 지도를 찾아보면 된다.

서호는 수원역 한 정거장 전 '화서역'에 내리면, 바로 오른쪽에 붙어 있는 호수다.

한편, 당시 수원군의 일부였던 지금의 화성시 '향남읍' 제암리(堤巖里)는 3.1운동 중 가장 야만적이고 악랄한 일제의 학살과 무자비한 보복, 반인도적 만행이 자행된 참극의 현장이다.

화성지역의 만세시위가 그 어느 곳보다 격렬하게 확산되고 무력항쟁으로 발전하자, 일제는 공포심(恐怖心)을 불러일으켜 그 확산을 저지하고자 한 것.

4월 15일 '아리타' 중위가 이끄는 일본군 보병들이 제암리에 도착했다.

이들은 대부분 천도교도와 기독교도인 마을의 15세 이상 남자들을 모두 '제암리 교회(交會)'에 몰아넣고 불을 질렀다. 그리고 일제히 총격을 가했다. 갇힌 청년과 주민들이 전원 불에 타 죽고, 총에 맞아 죽었다.

소식을 듣고 달려온 아녀자들도 총검으로 난자당했다. 마을 대부분도 불타버렸다. 이것이 바로 3.1운동 당시, 전국 최대의 학살사건(虐殺事件)인 '제암리 학살'이다.

당시 희생자 중 23명이 현재 화성시 '제암리 3.1운동 순국기념관' 뒤 묘소에 안장돼 있다.

이웃 동네인 '고주리'에서 희생된 '김흥열' 일가의 묘소는 현장인 '팔탄면' 고주리(古州里)에 소재한다. 화성시는 제암리와 고주리를 묶어, '제암리 · 고주리 학살사건'이라 부른다.

이 참상(慘狀)은 국내에서 활동 중이던 캐나다 의사, 선교사 겸 언론인 프랭크 윌리엄 스코필드에 의해, 전 세계에 알려졌다.

제 나라보다 더 한국을 사랑했던 스코필드 박사는 석호필(石虎弼)이란 한국 이름을 가진, '대한민국 독립유공자'로, 외국인으로서는 유일하게 국립 '서울현충원' '애국지사묘역'에 안장됐다.

제암리는 서울 '사당역' 9번 출구에서 8155번 버스를 타면, 1시간 30분 남짓 걸린다.

제암리 유적지 한구석에, 자전거 옆에서 카메라를 든 스코필드 동상이 바위 위에 앉아 있다.

유적지 한가운데에 '3.1운동 순국기념탑(殉國記念塔)'이 우뚝 서 있고, 그 옆에 대형 안내판이 있다. 왼쪽 길로 안으로 들어가면, 제암교회 뾰족탑이 우뚝 솟은 옆으로 3.1운동 순국기념관이 있고, 그 위에 당시 이곳에서 순국하신 23위 순국선열(殉國先烈)들의 합동묘소가 있다.

아픈 역사의 현장에서 울적했다면, 유적지에서 걸어서 갈 수 있는 거리에 위치한 '우리 꽃 식물원'을 함께 둘러보며, 머리를 식히면 좋다. 꽤 넓은 식물원(植物園) 온실과 주변 공원을 아주 잘 가꿔놓았다. 특히 전망대에 오르면, 인근 평야지대가 넓게 펼쳐져 조망이 시원하다.

수원군의 만세운동은 화성을 중심으로 한 '수원면' 내 외에도 지금의 화성시 '동탄면', '성호면(현 오산시)', '양감면', '태장면', '안룡면', '의왕면(의왕시)', '반월면(안산시)', '비봉면', '마도면' 등 주변지역에서 '요원(遙遠)의 들불'처럼 타올랐다.

'송산면(화성시)' 주민들은 28일 오후 면사무소 뒷산 및 근처에서 1,000여 명이 만세를 불렀다. 특히 놀라 도망치는 일제 순사부장 '노구치 고조'를 돌과 몽둥이로 처단(處斷)하기도 했다.

수원화성의 3.1운동 기념탑은 본래 1969년 노구치가 죽은 곳에 처음 세워진 것을, 지금의 자리로 옮긴 것이라고 한다.

'향남면(현재 향남읍)' '발안(화성시)'에서는 31일 1,000여 명의 천도교인, 기독교인, 농민들이 만세운동을 벌였다. 길가의 일본인 가옥에 돌을 던지고, 일본인 소학교에 불을 지르기도 했다.

4월 3일에는 '우정면'과 '장안면'의 연합시위(聯合示威)가 벌어졌다.

2,500여 명의 군중들은 '장안면사무소'와 '우정면사무소'를 파괴하고, 각종 장부와 서류 등을 불태웠다. 또 '화수리 경찰관주재소'로 진격, 근무하던 순사 '가와바다 도요타로'를 처단했다.

이 사건이 수원 일대 최대의 만세운동으로 기록됐다.

이에 일제는 더 악랄한 학살과 만행으로 폭력 진압에 나섰다. 우정·장안면과 '발안 장터' 시위의 연계를 내란(內亂) 상태로 판단, 주동자들을 모두 처형키로 했다.

제암리와 고주리는 물론, 우정면 화수리(花樹里)에서도 4월 11일 학살사건이 자행됐다. 수십 명이 희생됐고, 부촌이던 이 마을은 40여 가구 중 22가구가 불탔으며 많은 아사자가 생겼다.

화수리에도 '3.1독립운동기념비'가 남아 있다.

2019년 화성시는 '3.1운동 및 대한민국임시정부 100주년'을 맞아, 이들 3.1운동 당시 항쟁지와 관련 유적지들을 모아 연결한 트레일 코스인 '화성 3.1운동 만세길'을 조성했다.

3.1운동 당시 선조들이 대한독립만세(大韓獨立萬歲)를 외치며 걸었던, 31km의 꽤 긴 코스다.

해발 117m로 화성지역 3.1운동을 상징하는 대표적 유적지인 쌍봉산(雙峰山)을 중심으로, 만세시위 현장이던 '수촌리(水村里) 교회', 장안면사무소 터, 옛 우정면사무소 터, '현각리' 광장 터, 화수리 주재소 터, '개죽산' 횃불시위 터, '김연방' 선생 묘소 등 당시의 현장들을 잇는다.

오늘은 시간관계상, '방문자센터'와 화수리 주재소 터가 있는 '화수초등학교', '차병혁' 생가 3곳만 들리기로 했다.

만세길의 시작점이 화성시 우정면 화수리에 있는 방문자센터다.

서울 사당역에서 8155번 버스를 타면, 제암리와 '발안시장'을 거쳐 '조암터미널'에 이른다. 여기서 도보로 머지않은 거리에 방문자센터가 있다. 제암리에서 내려, 만세운동 중심지 중 하나였던 '발안 만세시장(萬歲市場)'을 거쳐, 화수리로 가는 것도 좋다.

지역 보건지소를 리모델링한 방문자센터는 '2019 아이코닉 어워

드' 건축분야 대상을 수상한 건축 작품이다.

바닥에 깔린 검은 화산석은 일제의 만행으로 불탄 마을을 상징하고, 벽돌을 삼각뿔 모양으로 쌓아 올린 높이 6m의 기념비에는 당시 만세운동에 참여했던 희생자들의 이름이 새겨져 있다.

방문자센터에서 우정면 '화수2리' 소재 '화수초등학교'는 지척이다. 교문 옆에 3.1운동기념비(三一運動記念碑)가 우뚝 서 있다.

화수초교는 외견상 특별할 것 없는, 시골학교다. 그 운동장 한구석 농구골대 있는 곳이, 과거 만세시위 군중들에게 불탔던 화수리 주재소(지금의 파출소)가 있던 자리라고 한다. 주재소(駐在所)에 근무하던 순사 가와바다는 당시 성난 군중들에게 처단당했다.

세월은 무심하고, 길옆 비닐하우스 옆에 달린 수세미가 노란 꽃을 피워, 눈길을 사로잡는다.

가까운 차병혁 생가로 간다.

만세길에는 차병혁 선생 생가와 '차희식' 선생 집터가 나란히 있다. '건국훈장 독립장(獨立章)'을 받은 두 분 차 선생은 화수리 주재소를 습격하고, 가와바다 순사를 처단한 주역들이다.

이곳은 차씨 집성촌(集性村)이 있었다고 한다. 그 중 차병혁 생가는 온전한 상태로 남아 있다.

날이 가물어 물이 마른 '버들저수지' 입구에서, 동네 안으로 들어선다. 입구에 장승 하나가 서 있는데, '천하대장군(天下大將軍)'은 없고 '지하여장군(地下女將軍)'만 보인다.

사람보다 동네 개들이 짖어대며 맞아주는 한적한 동네 안쪽에, 차병혁 선생 생가가 있다.

생가는 어릴 적 시골마을에서 흔히 보던 흙벽 집으로, 곳곳이 기울고 벽 표면이 떨어져 나가 다소 위태롭다. 지금은 사람이 살지 않는 듯하고, 그 뒤에 현대식 농가주택이 들어서 있다.

가보지는 못했지만, 쌍봉산과 인근 개죽산은 '야간(夜間) 횃불시위'의 현장이다. 밤마다, 산봉우리마다 타오르는 횃불은 민중들에게는 힘과 용기, 일본 군경에게는 공포와 두려움의 대상이었다. '수촌리교회'는 만세운동의 중심지로, 수촌리는 가옥 42채 중 38채가 모두 불타버렸다.

화성의 들길에서, 조국 광복(光復)에 죽음을 두려워하지 않았던, 선열들을 만나는 시간이었다.

■ '화성 3.1운동만세길' '방문자센터'

■ 화성시 우정면 화수2리 '화수초등학교' 앞에 있는 '3.1독립운동기념비'

■ 3.1운동을 전 세계에 알리는 등, '대한민국 독립유공자'가 된 '스코필드' 동상

■ '제암교회'와 '제암리 3.1운동 순국기념관'

# 수원 농촌진흥청 옛터와 여기산

'농업 · 농촌의 요람'은 떠나고, '철새들의 요람'은 남았다

농촌진흥청(農村振興廳)은 '대한민국 농업 · 농촌의 요람'이자, '농업 기술 혁신의 메카'다.

농진청의 최초 유래는 '구한말'인 1906년 4월 처음 설립된 권업모 범장(勸業模範場)이 효시다. 장구한 세월이 흘렀다.

권업모범장은 1910년 경술국치(庚戌國恥)로 '대한제국'에서 일제 '조 선총독부' 산하가 됐다.

이어 '농사시험장'으로 바뀌었다가, 일제 패망 후 남한에 미군이 진주하면서 '미 군정청 중앙농사시험장'이 됐고, 다시 1947년에는 농사개량원(農事改良院)이란 이름을 얻었다.

우리 정부 수립 후에는 1949년 1월 농업기술원(農業技術院)이란 명칭

으로, 마침내 43년 만에야 조국의 품으로 돌아왔다. 1957년 '농사원', 다시 1962년 4월 농촌진흥청으로 바뀌어, 오늘에 이른다. 그때부터만 따져봐도, 부처 이름으로선 아마도 가장 오래된 명칭이 아닐까.

농진청은 처음부터 '수원시' '서둔동'에 있었다.

그건 아마 당시 '우리 농업의 뿌리'가 이곳에 있다고 봤던 것으로 보인다. 그 옆에 '조선' '정조대왕'이 축조한 제방 축만제(祝萬堤)와 인공호수 '서호'가 있기 때문이다.

정조는 '유네스코 세계문화유산'인 '수원화성' 축성이 끝난 후, 사대문 밖에 저수지를 팠다. 화성 및 인근 농민들의 풍년농사와 화성 수비군인 총융청 장졸들에게 내린 전답의 관개농업을 위해서다. 즉 정조(正祖)의 '농업에 의한 부국강병의 꿈'이 서린 곳이니, 그렇게 볼 만도 하다.

서호는 화성의 서문인 화서문(華西門) 밖에 생긴 인공호수다.

그렇게 100년 넘게 수원을 지키던 한국 농업·농촌의 요람은 지난 2014년 8월, 전북 '전주혁신도시'로 이전한다. 정부의 '공공기관 지방이전계획'에 따른 것이다.

옛 농진청 터는 어떻게 됐을까. 아직 겨울바람이 찬 2월 어느 볕이 따스한 날, 집을 나섰다.

수도권 전철 1호선 화서역에서 내려 4번 출구로 나와 조금 걸으면, 철길을 건널 수 있는 다리가 있고, 그 위에 서면 바로 시원한 풍광의 서호가 반겨준다.

서호(西湖)에는 겨울 철새들이 얼음 풀린 호수 위를 떠다니며 먹이 활동에 바쁘다. 조금 있으면 '시베리아'로 떠나는 녀석들은 열심히

먹어둬야 한다.

아직 건재한 축만제 둑길에는 서호 축조 당시 심은 거대한 소나무들이 위용을 뽐내고, 걷기와 달리기를 하는 사람들이 많다. 길을 따라가다 보면, 정조 때 세운 축만제 비석(碑石)이 있다.

길 왼쪽으로 광대한 농경지가 시원하다. 일제 때 조성한 실습용 논밭이다. 이곳이 바로 대한민국의 품종개량과 식량자급을 이룬 녹색혁명(綠色革命)의 고향이다.

화서역 반대편 호수길 왼쪽 철책 너머가 바로 옛 농진청 터다. '새싹교' 앞에 후문이 있다.

길을 따라 들어가다 보면, 오른쪽에 2022년 12월 정부가 새로 건립한 '국립농업박물관'이 있다. 국립으로는 유일한 농업 전문 박물관이며, 농협중앙회가 운영 중인 서울의 '농업박물관' 및 '쌀박물관'보다 훨씬 큰, 국내 최대 규모다.

농(農)의 가치와 문화가 살아 숨쉬는 이 박물관은 과거에서 미래를 제시하고, 사람과 자연을 연결해 다채로운 경험을 안겨주는 통합 문화공간이다.

농업관1, 농업관2, 어린이박물관, 식물원, 곤충관, 수직농장, 기획전시실, 식문화관, 대회의실, 카페 및 문화상품점 등의 시설을 갖추고 있다. 특히 수직농장 등에서는 21세기 4차 산업혁명에 동참한 첨단 농업의 미래를 보여준다.

건물 외부에는 '농가월령가'를 상징하는 산책로와 공원을 조성, 시민들의 사랑을 받고 있다.

다시 박물관 밖 도로로 나와 길을 따라가면, '녹색혁명 성취'라고 쓰인 큰 돌비석이 서 있다. 바로 녹색혁명을 주도한 고 박정희(朴正熙) 전 대통령의 글씨다.

좀 더 들어가면 '4H운동 50주년 기념상'이 반긴다.

그 왼쪽에 있는 큰 건물이 과거 농진청 본부 건물이었다. "농업은 생명, 농촌은 미래" 현판과 펄럭이는 태극기는 옛 모습 그대로지만, 현관문은 굳게 잠겨 있다.

길 아래 비탈 잔디밭에는, 농진청 '영욕의 역사'를 말해주는 석조 유물이 있다.

바늘 모양의 작은 석비에는 한자로 "권업모범장(勸業模範場)"이라 새겨져 있다. 그 옆에는 초대 권업모범장장이던 혼다 코스케의 흉상이 있던 좌대와 더불어, 당시 '잠업시험소' 및 '여자잠업강습소' 표지석도 보인다.

'일제 잔재'인 석물들이다.

맞은편 건물로 가는 길에 들어섰다. 외로운 소나무 1그루와 그 밑 은빛 억새들이 산들바람에 흔들리면서, 멋진 경관을 연출한다.

농진청 터 뒤 나지막한 산이 여기산(如妓山)이다. 기생의 눈썹처럼 산세가 아름답다는 뜻이다.

그러나 산 전체가 입산금지다. 희귀 철새 도래지이자 번식지이기 때문이다.

서호에는 민물가마우지, 큰기러기, 뿔논병아리, 쇠백로, 쇠기러기, 물닭, 흰뺨검둥오리, 원앙 등이 많이 산다. 하지만 사람 출입은 자유롭다.

반면 여기산은 전체가 철책으로 둘러싸인 '야생생물 보호구역'이다. 중대백로, 쇠백로, 해오라기, 황로, 왜가리 등 '천연기념물'들이 둥지를 짓고 새끼를 기른다. 철책 너머로 사시사철 이 희귀한 녀석들의 생태를 관찰할 수 있다. 이 산에는 선사유적지와 옛 산성도 있다고 하는데, 역시 갈 수 없다.

농업 · 농촌의 요람은 전주(全州)로 떠났지만, '철새들의 요람(搖籃)'은 그대로 남았다.

다시 출입구를 통해 서호로 나왔다. 겨울 철새들이 호수 안 작은 섬과 곳곳 뭍에서 한가롭다.

서호 바로 옆에는 농민회관(農民會館)이 있다.

농진청이 있던 시절에는 여러 농업 관련 기관과 단체들이 입주하고, 많은 농민들이 드나들던 건물이지만, 지금은 예식장 '웨딩팰리스'로 쓰인다. 농업 관련 단체는 단 한 곳만 남았고, 농업인신문(農業人新聞)도 입주해 있다.

그 앞에 자연석에 "흙에 뻗은 뿌리"라고 새겨진 석비가 서 있다. "조상의 얼이 담긴 흙의 문화를 우리의 땀과 슬기로서 꽃피우리… 전국 농촌지도자(農村指導者) 일동"이란다.

서호 변에 석조 조형물 하나가 우뚝 서 있다. 새마을지도자연수원 터임을 알리는 것으로, 2010년 세워졌다.

이곳은 농촌의 대변혁을 일으켰던 '새마을운동'의 요람이기도 하다.

1973년 4월 농민회관에서 새마을 국민정신교육(國民精神敎育)이 처음 시작돼, 1983년 3월까지 계속됐다. 1주일 내외의 합숙교육에서 '나는 마을과 조국을 위해 무엇을 할 것인가'에 대한 행동방안을 찾게 하고, 그 실천의지의 고양에 교육의 중점을 뒀다고 한다.

근면(勤勉) · 자조(自助) · 협동(協同)의 새마을정신은 전국으로 '요원의 들불'처럼 번져나갔다.

그런데 세상만사에는 '양면성'이 있다.

새마을운동이 '우리 농촌발전의 원동력'이 된 건 엄연한 사실이지만, '박정희 유신독재(維新獨裁)의 토대'가 된 것 또한 진실이다. '나는 조국을 위해 무엇을 할 것인가' 하는 얘기는 다른 시각에서 보면, '전체주의의 씨앗'이라 아니할 수 없다. 일제도 그랬다.

■ "녹색혁명성취" 고 '박정희' 전 대통령의 글씨다.

■ '구한말'인 1906년 4월 '권업모범장'이 처음 설립됐음을 알려주는 돌비석

■ 외로운 소나무와 은빛 억새

■ 농촌진흥청 옛터에 정부가 건립한 국립농업박물관

# 부천
# 원미산

—

낮지만 아주 '신성한 큰 산'… 올라봐야 안다


'원미산'은 경기도 부천시(富川市) '원미동'과 '춘의동', '소사동', '역곡동' 사이에 있는 산이다.

높이가 해발 169m에 불과하지만, 부천에서는 가장 높은 산이자, '부천의 진산(鎭山)' 대접을 받는다.

원미산이란 산 이름은 '멀미산'에서 유래했다고 하는데, 멀미의 '멀'은 머리에서 나온 것이다.

머리는 '꼭대기 · 마루'를 뜻하며, '크다 · 신성하다 · 존엄하다'의 뜻도 가지고 있다. '미'는 산의 고유어로 '미 · 메 · 뫼' 등이 쓰였다. 그러므로 멀미산은 아주 '신성한 큰 산'이라는 뜻이다.

원미산은 조선 후기 이후에 붙여진 이름으로 보인다.

'조선지지자료'에는 '옥산면' '조종리'에 속하는 원미산(遠眉山)으로 기록돼 있는데, 이를 원미산(遠美山)으로 바꾼 것은 '미'에 대한 해석을 잘못했기 때문에 생긴 오류로 보인다. '눈썹 미(眉)'가 '아름다울 미(美)'로 바뀐 것.

《부천사연구》에서는 다음과 같이 해설해 놓았다.

"옛날 '부평부' 관아의 동헌에서 이 산을 보면 정통으로 바라보이는데, 아침 해돋이 때의 산세는 그지없이 선연하고 아름다우며, 저녁 노을에 반사된 푸름은 단아하기가 비길 데 없었다.

더욱이 부천 벌을 굽어 감싸는 듯한 정경이 어찌나 아름다웠던지, 멀리서 바라본 산 풍경에 누구나 감탄하였다 한다. 이에 '부평도호부사'가 산의 이름을 물었으나 아무도 대답하는 사람이 없자, 부사(府使)가 그 즉시 산 이름을 원미산이라 하여 오늘날까지 부르게 됐다고 한다"

그래도 객관적인 높이가 얼마 되지 않아, 직접 올라보지 않고는 이 산의 진면목을 알 수 없다. 오늘은 이 산에 올라보자.

지하철 7호선 '까치울역' 1번 출구로 나와, 도로를 따라 올라간다.

정면에 보이는 터널이 '작동터널'이고, 그 위 낮은 산줄기는 '작동고개'다. 바로 '서울시 구로구'와 경기도 부천시를 가르는 경계이며, '서울둘레길'이 지난다.

이 동네명 작동(鵲洞)은 지하철역 이름 '까치울'과 같은 뜻이다.

작동고개를 향해 10분 남짓 가면, 오른쪽으로 '부천자연생태공원'이라는 커다란 표석이 있다.

그 안에는 '부천식물원'과 동물원, 자연생태박물관, 재배온실, 사계절원, 암석원, 미로원, 약용식물원, '만경원', 무지개원, 나무화석, 잔디마당, 계류원, '무릉도원수목원', 유실수원, 숙근초 화원, 수생식물원, '하늘호수' 등 다양한 볼거리들이 옹기종기 모여 있다.

어른, 아이가 함께 노는 가족 단위 휴식터로 사랑을 받고 있다.

특히 무릉도원수목원(武陵桃源樹木園)은 오산 '물 향기 수목원', 광릉 '국립수목원', 장흥 '자생수목원', 가평 '아침고요수목원'과 더불어 '경기도(京畿道) 5대 수목원'의 하나로 손꼽힌다.

물 향기 수목원과 국립수목원이 자연 그대로의 느낌이라면, 무릉도원수목원은 잘 가꿔진 유원지나 테마파크의 느낌이다. 입구에는 무릉도원 분위기의 주상절리 모형들이 세워져 있으며, 생태연못이 조성돼 있다. 수억 년 된 나무 화석(化石)을 비롯, 다양한 화석이 곳곳에 있다.

실내 수목원은 유료지만, 외부 무릉도원(武陵桃源)은 무료 관람이 가능하단다.

도로 건너 '부천물박물관'은 '까치울정수장'을 기반시설로, 물이 어떻게 일반 가정까지 들어올 수 있는지, 그 과정을 보여준다.

다시 까치울역으로 돌아와, 2번 출구 쪽으로 길을 건너 좌회전, 도로를 따라가면, 오른쪽으로 '부천둘레길(누리길)'이 나온다. 아파트 단지와 오른쪽 '베르네천' 사이의 아름다운 숲길이다.

베르네천은 원미산 '칠일약수터'에서 발원, '오정동'으로 흘러드는 하천인데, 서양식 이름인 것 같지만 '베르네', '비린내', '비리내'라 불리는 순우리말이다. 원래 '벼랑'을 의미한다는데, 원미산의 북쪽이 벼랑으로 되어 있어 '벼락산'이라고도 불리는 것이, 이 개울 이름의 어원(語源)이다.

겨울철에는 청둥오리들이 수백 마리씩 날아드는 생태하천(生態河川)이기도 하다.

어린이놀이터에서 좌회전, '휴먼시아 아파트'를 끼고 원미산을 향해 오른다. 또 누리길 표지판이 반기고, 좀 더 오르니, '이한규 묘'가 있다.

이한규(李漢珪)는 조선 숙종 때인 1676년 무과에 급제, '정헌대부', '형조판서', '오위도총관', '경상도병마사' 등을 지냈다. 영조(英祖) 때 왕의 친위병을 이끌고 영남의 반란군을 진입하고, 사후 '숭정대부' '의정부좌찬성'에 추증됐다. 묘는 '부천시 향토유적 제4호'로 지정돼 있다.

곧 고갯마루 사거리가 나온다. 오른쪽은 누리길이고, 정면에는 5월이면 장미축제로 유명한 '백만송이장미원(薔薇園)'이 있다.

하지만 원미산으로 가려면, 왼쪽 산길을 타야 한다.

사람이 드물어 고즈넉하고 청명한 초록 내음이 가득한, 아름다운 숲길이 이어진다. 도중 삼거리에서 왼쪽으로 내려가야 한다.

곧 터널 위 생태통로가 나온다. "환타지아 부천"이라 써 붙인 이 길 너머가 바로 원미산이다.

높이가 낮아, 원미산 최고봉인 '장대봉'도 금방 오를 수 있다.

정상에서 바라보면, 시야가 확 트여 전망이 시원하다. '인천'의 최고봉인 계양산(桂陽山)이 손에 잡힐 듯 가깝게 다가오고, 뒤쪽으로 '할미산'이 한걸음 정도의 거리다. 멀리 '김포'의 '한강' 줄기도 안개 속에 희미하게 보인다.

하산 길도 아름답다.

도중에 문을 닫은 테마파크 같은 곳도 보인다. 원미산 기슭에도 아기자기한 볼거리들이 많다.

'부천레포츠공원'과 프로축구 '부천FC'의 홈구장인 종합운동장, '부천공원' 원형광장, '부천유럽자기박물관', '부천교육박물관', '부천 수석박물관', '부천 활 박물관', '부천시 어린이교통나라', '원미공원'과 현충탑, 원미산 산림욕장(山林浴場)이 도로를 따라 줄줄이 있다.

원미산에 온 김에, 함께 즐기면 더 좋다.

부천 활 박물관에 들렀다.

입구에 '조선의 미사일' '신기전기'와 신기전(神機箭) 화살들이 버티고 있다. '대신기전'의 길이가 엄청나다. 선사시대의 활에서 시작, 조선시대의 활과 기계식 활인 노(弩) 등 전시물이 다양하다. 왕의 붉은 용포와 익선관, 그리고 옥좌 뒤에 두르는 '일월오봉도' 병풍 모형도 있다.

이 박물관은 국궁 제작과 활 문화의 맥을 잇기 위해 일생을 바친 '국가무형문화재 제47호' 궁시장(弓矢匠)이던 부천 출신 고 '김장환' 선생의 뜻을 기려, 2004년 12월 개관한 박물관이다.

'소사역' 방향으로, 도로를 따라간다.

왼쪽에 진달래동산이 있다. 원미산에선 봄철에는 진달래 축제, 철쭉 축제(祝祭)가 성대하다.

도로를 건너 계속 따라가면, 오른쪽에 '석왕사'가 나온다. 일주문에는 "보운산 석왕사"라는 현판이 걸려 있다. 제법 크고 웅장한 절이지만, 고찰(古刹)의 느낌은 없다.

소사역에서 서울이나 인천 쪽으로 나갈 수 있다.

■ 조선 후기의 무장 '이한규'의 묘

■ 원미산 정상의 시원한 조망. 오른쪽 끝이 '계양산'

산 따라 강 따라 역사 따라 걷는
수도권 도보여행 50선

■ 매년 봄이면 진달래 축제가 열리는 원미산 진달래동산

■ 우리 전통 국궁과 활 문화의 요람 '부천 활박물관'

■ 가족 단위로 많이 찾는 '부천자연생태공원'

# 경리단길, 해방촌…
# '용산 누리길'

버티고개~경리단길~해방촌~후암동~서울역 이어 걷기

'서울특별시' '용산구' '이태원동'의 '경리단길'은 옛 '육군중앙경리단(현재의 국군재정관리단)'이 있어서, 붙여진 이름이다. 재정관리단 정문에서 '그랜드하얏트호텔' 방향으로 이어지는 도로와, 주변 골목길을 통칭한다.

육군중앙경리단(陸軍中央經理團)은 1957년 3월 창설돼 2012년 2월 '해군중앙경리단', '공군중앙관리단'과 통합돼 현재에 이른다.

그 앞 경리단길은 개성 넘치고 예쁜 외관의 작은 음식점과 카페들이 즐비, 다양한 먹거리로 유명한 곳이다. 또 '외국인들의 거리'인 이태원(梨泰院) 옆에 있어, 다양한 국적의 외국인이 몰려들어 주민들과 자연스럽게 어우러지는, 이국적이고 색다른 곳이다.

독특한 분위기로 젊음과 문화의 거리로 입소문이 나면서, 한때 마포 '망리단(望理團)길'과 함께, 서울의 '핫 플레이스'로 떴던 거리다.

그러나 하늘 높은 줄 모르고 치솟는 임대료 때문에 지금은 다소 위축된, 이른바 '젠트리피케이션(비싼 임대료로 토박이들이 쫓겨나는 현상)'의 희생양(犧牲羊)이 된 게 사실이다.

인근 해방촌(解放村)은 또 어떤가.

해방촌은 영어로 'Haebangchon'이라는 고유 명사가 있을 정도로, '용산 미군기지(美軍基地)' 바로 위에 있어 미국인들도 잘 안다.

용산구 '용산2가동'의 대부분과 '용산1가동'의 일부가 포함되는 지역으로, '용산고등학교'의 동쪽, '남산타워'의 남쪽, 곧 남산(南山) 밑의 언덕에 형성된 마을이다.

1945년 광복과 함께 해외에서 돌아온 사람들과 '북한'에서 월남(越南)한 사람들, 그리고 '한국전쟁'으로 피난을 온 사람들이 정착, 해방촌이라 불리게 됐다. 일제강점기 일본군 사격장으로 사용되다가 해방 후 '미 군정청'이 접수했지만, 통제력이 미치지 못해 '실향민 차지'가 됐다.

월남한 실향민(失鄕民)들은 먼저 '일본군 육군관사' 건물을 점거했다. 하지만 미 군정청이 이들을 쫓아내자, 그 위쪽 사격장에 '움막'을 짓고 모여 살았다.

실향민 동네와 미군기지는 곧 공생관계(共生關係)가 됐다. 미군에게서 흘러나온 먹을거리와 입을 거리는 주변의 도시 빈민들에게는 '생명줄'이나 다름없었다. 대신 그들은 삯바느질과 빨래, 좀 더 형편이 나아진 사람들은 옷을 만들어 시장에서 팔아, 미군과 '경제공동체'를 일궜다.

그리고 점점 나아진 생활형편을 바탕으로, 오늘날의 해방촌을 이룩했다. 그런 역사를 지닌 까닭에, 유독 골목이 가파르며, 집들은 작고 다닥다닥 붙어 있다.

남산 기슭 '버티고개'에서 경리단길, 해방촌, 후암동(厚岩洞)을 거쳐, '서울역'에 이르는 길을 '용산 누리길'이라 불러보자.

'장충단(奬忠壇) 고개'는 '조선시대'에는 버티고개로 불렸다. 순라꾼들이 야경(夜警)을 돌면서 "번도"라 외치며 도둑을 쫓았는데, 특히 이곳에 도둑이 많아 "번도" 소리가 많이 난다고 해서 번치(番峙)라 하다가 '버터', '버티'라 부르게 됐다고 한다.

이 고갯마루에 물맛 좋기로 유명한 '버티 약수터'가 있었는데, '중구' 약수동(藥水洞) 동명도 여기서 유래했다고 전해진다.

지하철 6호선 '버티고개' 역 1번 출구로 나와 '다산로'를 거쳐 '장충단로'로 들어서면, 남산 기슭에 '버티고개 계류(溪流) 복원지' 안내판이 있다.

고갯마루에서 흐르는 물이 맑고 깨끗하며, 도심에선 보기 힘든 가재, 개구리, 다슬기 등이 살고 있어, 지난 2016년 계류를 생태적으로 복원, 여러 작은 생물들이 서식할 수 있게 했다.

그 위로 산을 오르는 나무 계단이 있고, 계단을 오르면 남산공원(南山公園)이 나온다.

그 안으로 들어서 조금 올라가니, 멋진 흰색 석조건물인 식당이 있다. 그 옆으로 돌아 나와, 국내 최고(最古) 아파트 중 하나인 '남산맨션아파트', 야생화공원을 지나 '남산전시관' 앞 사거리에서 정면 길로 내려서면, 이제 경리단길이다.

큰 회나무가 있어 '회나무길'이라고도 한다.

역시 명불허전(名不虛傳)이다. 예쁘고 개성적인 맛집과 카페들이 도로 양쪽으로 즐비하다.

'보헤미안갤러리', '북경반점', '주한피지대사관', '주한필리핀대사관', '마오 이태원점', '힐스 뷰', '비스떼까'… 길거리 손수레에서 파는 도너츠 따위도 맛있다.

문득 고개를 오른쪽으로 들어보면, 남산타워가 하늘을 찌를 듯 솟아 있다.

마침내 국군재정관리단(國軍財政管理團) 앞을 지난다. 하는 일이 군의 재정관리다 보니 그런가, 3층짜리 건물에 금융기관들이 다닥다닥 몰려 있다.

그 아래 웅장한 교회가 멋지고, 좀 더 내려가니 경리단길 안내도가 벽에 붙어 있다. 반대편 '진옥화 한복집'은 마치 유럽의 고택 같은, 눈길을 잡아끄는 3층 붉은 벽돌집이다.

다 내려오니, 길 건너편에 용산(龍山) 미군기지가 있다.

우회전해서 조금 올라가다가 육교를 통해 대로를 건너 골목길을 올라가면, 바로 해방촌이다. '해방촌부동산'이란 간판이 이곳이 해방촌임을 말해준다.

골목길 안쪽 '보성여자고등학교'를 지나면, '해방촌의 상징' '해방교회'와 '해방촌성당'이 있다.

해방교회(解放教會)는 1947년 3월 처음 창립됐다. 초창기에는 '천막 예배당'이었고, 기와집 예배당으로 바뀌었다가, 지금의 웅장한 석조 교회

당으로 변신했다. 1966년 '해방유치원'이 설립돼, 지금은 '해방어린이집'이 됐다. 지금 해방교회는 지역을 대표하는 대형 교회의 하나다.

해방촌은 북한 출신 실향민 거주지였던 만큼, 기독교인과 천주교인(天主敎人)이 지금도 많다.

해방교회 2층 베란다에서는 서울 시내가 한눈에 내려다보인다. 다시 골목길을 남산 쪽으로 올라 '신흥시장'을 지나고, '용산2가동 주민센터'에서 소월로(素月路)로 들어섰다.

소월로는 〈진달래꽃〉의 시인 '소월' '김정식'에게서 따온 이름이다.

'남산도서관' 앞에 다산(茶山) 정약용과 퇴계(退溪) 이황의 동상이 있고, 건너편에는 "두텁 바위 마을" 곧 후암동임을 알리는 큰 돌비석이 있다. 푸른 이끼 잔뜩 낀 모습이 더 정겹다.

후암동이란 이름은 마을에 '두텁 바위', 즉 둥글고 두터운 큰 바위가 있었던 데서 유래한다고 전해진다. 인근의 자손이 귀한 사람들이 찾아와, 이 바위에게 아들 얻기를 빌었다고 한다. 조선시대 초기에는 '한성부' 성저십리(城底十里)지역이었다.

후암동 동네로 들어와, 길을 따라 계속 내려간다. 후암시장(厚岩市場)에 들렀다. 시장은 언제나 활기차고, 사람들의 생명력이 넘친다.

다시 '후암로'를 따라가다가, '후암삼거리'에서 '서울역'으로 내려왔다.

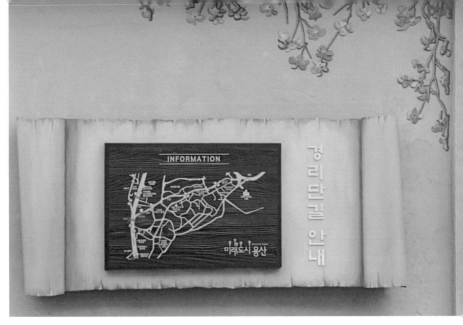

■ 건물 벽에 있는 경리단길 안내도

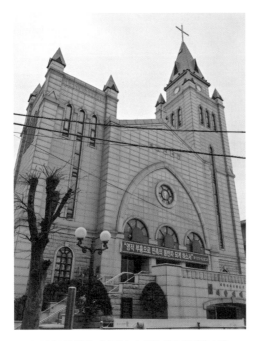

■ 1947년 3월 '천막 예배당'으로 처음 시작된 '해방교회'

■ '후암동'이란 마을 이름 유래를 알려주는 큰 돌
비석

■ '버티고개 계류 복원지' 안내판

■ '이태원' '경리단길'에 있는 '주한필리핀대사관'

# 인천
# 문학산

—

'천혜의 요새'에 남은 '비류백제'의 못다 이룬 꿈

문학산(文鶴山)은 '인천광역시' '남구' '문학동', '관교동', '학익동'과 '연수구' '연수동', '청학동'에 걸쳐 있는, 높이 217m의 낮은 산이다.

《세종실록지리지》, 《신증동국여지승람》에는 남산(南山)이라 돼 있으나, 《대동지지》와 《대동여지도》, 《조선지지자료》엔 문학산이란 지명과 "정상에 봉수가 있다"고 기술했다. 《인천부 읍지》는 남산이라고 표기하면서, "'인천부'에서 2리에 있는데, 일명 문학산이라고도 불린다"고 적었다.

남산은 '인천부 청사의 남쪽에 있는 산'이라는 뜻이고, 문학산은 '학(鶴)이 서식하는 산'이라는 의미에서 나왔다고 한다. 정상 서쪽 봉우리를 '연경산', 동쪽은 '선유봉'이라고 부른다.

삼국시대 초기 백제(百濟)가 축조한 것으로 추정되는 '문학산성'이 있고, 인천 시내 대부분과 서해 바다가 조망되며, 군부대가 주둔해 있는 '천혜의 요새'다.

특히 백제 시조 온조왕의 형인 비류(沸流)가 온조와 뜻이 달라, 이곳 인천(당시 미추홀)에서 다른 나라를 세웠으나, 결국 '비류백제'의 꿈을 이루지 못하고 온조에 투항한 땅이기도 하다.

지하철 인천1호선 '문학경기장'역 2번 출구로 나오면, 왼쪽에 문학경기장(文鶴競技場)이 있다.

주경기장과 보조경기장, 국내 프로야구 'SSG 랜더스'의 홈구장인 '인천 SSG 랜더스필드', '문학워터파크', '문학박태환수영장', 야외공연장 및 시립다목적운동장 등이 모여 있다. 한쪽엔 '2002 한·일 월드컵' 기념조형물도 있다.

대로를 따라 직진하다 사거리 건너서 좌회전, 도로를 따라 걷는다. 건너편 문학경기장이 웅장하다. 온갖 봄꽃들이 만발했다. 홍매화(紅梅花), 벚꽃, 철쭉….

곧 '인천무형문화재 전수교육관'이 나오고, 그 옆에 '인천도호부청사'와 '인천향교'가 있다.

'승학산' 자락에 있는 인천도호부청사는 '인천시 유형문화재 제1호'다. 도호부(都護府)는 조선시대 행정관청의 하나로, '목'과 '군'의 중간쯤이다. 전국을 8도로 나누고 도 아래 '대도호부', 목, 도호부, '군', '현'을 둔 것.

정문에 버티고 선, 전포(戰袍)를 입은 장수와 창을 든 군졸 2명 모형의 눈매가 매섭다.

문을 들어서면 해학적인 탈들과 병사들이 쓰던 전립, 활의 모형들이 놓여 있고, 중문을 들어서면 웅장한 중심 건물이 압도한다. 안을 들여다보면, 부사(府使)가 도성을 향해 절을 한다.

그 옆, 조금 작은 건물이 부사가 근무하던 곳이다.

병풍을 치고 평상 위에 근엄하게 앉아 있다. 옆방은 쉬는 곳이고, 건물 뒤엔 홍매화가 지천이다. 댓돌 위에선 청사(廳舍) 대부분이 굽어 보인다.

도로 쪽 작은 방들과 초가집에는 물레와 화로 및 장롱, 뒤주, 지게와 탈곡기 같은 농기구들, 가마 같은 옛 물건들은 물론, 부엌에는 부뚜막에 음식이 차려진 작은 소반까지 있다.

바로 옆 향교(鄕校)로 발길을 옮기면, 고을 수령들의 즐비한 송덕비를 지나 홍살문이 보인다.

인천향교는 여느 향교와 별로 다르지 않다. 공자의 초상과 위패를 모신 대성전(大聖殿)과 '명륜당' 등, 건물들도 마찬가지다.

향교 앞에서 대로를 건너 주유소를 끼고 골목길을 계속 직진, 문학산으로 향한다.

동네 끝 아파트에서 산책로로 나와 우회전, 문학경기장을 내려다보며 길을 따라가다가 제2 경인고속도로(京仁高速道路) 밑 굴다리를 지나면, 문학산 등산로가 숨어 있다.

나지막한 산길을 오르다 보면, "인천둘레길" 이정표와 연분홍 진달래꽃이 반갑다.

곧 고갯마루 사거리에 이른다. 우회전하면 정상 쪽이고 좌회전은 '법주사', 직진은 선유봉 방향이다. 잠시 쉬며 간식을 챙겨 먹는다.

발밑이 문학경기장이다. '연수둘레길'을 따라 올라가면 나무 정자가 있고, 인천(仁川) 시내가 굽어 보이기 시작한다.

정상이 가까워지자, 산성의 흔적이 역력하다. 낡은 기와편도 있다. 멀리 송도까지 발아래다.

갑자기 군 초소가 나타났다. 레이더기지라고 알려진 군부대다. 정상에는 "문학산"이란 큰 돌비석이 가운데 서 있고, 군 초소(哨所)에 철조망까지 쳐 있다.

문학산은 본래 233m이었는데, 군부대 조성으로 16m 깎여 217m가 되고 봉수대도 사라졌다고 한다. 전망대는 동쪽, 남쪽, 북쪽에 있다. 인천 시내 전체가 조망된다. 과연 천혜의 요새다.

북쪽 전망대에 오르면 왼쪽은 '자월도', '인천대교'로부터 '영종도', '마니산', '수봉산', 계양산(桂陽山) 또 '서울'의 '인왕산'과 '남산'이 다 보인다. 남쪽 전망대에선 왼쪽으로 '오봉산', '소래포구', '대부도', '송도' 신도시, '청량산', '팔미도', 인천대교, '무의도' 등이 넓게 펼쳐졌다.

동쪽에는 왼쪽으로 '만월산', 뒤로 서울 '북한산'이 보이고 이어 인왕산, 남산, '소래산', '관악산', 오봉산이 지척이다.

그래도 정상에서 가장 인상적인 볼거리는 군부대 건물을 개조한 '문학산 역사관(歷史館)'이다.

좁은 공간이지만, 문학산이 선사시대부터 '인천 역사의 태동지'라는 것을 알 수 있다. "백제 건국신화를 품은 문학산성", "비류와 미추홀"이란 안내문은 이곳이 비류백제의 꿈이 서린 곳임을 말해준다. 청동기시대 돌 화살촉 유물이 발견된 제사유적(祭祀遺蹟)도 있는데, 선사시대의 유산이다.

문학산 남쪽, 나무다리를 걷다 보면, 문학산성을 만날 수 있다.

그런데 정작 성벽의 흔적은 등산로 바로 옆에 있고, 복원된 산성은 언덕 위다. 군부대로 인해 산성이 방치돼 무너졌고, 성벽의 돌들은 급경사 아래로 굴러떨어졌다고 하는데, 필자는 '엉터리로 복원한 것 아닌가' 의심스럽다. 성벽은 등산로 바로 옆에 있는 게 상식적이다.

문학산성(文鶴山城)은 '인천시 기념물 제1호'로, 산 정상을 테로 두른 듯한 '테뫼식' 산성이다.

《세종실록지리지》는 '미추홀고성' 또는 '남산고성'이라고 하며, 《신증동국여지승람》에는 "남산고성의 둘레가 403척이다"라고 기록했다. 처음 토성이었던 것을 삼국시대 말, 석성(石城)으로 개축했다.

《여지도서》에는 "문학산 정상은 '미추왕(비류)'의 옛 도읍지"라고 했으며, '안정복' 선생은 《동사강목》에서 "정상에 '비류성터'가 있고 성문 비판이 아직도 남아 있다"고 기술했다.

1942년 '조선총독부' 《조선 보물 고적 조사자료》에는 "만두형 봉수대(烽燧臺)를 '미추왕릉'으로 보는 전승이 있다"라고 적혀 있다.

서문 쪽 나무 계단을 내려가면, '사모지 고개' 향 등산로다. 삼호현(三呼峴)이라고도 한다.

백제 사신들이 중국으로 가려면 이 고개를 넘어 '한 나루'에서 배를 탔는데, 배웅 온 가족들과 여기서 헤어졌다. 이별이 안타까워 세 번 크게 외치고 배를 탔다 해서 이런 이름이 생겼다.

삼호현에서 내려와 고속도로에서 우회전, 마을길을 따라 내려오면 문학경기장역이 있다.

■ '인천광역시 유형문화재 제1호'인 '인천도호부 청사'　　■ '인천향교' 앞 홍살문

■ 문학산 정상에서 내려다본 인천 시내 전경

■ 청동기시대 마제 돌화살촉이 발견된 '문학산 제사유적'. 선사시대에 생긴 곳

# 서울식물원과
# 한강

---

서울 새 명소와 옛 모습 그대로인 강물

서울의 '마지막 개발지', 강서구 마곡동(麻谷洞)에 새 명소가 있다. '서울식물원'이 그것이다.

약 3년여의 공사 끝에 지난 2018년 10월 시범 개장해 200만 명의 관람객을 유치했고, 2019년 5월 11일 정식으로 개장한 서울식물원은 세계 12개 도시의 식물과 식물문화를 소개하고, 도시의 생태감수성을 높이기 위해 공원과 식물원(植物園)을 결합한 '국내 첫 보타닉 공원'이란다.

영국의 '에덴프로젝트', 싱가포르 '보타닉 파크'를 벤치마킹했다고 한다.

면적이 50만 4,000㎡로, 축구장 70개 정도의 어마어마한 크기이며

'열린 숲, 주제원, 호수원, 습지원(濕地園)' 등 크게 4곳으로 구분된다.

서울식물원은 다른 국내 수목 · 식물원이 모두 교외에 있어, 그동안 시민이 일상에서 식물을 즐길만한 인프라가 부족함에 따라, 도심 가까이에서 식물이 전하는 안식과 위로, 배움과 영감을 주기 위해 조성됐다.

'서울이 공원(公園)이며 시민이 주인'이라는 '2013 푸른 도시선언'의 마지막 방점이기도 하다.

어린이부터 어르신까지, '가드닝'을 처음 접하는 입문자부터 전문가까지, 생애 주기 · 수준별 세분화된 교육과정으로, '도시 정원문화(庭園文化)의 교두보'이자 평생교육기관으로, 시민 삶에 활력을 주며, 식물전시 · 보전을 통해 생명을 존중하는 도시로서의 품격을 높일 것을 자처한다.

식물이 도시문화를 주도하고, 기후변화와 환경문제 해결에 앞장서는 아시아 대표 식물원으로 우뚝 서겠다는 포부다.

특히 '한강' 하류에 인접한 버려진 저습지(低濕地)를 대규모 도시공원으로 조성, 가치가 더욱 빛난다. 이곳을 거쳐 한강 변을 걸어보자.

지하철 9호선 '마곡나루역'에서 공항철도 쪽 3번 출구로 나오면, 바로 식물원 입구다.

이곳은 '마곡3도시개발구역' 앞이다. 예전에는 논이나 저습지였다. 김포공항(金浦空港) 때문에 개발이 늦어진 탓이다. 역 건너편에, 새로 들어선 고층 주상복합빌딩들이 즐비하다.

'방문자센터'를 지나, 식물원으로 들어섰다. 입장료 5,000원이지만, 실내만 안 들어가면 된다.

오른쪽 길을 따라간다. 초여름인데도, 길옆 단풍나무는 새빨갛다. 심은 지 얼마 안 된 나무들은 아직 앙상하고, 쌓아놓은 돌들이 상대적으로 돋보인다.

곳곳에 물을 모아 넓은 인공호수(人工湖水)를 조성해 놓았다. 보랏빛 붓꽃들이 자라는 '붓꽃원'은 멀리서 보면 마치 논 같다. 도로 밑 굴다리를 지나면, 또 다른 인공호수가 보인다. 하수돗물이 흘러들어 오는지 냄새가 조금 나는데, 수풀 옆엔 왜가리가 한가로이 먹이활동을 한다.

그 끝에 한강(漢江)으로 나갈 수 있는 육교가 있다. 그 위에서 바라보는 한강이 시원하다.

이제 한강 변을 따라 상류 쪽으로 거슬러 올라간다. 멀리 '행주대교'가, 맞은편에는 '마곡철교'가 한강을 가로지른다.

오른쪽에 보이는 언덕이 궁산(宮山)이다. 강 건너 행주산성과 마주보면서, 한강을 지키던 '양천고성'이란 삼국시대 산성이 있던 곳이고, '겸제' 정선(鄭歚)이 즐겨 찾던 산이다.

한강 물이 상류로 역류한다. 밀물 때 한강으로 들어온 바닷물이 '여의도'까지 밀려간다고 한다.

'가양대교'를 지났다. '올림픽대로' 변에 노란색 금계국 꽃밭이 보인다. 여의도 고층빌딩들이 보이기 시작한다. 증미산(拯米山, 염창산)도 지나쳤다. 강변 꽃밭이 예쁘다.

어느새 '안양천'이 한강과 합류하는 지점이다. 오른쪽으로 방향을 틀어 안양천을 따라간다.

'염창 현대아이파크' 아파트 옆에 '염창동 둘레길' 안내판이 보인다. 길옆에 피어난 둥글레 꽃이 아름답다. 말없이, 누구 도움도 안 받고 제 스스로 핀 들꽃이 저리도 곱다. 안양천(安養川) 변 늘어진 능수버들도 운치 있다.

'양화교'에서 '공항대로'로 올라왔다. 점심을 같이하고자 기다리는 이가 있어, 택시를 탔다.

'당산역'에서 '한강공원' 가는 나들목 입구, 동네식당에서 끼니를 때우고, 한강 변으로 나왔다. '영등포(永登浦) 생태순환길'이다. '국회의사당' 둥근 지붕과 '서울마리나' 요트들이 보인다.

이제부턴 '샛강 생태공원(生態公園)'으로 들어섰다.

'창포원', '버들광장', '여의못'을 차례로 지난다. 울창한 밀림 수준의 수목과 수초들이 우리를 반기고, 늘어진 버드나무 가지가 한가롭다. 그 작은 강과 밀림이 어우러진 곳을 이리저리 건너다니며, 사진 찍기에 바쁘다. 마치 '인도' '갠지스'나 '베트남' '메콩' 하구, 혹은 '아마존' 같다.

강 건너 전국경제인연합회(全國經濟人聯合會) 회관이 보인다. '최순실 국정농단사태' 이후 전경련은 재계 대표 지위를 잃어버렸으나, 건물만은 여전히 당당하다. '여의못' 위 '샛강'을 건너는 보행다리는 언제나 멋진 작품이다.

특히 생태연못은 필자가 '서울의 주산지'라고 평가한 곳이다. 물속에 뿌리를 박은 능수버들들이 그 정도로 아름답다. 누구나 감탄사가 절로 나온다.

갈대와 들꽃이 조화를 이룬 곳, 콘크리트 기둥을 온통 감싼 담쟁이도 빼놓을 수 없다.

건너편에 '트럼프타워'가 보인다. '도널드 트럼프' 전 미국대통령(美

國大統領)은 저걸 지어 우리나라에서 떼돈을 벌어놓고도, 방위비 분담액이 너무 적다고 불평하곤 했다.

여의교(汝矣橋), 수변광장, 수질정화원을 지나 '노량진수산시장' 교차로도 지나쳤다. 강 건너 '63빌딩'이 황금색으로 빛난다. 마침내 샛강을 빠져나와, 드넓은 한강과 다시 만난다.

한강은 정말 넓은 강이다. '런던' '템즈'의 4배, '파리' '센'의 3배, '독일' '라인'과 '헝가리' '다뉴브'의 2배 수준이다.

'한강철교'에서 '노들로'로 한강을 빠져나왔다. 노량진(鷺梁津)으로 향한다.

길옆 소공원을 지난다. 벌써 한낮엔 무척 더운데, 분수 물줄기가 시원하다. 아이들이 물장난을 치고, 한쪽 구석엔 느티나무 고목 밑에 의자에 앉아 책을 읽는 사람 조형물이 있다.

바로 옆이 '사육신공원'이다. 세조(世祖)의 왕위 찬탈에 죽음으로 맞선 이들이, 잠든 곳이다.

사육신묘(死六臣墓) 앞을 지나 대로를 따라가다가 반대쪽을 보면, 노량진의 새 명소 '컵밥 거리'다. 한번 먹어보고 싶은 마음을 누르고, '노량진역'으로 향한다. 목표는 노량진수산시장.

노량진역을 통과하면, 바로 수산시장(水産市場)이다.

시장은 새롭게 말끔히 재단장했지만, 해산물들은 옛 모습 그대로 싸고 맛있다. "한강 물아! 너도 그렇구나"

■ 서울의 새 명소로 떠오르는 마곡동 '서울식물원'

■ 마치 열대 밀림같이 초목이 우거진 샛강 변

■ '한강공원'으로 나가는 육교 위에서 본 한강과 '행주대교'

■ '안양천'이 한강과 합류하는 지점

# 하남
# 위례길

---

사그라진 '백제의 꿈', 그 시절 이야기

'백제'의 첫 수도가 위례성(慰禮城)이다. 위례는 우리말 '울타리'를 한자로 표현한 것이다.

'한강' 북쪽에 처음 만든 성을 위례성 혹은 '하북 위례성'이라 부르고, 한강 남쪽에 새로 지은 왕성은 '하남위례성'이라 불렀다고 한다. 하지만 결국 백제 초기 한성백제(漢城百濟)의 왕성은 하남위례성으로 귀결됐다. 시조 온조왕(溫祚王)이 한강 남쪽으로 도읍을 옮긴 것.

이 하남위례성의 위치에 대해서는, 아직 학계의 의견이 통일되지 않았다.

가장 유력한 것은 '서울' '천호동' 풍납토성(風納土城)이다. 도성에 걸맞은 유적 규모와 출토된 유물의 풍부함이 그 근거다.

인근 '몽촌토성'은 풍납토성과 쌍을 이루는 방어용 남성(南城)으로, 《삼국사기》에 따르면 두 성의 거리는 약 700m 수준으로, 두 성을 합쳐 '한성'이라 했다는 것이다.

하남위례성이 '충남' '천안(입장면 위례산성)' 혹은 '아산' 지역에 있었다는 주장과, '경기도' 하남(河南) 지역에 있었다는 설 역시 아직 완전히 사라진 것은 아니지만, 그런 주장을 뒷받침할 만한 물증이 너무 부족해, 최근 역사학계에서 거의 주목받지 못하고 있다.

왕성이나 도성이 있었던 곳이라면 당시 왕궁터, 집과 성곽, 상류층의 생활유물, 왕족과 귀족들의 무덤 등이 발견돼야 하는데, 아직까지 이런 조건을 만족시킨 곳은 풍납토성, 몽촌토성과 인근 석촌동(石村洞) 고분군뿐이다.

경기도 하남시는 한때 하남위례성이 남한산성에서 한강 쪽으로 조금 떨어져 있는 사적 이성산성(二聖山城)이라고 강력히 주장했었다. 필자도 이성산성에 처음 갔을 때, 안내판에 백제의 첫 수도라고 적힌 것을 본 적이 있다.

그러나 이성산성에서 백제의 유적과 유물은 전혀 발견되지 않았고, 오히려 신라(新羅)의 것만 나왔다. 지금은 한성백제 훨씬 뒤인 6세기 초, 신라의 성이라는 게 정설이다.

그럼에도 일부 재야 향토사학자들은 '남한산성' 밑 하남의 어딘가가, 위례성이라 주장한다.

하남시도 아직 미련을 버리지 못한듯하다. 지금도 하남 검단산(黔丹山)을 '한성백제의 진산'이라고 주장하는데, 사실 풍납토성 백제인들이 검단산을 진산으로 여기지 말란 법도 없다. 중간에 큰 산이 없기 때문.

그런 '미련이 투영'된 하남시(河南市) 트래킹 코스가 '하남위례길'이다.

하남위례길은 1코스 '위례사랑길', 2코스 '위례강변길', 3코스 '위례역사길', 4코스 '위례둘레길'로 이뤄져 있다. 위례강변길은 서울시 경계에서 '산곡천', 위례사랑길은 산곡천에서 '팔당댐'까지의 강변길이고, 위례역사길은 이성산성 주변이며, 위례둘레길은 남한산성으로 향한다.

오늘은 위례강변길과 위례사랑길을 걸어본다.

'팔당대교' 남단 밑에서 한강과 합류하는 산곡천(山谷川)은 연장 9.66km로, 남한산성의 동쪽 계곡인 '상산곡동'과 검단산 '거문다리 골짜기'에서 발원, '창우동'을 거쳐 한강으로 유입된다. 산골짜기가 발원지라 해서, 산곡천이란 이름이 붙여졌다.

잠실에서 검단산 가는 버스를 타고 등산로 입구인 '애니메이션고등학교'를 지나 창우동에서 내리면, 바로 산곡천 변으로 내려설 수 있다.

아직 한낮엔 더운 10월 초, 산곡천은 갈대와 은빛 물억새로 물들고 있다. 금계국도 예쁘다.

그 사이 가을 대표 야생화(野生花)인 수크령 줄기들이 산들바람에 흔들거린다. 수크령은 잘 모르는 사람들은 '강아지풀'인 줄 안다. 중국 '춘추시대' 때 유래한 고사성어 "결초보은(結草報恩)"의 '초'가 바로 이 풀이다. 그만큼 억세고 질겨, 예로부터 각종 생활용품 재료로 쓰였다.

한강 하류 쪽 위례강변길로 향한다. 넓은 억새밭이 펼쳐져 있다. 억새 이삭이 햇볕에 빛난다.

한강 변에 갑자기 밀림 같은 곳이 나타났다. 울창한 버드나무와,

뭔가를 온통 가린 담쟁이덩굴들이다. 다른 나무들도 많아, 강이 전혀 보이지 않는다. 그만큼 하상부지가 넓다는 뜻이다.

한강은 안 보이는데, 그 너머 예봉산(禮蜂山)이 우뚝하다.

'덕풍천'을 건너가지 않고 좌회전하면, 산곡천으로 되돌아가 위례 사랑길을 걸을 수 있다. 천변을 떠나자 장미터널이 있고, 메타세콰이어 길도 나온다. 다시 산곡천 하구, 억새밭이다.

이제 본격적인 한강 변 길이다.

팔당대교(八堂大橋) 우측 아래인 이곳 '창모루'에는 '닭 바위'가 유명하다. 수탉의 벼슬과 부리를 꼭 닮은, 커다란 바위다.

좀 더 가면 연리목(連理木)이 있다.

연리목은 뿌리가 다른 두 나무줄기가 합쳐져 같이 자라는 '부부나무'다. 이곳에서 남녀가 손을 잡고 기도하면, 사랑이 이뤄지고 부부 금슬이 좋아진다는 얘기가 있다.

이윽고 '도미나루'가 보인다.

'백제' 초 '개루왕' 또는 중기 개로왕(蓋鹵王) 때, 도미와 아름다운 부인이 살았다.

왕은 그들을 시험하고자, 신하에게 왕으로 변장시켜 부인을 욕보이려 했다. 그러나 부인이 몸종을 속여 대신 모시게 했고, 이를 안 왕이 분노해 도미의 두 눈을 뽑아버렸다. 그녀는 장님이 된 남편과 함께 '고구려'로 도망, 절개를 지켰다는 설화가 《삼국사기(三國史記)》에 나온다.

이곳에서 그들이 배를 타고 떠났다고 해서, 도미나루라 불렸다고 한다. 영원한 사랑을 다짐하는 '사랑의 자물쇠'를 다는, 이벤트 공간도 있다.

곧 나타나는 '두껍바위'는 옛날 개구쟁이들이 놀던, 두꺼비 모양의 바위다.

강 건너 예봉산, '적갑산', 운길산(雲吉山)으로 이어지는 '산 그리메'가 그림 같고, 강변엔 자전거들이 씽씽 달린다. 머지않아 철새도래지다. 강 건너편은 먹거리 촌.

드디어 '팔당댐'이 보인다.

몸과 마음이 온통 빨려 들어가는 듯한, 쏟아져 나오는 물줄기와 무지갯빛 물보라가 장관이다.

여기서 산곡천으로 되돌아갈 수도 있고, 팔당댐을 건너 경의중앙선(京義中央線) '팔당역'이나 '운길산역'으로 가는 방법도 있다. 아무튼 대중교통편은 좀 불편하다.

■ 은빛 물억새가 장관인 '산곡천'

■ 산곡천과 '한강' 변의 드넓은 억새밭

■ 왼쪽부터 예봉산, '적갑산', '운길산'의 '산 그리메'

■ '한성백제' 때 '도미' 부부의 설화가 전해지는 '도미나루터'

■ 정작 한강은 보이지도 않고, 밀림 너머 '예봉산'이 우뚝하다.

# 쌍문동,
# 방학동 길

---

민족의 스승과 예술가들, 그리고 '폭군'

'서울시' '도봉구' 쌍문동(雙門洞)은 '강북'에서도 외곽에 있는, 조용한 주택가다. 그런데 이 쌍문동이 서울의 '새로운 핫 플레이스'로 뜨고 있다.

쌍문동 동명의 유래는 세 가지가 전해진다.

우선 이 마을에 살던 계성(鷄聲)과 그 부인이 갑자기 세상을 떠나자, 그 아들이 부모의 묘 앞에 움집을 짓고 여러 해 동안 기거하다 거기서 죽었다. 그의 효심에 감동한 마을사람들이 그의 묘 근처에 효자문(孝子門)을 2개 세운 데서, '쌍문'이라는 이름이 붙었다고 한다.

또 지금의 '창동우체국' 부근에 열녀문(烈女門)이 2개 있었다 하여 붙여진 이름이라고도 한다. 혹은 이 동네 쌍갈래 길을 '쌍갈무니'라 하던 것이, 쌍문이 됐다는 설도 있다.

쌍문동은 '경기도' '양주군' '쌍문리'였다가, 지난 1963년 1월 1일에야 서울에 편입됐다. 그만큼 변두리였다.

하지만 이 동네엔 의외로 볼 것이 꽤 많고, 누구나 알만한 명사(名士)들도 많이 살았다.

그래서 생긴 것이 '쌍문 역사 산책길'이다.

'도봉산'자락 아랫마을 쌍문동과 방학동(放鶴洞) 일대의 산과 소하천, 공원 및 역사적인 장소들을 이어 만든 길이다. 총 4.6km, 2시간이 소요된다.

'김수영'과 '벽초 홍명희', '전태일', '함석헌' 등이 살았고, 1960년대 '방학천'을 따라 판자촌이 형성됐던 곳. '세종'의 딸 '정의공주 묘'가 있고, 폭군(暴君)의 대명사 '연산군 묘'가 있으며, 600년 전부터 주민들의 식수인 '원당 샘'과 서울시 지정 '보호수 1호' 은행나무도 있다.

쌍문동이 뜬 것은 1983년 한국의 대표 만화캐릭터 '아기 공룡(恐龍) 둘리'가 나오면서부터다. '김수정' 작가가 이 동네에 살았고, 그래서 '둘리의 고향'이 됐다.

하지만 핫 플레이스가 된 것은 2015년 방영된 'tvN' 인기드라마 '응답하라 1988' 덕분이다.

덕선(혜리 분)이가 정환(류준열 분), 택(박보검 분) 등 친구들과 함께 누비고, 동네 어른 및 아이들과 지지고 볶던, 사람 냄새 물씬 풍기는 정겨운 골목길은 사람들에게 오랫동안 잊고 지내던 어릴 적 추억을 불러냈다.

오늘은 이 쌍문동과 방학동 길을 걸어본다.

지하철 4호선 쌍문역(雙門驛)은 '둘리 테마역'이다. 역 구내 곳곳에서 귀여운 둘리가 반긴다.

4번 출구로 나와, '정의여자중학교' 사거리에서 길을 건너고 두 번째 골목으로 좌회전해 들어선다. 작은 교회 앞을 지나면, 세 번째 골목 사거리 안쪽에 '함석헌(咸錫憲) 기념관'이 있다.

1901년 '평북' '용천'에서 태어나 '정주' '오산학교' 교사를 지낸 함 선생은 '건국훈장'을 받은 독립운동가이기도 하다. 그러나 선생을 유명하게 한 것은 월간《씨알의 소리》다. 또 '박정희' '유신정권'과 '전두환' 군사정권(軍事政權)에 맞서, 최선두에서 싸웠던 '민주주의의 투사'였다.

선생이 검은 두루마기에 백발과 흰 수염을 날리며 나타나면, 사람들은 환호했다.《뜻으로 본 한국역사》,《생각하는 백성이라야 산다》 등 명저(名著)를 다수 남긴 사상가로도, 이름이 났다.

선생 서거 후, 생전에 살던 이 집을 시민들이 힘을 모아 기념관으로 꾸민 이곳은, 선생의 생애와 올곧은 정신을 생생하게 느낄 수 있다.

기념관을 나와 골목을 계속 올라가면, 산길이 나온다. '쌍문 근린공원'이다. 정의여중과 정의여자고등학교(正義女子高等學校) 뒷산이기도 한 이 산책로를 오르다가, 삼거리에서 왼쪽으로 내려가면, 바로 큰 도로가 나온다.

그 건너가 바로 '둘리 뮤지엄'이다. 왼쪽은 도서관(圖書館), 오른쪽이 전시관인데 가운데 앙증맞은 둘리 가족 캐릭터 모형들이 반갑게 맞아준다.

뮤지엄 앞 도로는 '시루봉로'다. 건너편에 우뚝한 봉우리가 바로 도봉산(道峰山) '시루봉'이다.

시루봉로를 따라 직진, '선덕고등학교' 입구 사거리를 건너, 왼쪽 '신방학파출소' 쪽 골목길로 들어선다. 골목을 쭉 따라가면, 왼쪽으로 김수영문학관(金洙暎文學館)이 보인다.

"…풀이 눕는다. 바람보다도 더 빨리 눕는다 … 바람보다 먼저 일어난다 … 날이 흐리고 풀뿌리가 눕는다" 김수영의 〈풀〉이다.

김수영, 그는 필자가 가장 존경하는 시인(詩人)의 한 사람이다.

문학관에서는 그의 생애와 시 세계, 그리고 고뇌하는 지식인의 몸부림이 고스란히 느껴진다. 그가 남긴 육필원고(肉筆原稿)에는 빨간색과 검은색으로, 시를 수정한 흔적이 선명하다. 그것이 우리네 삶이다.

문학관에서 왼쪽 골목을 따라가면, 곧 '원당 샘 공원'이 나온다.

그 입구를 지키는 것은 하늘을 찌를 듯 솟아 있는 거대한 은행나무다. 이것이 바로 서울시 지정 보호수(保護樹) 제1호 '방학동 은행나무'다.

높이 24m, 둘레 9.6m에 나이는 800살이 훨씬 넘는다. 그 모습이 고상하고 아름다워, 오래전부터 사람들이 신성시했다. 이 나무에 불이 나면, 나라에 큰 변고(變故)가 생긴다는 전설이 있고, 실제 박정희 전 대통령 피살 1년 전에도 불이 났었다.

옆 '원당 샘'에는 항상 물을 떠 가려는 사람들이 있다. 한자로 "원당천(元堂泉)"이라 쓰여 있다.

수백 년 동안 인근 주민들의 식수로 이용됐고, '피양 우물'이라고도 한다. 아무리 날이 가물어도 마른 적이 없고, 일정한 수온을 유지해 혹한에도 얼어붙는 일이 없었다고 전해진다.

바로 오른쪽에는 조선 10대 임금이던 연산군(燕山君)과 부인 '신씨'의 묘가 있다.

주지하듯이, 연산군은 '폭군의 대명사' 같은 인물이다. 성종(成宗)의 큰아들로 태어났지만, 생모 '윤씨'가 투기로 쫓겨나, 결국 사사됐다.

왕이 된 후에야 이를 안 연산은 미치광이처럼 폭정을 휘두르다가, 신하들의 '중종반정'으로 쫓겨나 군(君)으로 '강등'당했다.

사적으로 지정된 연산군묘는 왕릉보다는 간소하지만, 조선 전기 능묘석물의 조형이 잘 남아 있다는 평이다. 묘역 아래쪽에는 '태종'의 후궁인 '의정궁주 조씨' 및 딸과 사위의 무덤이 있다.

연산군묘를 나와 몇 걸음 더 가면, 큰 길이 나온다. '방학로'다. 그 건너에 정의공주묘가 있다.

정의공주(貞懿公主)는 조선의 성군 '세종'의 둘째 딸이다. 남달리 영특해 《훈민정음》 창제 비밀작업에 참여했을 정도로, 왕의 사랑을 받았다. 이곳은 그녀와 남편 '양효공 안맹담'의 묘다.

여기는 '북한산둘레길'이 시작되는 곳이기도 하다. 오른쪽에는 전주이씨(全州李氏) '임영대군파' '오산군묘'가 보인다.

방학로를 따라 반대쪽으로 내려간다. '신동아아파트' 사거리에서 좌회전, '방학동 가로공원'을 지나 두 번째 골목 안으로 들어가면, '전형필(全鎣弼) 가옥'이 있다.

간송(澗松) 전형필 선생은 '문화로 나라를 지킨' 인물이다.

일제강점기에 사재를 털어 수탈되는 우리 문화재를 보호·수집하고, 해외에 유출된 문화재를 구입해 되찾아오는 등, 민족 문화유산의 수호자였다. '성북동' '간송미술관'이 그의 유산이다.

선생이 살던 이 가옥은 1890~1900년대에 건립된 것으로 추정되는 근대한옥(近代韓屋)으로, 등록문화재 제521호다. 역사적, 건축학적 가치가 높은 이 고택은 문화공간으로, 일반에 무료 개방돼 있다.

다시 방학로로 나가, 쌍문역 혹은 '방학역'으로 가면 된다.

■ '쌍문동' '함석헌기념관'

■ '아기공룡 둘리'의 고향이 쌍문동임을 말해주는 '둘리뮤지엄'

■ '연산군'과 부인 '신씨'의 묘

■ '간송 전형필' 선생이 살던 가옥

# 인왕산 밑 동네

사직이 감싸고, 단군과 호랑이가 굽어보는 곳

---

좌묘우사(左廟右社)란 말이 있다.

'조선시대', 나라를 상징하는 용어가 종묘사직(宗廟社稷), 줄여 말하면 '종사'였다. 영화나 드라마 사극을 보다 보면, 왕이나 왕실, 문무 신료들이 이런 말을 쓰는 것을 많이 들을 수 있다.

조선 창건 직후, '한양'에 도읍을 정한 '태조 이성계'는 '고려'의 제도를 따라 경복궁(景福宮) 동쪽에 종묘, 서쪽에는 '사직단'을 설치했다. 이게 좌묘우사다.

종묘는 왕의 조상들의 위패를 모신 사당이고, 사직은 농업 국가였던 조선에서 토지의 신 후토씨(后土氏)와 오곡의 신 후직씨(后稷氏)를 배향한 '단(壇)', 즉 돌로 네모지게 쌓은 것이다.

조선은 정궁인 경복궁보다 종묘와 사직을 더 먼저 건설했다. 그만큼 종사를 중요시했다.

사직단 터는 지난 1963년 1월 21일 사적으로 지정됐다. '서울' '종로구' '사직동'에 있으며, 면적은 9,075㎡다.

1년에 네 차례의 큰 제사와 선농(先農)·선잠(先蠶)·우단(雩壇)에게 지내는 중간 제사, 또 기곡제(祈穀祭)와 기우제(祈雨祭)도 거행됐다. 사직서(社稷署)는 제사의 수발을 맡은 관청이다.

이 사직단을 비롯, '인왕산' 밑 동네들을 돌아보려 한다.

지하철 3호선 '경복궁역' 2번 출구를 나와 직진, 작은 사거리를 지나면 '우리은행' 지점이 보인다. 그 은행 옆 골목으로 들어서 조금 가면, 오른쪽에 '이상(李箱)의 집'이 있다.

이상은 본명이 '김해경'으로, '일제강점기'의 시인 겸 작가다. 건축가로 일하면서도 작품 활동에 매진했는데, 작품 안에 수학기호를 포함하고 문법을 무시하는 등, 새롭고 실험적(實驗的)인 시도를 거듭했다. 1930년대 한국의 '모더니즘' 문학을 개척한, 대표적인 작가로 평가받는다.

이상의 집은 그가 살던 곳을 전시관으로 꾸몄다.

단아한 한옥으로 내부는 좁지만, 임팩트 있는 공간이다. 이상의 초상화(肖像畵)와 그의 생애 및 작품세계를 알려주는 소박한 전시물들이 있다. 2층 높은 곳에서 아래를 내려다볼 수도 있고, 앞의 보도블록에도 한글이 새겨져 있다.

이상의 집을 나와, 골목길을 계속 따라간다. 작은 사거리를 직진, 조금 더 가면 왼쪽에 '대오서점'이 보인다. 작고 아담한, 옛 청계천(淸

溪川) 헌책방을 연상시키는, 추억의 공간이다.

계속 길을 따라가면, 조금 넓은 길이 나온다. 그 오른쪽이 통인시장(通仁市場)이다.

통인시장은 서울의 대표적 전통시장의 하나다. 시장 전체에서 통용되는 상품권이나 기타 한 번의 결제로 아기자기한 추억의 먹거리들을 조금씩 먹어보는 재미가 쏠쏠하다. 널리 소문이 나서 젊은이들은 물론, 외국인 관광객들로 비좁은 시장 골목은 언제나 붐빈다.

이 일대는 과거 서촌(西村)으로 불렸으나, 지금은 '세종대왕'이 태어난 곳이므로 '세종마을'이라고 한다. 개화기와 일제 때 지어진 근대한옥(近代韓屋)들이 밀집한 동네다.

통인시장 앞 사거리에서 대각선으로 길을 건너, '필운동' 방향으로 발길을 옮긴다. 다음 사거리 오른쪽 골목 안에 '선인재'라는, 아담한 근대한옥 식당 대문에는 작은 태극기가 꽂혀 있다.

그 인근 '누하동' 178번지, '배화여자고등학교' 담을 끼고 '청전 이상범 가옥'이 숨어 있다.

청전 이상범(李象範) 선생은 근대 한국화의 대표 거장이다. 전통 산수화의 맥을 이으면서도, 한국의 산천을 독자적인 화풍으로 표현한 향토색 짙은 작품을 선보였다.

이상범 가옥은 그가 살았던 집과 작품 활동을 하던 화실이다. 2005년 4월 15일 등록문화재 제171호로 지정됐다. 가옥 정면에, "누하동천(樓下洞天)"이라고 쓰인 친필이 걸려 있다.

청전화숙(青田畵塾)으로 불리는 화실은 대지 20평에 시멘트 벽돌로 지은 8평 남짓한 단층 양옥 건물로, 이상범은 사망하기 전까지 이곳에서 34년간 작품 활동을 했다. 가옥과 맞붙어 원형 그대로 남아 있다. 내부엔 화선지와 각종 붓들, 벼루 등이 역동적 작품세계를 연상시킨다.

다시 '필운대로'로 나와 '사직공원'으로 내려간다. 예쁜 피자집 앞 미군 지프가 눈길을 끈다.

사직단이 있는 사직공원 위쪽 도로변에는 단군성전(檀君聖殿)이 있다. 한민족의 뿌리이자 '나라 할아버님', '단군한배검'을 모신 곳으로, 해마다 '개천절'에는 성대한 제사와 행사가 열린다.

그 위쪽으로 황학정(黃鶴亭)이 보인다.

황학정은 서울특별시 유형문화재 제25호로, 1898년 '고종'의 어명에 의해 '경희궁'의 '회상전' 북쪽 담 가까이에 세워졌던, 궁술연습을 위한 사정(射亭)이다. 1922년 일본사람들이 '경성중학교'를 짓기 위해 경희궁을 헐 때, 현재 위치로 이건했다.

'구한말'에는 도성 안 서쪽에 다섯 군데의 사정이 있어, 이것을 서촌오사정(西村五射亭)이라 했다. 현재의 황학정 자리는 원래 오사정의 하나인 '등과정'이 있던 자리로, 오사정이 사라진 오늘날에도 이곳에서는 국궁행사가 자주 열려, '활의 민족'이던 조상들의 기개를 보여준다.

황학정 위로, 인왕산(仁王山)을 오르는 등산로가 시작된다.

주택가와 산 경계지점의 산책로를 오르다가, '수성동 계곡'으로 들어섰다. 이 계곡은 산수가 수려해 세종의 셋째아들 안평대군(安平大君), '진경산수'의 대가였던 '겸재' '정선' 등 많은 명사들의 사랑을 받았던 곳이다. 지금은 계곡에 물이 거의 없어, 참 안타깝다.

곧 차들이 씽씽 달리는, '인왕산로(인왕스카이웨이)'에 이른다.

이 길을 지키는 상징은 삼거리 지점 건너편에 있는 호랑이상이다. '인왕산 호랑이'는 과거 궁궐 안에까지 자주 들어왔을 정도였다. 그 인왕산에 호랑이가 돌아왔다. '문화강국 호랑이'다.

인왕산로 산책로를 창의문(彰義門) 쪽으로 걷다가, '청운동아파트'에서 '자하문로'로 내려왔다.

자하문로를 따라 계속 고갯길을 내려와, '신교동' 교차로 앞에 이르렀다. 길 건너에 '청운·효자동 주민센터'가 있다. '청와대'와 경복궁 사이, 바로 여기가 '1.21사태' 당시 청와대(靑瓦臺)를 습격하러 남침했던 북한 무장공비들이 발각돼, 처음 교전이 벌어졌던 곳이다.

이곳의 검문은 산에서 내려오는 길이라고 하면 '무사통과'다. 조금 가면 소공원이 있다.

오른쪽에, 교과서에 실린 김상헌(金尙憲)의 시조가 적힌 돌비석이 보인다. "가노라 삼각산아, 다시보자 한강수야. 고국산천을 떠나고자 하랴마는, 시절이 하 수상하니, 올동 말동하여라"

주지하듯이, 김상헌은 '병자호란' 때 끝까지 '청'과의 항전을 주장한 대표적 '척화파'다.

그런데 이 자리는 또 다른 '역사의 현장'이다. 바로 고 '박정희' 전 대통령을 김재규(金載圭) 전 '중앙정보부장'이 암살한, '궁정동 안가'가 있던 곳이다.

바로 앞에 '청와대 사랑채'가 있다. 관광객들이 자유롭게 들어가 청와대 경내를 대신 관람하고, '대통령(大統領) 코스프레'를 하며 사진도 찍을 수 있는 곳이다.

그러나 더 인기 있는 곳은 단연, 그 앞 광장 끝이다. 길 건너로 청와대가 정면으로 보인다.

하지만 이제 청와대가 전면 개방됐고, 이곳의 인기도 시들해졌다.

■ 일제 때의 천재 시인 겸 작가 '이상'이 살던 집

■ '세종마을'의 명소이자, 관광객들로 붐비는 '통인시장' '이야기지도'

■ 근대 한국화의 대가 '청전 이상범'이 작품 활동을 하던 화실

■ 조선시대 토지신과 곡식의 신께 제사 지냈던 '사직단'

# 팔당길

———

두물머리 가슴에 품고, 물 따라 걷는 길

조선 초기의 문인 서거정(徐居正)은 '경기도' '남양주시' '운길산' 중턱에 있는 '수종사'에서 바라본 '두물머리(양수리)' 풍경을 '해동 제일'이라고 했다.

알다시피 두물머리는 '북한강'과 '남한강'이 합류하는 곳이다. 당연히 아름다울 수밖에 없다.

수종사보다 훨씬 못하고 '예봉산', '운길산'보다도 떨어지겠지만, 그래도 두물머리 조망이 빼어난 곳이 있다. 바로 예봉산과 '예빈산', 운길산 앞 낮은 언덕에 있는 마진산성(馬鎭山城)이다.

낮은 언덕이라지만, 양수대교(兩水大橋)와 '양수철교'를 사이에 두고 두물머리와 바로 마주 보고 있는, 강변에 우뚝 솟은 곳이어서, 전망과 풍광이 그만이다.

두물머리는 예로부터 수상 교통의 요지일 뿐 아니라, 군사적으로도 최고 요충지였다. 산성이 있는 건 당연한 일.

마진산성은 '남양주시' '조안면' '진중리' 산5-1번지에 있던 조선시대(朝鮮時代) 산성이다. '임진왜란' 당시 변응성(邊應星) 장군의 전적지로, 말로 진을 쳤기 때문에 마진산성이라는 이름이 붙여진 것이라고 전해진다.

변응성 장군은 임진왜란 때 '경상우수사', '경기방어사'를 거쳐 '이천부사'로 부임, '여주목사' '원호'와 함께 왜적을 남한강에서 무찔렀다. 바로 '마탄(馬灘) 전투'다. 역시 '마' 자가 들어가는데, 마진산성 방어전은 이 전투의 일부였을 게다.

마진산성에 청동(靑銅)으로 만든 말이 있었다는 전설이 있다. 청동으로 만든 말 3마리였는데, 일제 때 수탈로 없어졌다고 한다.

산성 남쪽에는 또 '마이 뜰' 혹은 '마 뜰'이란 마을이 있다. 변 장군이 왜군(倭軍)들에게 숫자가 많아 보이게 하기 위해, 적은 수의 말들로 성 주변을 계속 돌게 했다고 해서, 이런 이름이 붙었다고 한다. 혹은 말을 풀어놓고 키웠다고, 이런 이름으로 불리게 됐다는 설도 있다.

이 밖에도 '마진', '진말'이라는 지명도 있는데, 역시 변 장군이 진을 쳤던 곳이기 때문이란다. 장군의 묘는 이곳에서 북쪽으로 1.3km 지점에, 부친 변협(邊協) 장군의 묘와 같이 있다.

변협 장군은 조선 명종(明宗) 때 왜선 70여 척이 쳐들어와 전라도 해안 일대를 휩쓸었던 '을묘왜변' 당시, '해남현감'으로 적을 격퇴한 장수다. '선조' 때도 '전라우방어사'로 왜적을 격퇴한 맹장으로, 죽은 지 2

년 후 왜란이 터지자 선조는 그의 부재를 매우 안타까워했다고 한다.

부자가 함께 왜적을 무찌른 것.

'경의중앙선' '운길산역' 2번 출구 앞, '슬로시티길' 안내도가 마진 산성 가는 길도 알려준다.

예봉산(禮蜂山) 가는 길 초입 등산로를 따라가면, '말 틀 고개'다. 또 '말' 자다. 삼거리에서 고개를 넘어가면 '마 뜰 마을' 입구이고, 그 입구 왼쪽에 산성 오르는 길이 '은밀하게' 숨어 있다.

금방 전망대다. 조금 올랐을 뿐인데, 눈앞이 시원하다. 바로 밑으로 양수대교가 지난다.

마 뜰 마을에는 '마 뜰 장어', '마 뜰 농원' 등등 변 장군에게 이름 신세를 진 곳들이 적지 않다. 마을을 통과하면, 바로 한강(漢江)이다. 여기는 '슬로시티 조안'.

빠르게, 바쁘게만 살아온 현대인들에게 '삶 속 쉼표'를 선물하는, 수도권 최초의 슬로시티다.

'새도 쉬어간다'는 이름처럼, 강변 '조안(鳥安) 마을'의 구불구불한 안길은 자동차와 마주쳐도 차가 멈춰주는, '기다림의 미학'이 있는 곳이다. 강변에 2차선 한강 자전거길과 왼쪽 보행로가 뻗었다. 그 길을 따라 팔당역(八堂驛)으로 향한다.

'조안2리' 입구에 나지막한 전망대가 있다. '저기서 뭐가 보일까' 고개를 갸웃거리며 올라가 보니 웬걸, 예봉산과 그 너머 '적갑산'이 지척이다.

강변풍경은 더없이 아름답지만, 앞을 가리는 전봇대와 여러 가닥 전선들이 거슬린다. 강변을 떠나 숲속 길로 들어섰다. 5월의 신록(新

綠)이 싱그럽다. 늦봄 더위가 가시는 듯하다.

'조안1리'는 '삼태기 마을'이라고도 한다. 필경, 마을 주변을 둘러싼 낮은 산들이 마치 삼태기 같다 해서, 이런 이름이 붙었을 게다. 이 마을은 특히 '친환경 깻잎'과 찐빵으로 유명하다. 곳곳에 깻잎단지가 있다. 약초(藥草)와 야생화, 순두부, 불고기 등도 좋다.

다시 '고랭이 마을' 입구와 '조안교차로'를 지났다. 이제 배가 고파진다. 점심 해결할 곳을 찾는다. 왼쪽 위 소나무들이 있는 쉼터가 보인다. 아래는 큰 한옥 식당이다. 장독들이 가득하다.

허기를 때우고, 계속 걷는다. 왼쪽으로, 제법 넓은 채소밭과 비닐하우스가 있다. 그 너머 강은 안 보이고, 건너편 검단산(黔丹山)만 우뚝하다.

다시 강변이다. 강 한가운데 작은 섬이 있는데, 나무들이 온통 하얗다. 백화(白化) 현상이다. 새들이 싸놓은 분변 때문에 생기는 것이라고 한다. 강 속 버려진 섬이라, 사람이 접근하기 어려워 생기는 일이다. 자연 그대로 둬도 문제니, 안타깝다.

'능내역'이 보인다. 기차 대신 자전거가 달리는, 폐철길 간이역(簡易驛)이다. 그 앞에 열차카페와 '추억의 역전집'도 있다. 관광객으로 붐빈다.

이제 강변을 벗어나 폐철길을 따라간다. 길옆 이정표 상 오른쪽 방향은 '한확 선생 이야기길'이란다. 인근 '한확(韓確) 선생 신도비(경기도 유형문화재 제127호)'를 이르는 것이겠지….

한확은 '조선' 초의 무신이다. 누나가 '명나라' 성조(成祖) '영락제'의 후궁이다. 덕분에 쉽게 명에서 '세종'의 책봉을 받아왔다. 누이동생은 또 명나라 '선종'의 후궁이 됐다. 누이들 덕분에 출세했지만, 군신들의 신망도 많이 받았다고 한다.

'계유정난' 때 수양대군(首陽大君)을 도와 '정난공신' 1등에 책록되고, '서성부원군'에 봉해졌다. '좌의정'에 오르고 '사은 겸 주청사'로 또 명에 가, '세조'의 왕위 찬탈을 양위라 설득했다.

이제 '팔당역'까지는 5.8km 남았다.

폐철길은 '능내리'로 이어진다.

'봉안터널' 가기 전, 폐철길에서 팔당호(八堂湖) 반대쪽에 다른 작은 호수가 있다. 나무들 그림자가 수면에 드리우고, 연잎들이 한가롭게 떠 있는 모습이 아름답다.

■ '친환경 깻잎'과 찐빵으로 유명한 '조안1리' '삼태기 마을' 안내도

■ 수도권 최초의 슬로시티길 '슬로시티 조안'　　　■ '팔당호' 저 멀리 위용을 뽐내는 '팔당댐'

■ 폐철길 사이, 팔당호 반대쪽에 있는 다른 작은 호수

산 따라 강 따라 역사 따라 걷는
수도권 도보여행 50선

# 서래섬
# 반포 한강길

—

한강의 아름다운 인공 섬과 옛사람들

'서울시' '서초구' '강남'의 한가운데, '한강' 변에 있는 동네가 반포 (盤浦)다.

한강에 제방을 쌓기 전, 이 일대는 프랑스인들이 모여 사는 '서래 마을' 뒤 '청룡산'에서 한강 모래사장으로 작은 개울들이 서리서리 굽이쳐 흐른다고 해서 서릿개(蟠浦)라고 했으나, 음이 변해 반포로 부르게 됐다고 한다.

1972년 '이수택지개발계획'에 따라 제방을 쌓고, 당시 대한주택공사가 대단위 아파트를 건립하면서, 현재 '반포동'의 모습이 생겼다.

반포동은 이곳에 있던 마을로, 상습침수(常習浸水)지역이었던 데서 이름이 유래됐다고 한다.

또 '반포천'은 '우면산'에서 발원, '방배동'에서 지류인 '사당천'과 합쳐진 뒤, 한강으로 흘러들어 가는, 한강의 제1지류 지방하천이다.

'조선' '영조' 때에는 국일천(菊逸川)이라고도 불렀으며, 서릿개 또는 그 한자 표기인 반포천이라고 했다. 하천연장 4.8km, 유로연장은 7.7km이며, 유역면적은 31.49㎢다. 처음엔 폭이 8m에 불과하지만, 한강 합류지점의 넓이는 110m에 달한다.

대부분이 복개(覆蓋)돼 숨어 있으며, 하류 좌안은 반만 덮여 도로로 활용되고 있다.

하지만 '강남고속버스터미널' 남쪽에서 한강으로 흘러가는 물길은 '이수교' 부근만 복개돼 있고, 나머지는 노출돼 있어, 인근 주민들의 산책길과 자전거 길로 소중하게 활용된다. 이 길은 전작인《배싸메무초 걷기 100선》중 〈서리풀 공원(公園)〉 코너에서, "허밍웨이"로 소개됐었다.

그런가 하면, 한강 둔치 '반포지구'에는 '반포 서래섬'이라는 인공섬이 있다.

1982년부터 1986년까지 '올림픽대로' 건설 및 한강종합개발(漢江綜合開發) 시 조성한 섬으로, 3개의 다리가 있다. 물길을 따라 수양버들이 드리워져 있고 철새도래지, 화훼단지, 수상스키장 등이 조성된 시민 휴식공간이다.

고속터미널에서 출발, 이 서래섬을 거쳐 '반포 한강길'을 걸어보자.

지하철 9호선 '고속터미널역' 8-2번 출구로 나와, '반원상가'와 '보라테니스장'을 지나면, 반포한강공원(盤浦漢江公園)으로 나가는 굴다리가 나온다.

드넓은 피크닉장과 수상택시 승강장이 길손을 반갑게 맞는다.

'반포대교' 밑 잠수교(潛水橋)는 '용산구' '서빙고동'과 반포동을 연결하는 2층 교량의 아래층 다리로, 보통 때에는 물 위에 드러나 차량과 사람이 다니고 있으나, 홍수(洪水)가 나면 물속에 잠기는 다리여서, 이런 이름이 붙었다.

물의 흐름을 방해하거나 떠내려오는 물건이 걸리지 않도록, 난간을 설치하지 않았다. 너비 18.0m, 길이 795.0m로 1979년 준공됐다. 수평식으로 바지(barge)선이 다닐 수 있게 승개장치를 했다가, 유람선(遊覽船)이 다니게 되자 1986년 중앙부를 아치형으로 높여 개조했다.

서울에 하나밖에 없는, 이 진기한 다리를 직접 건너보려는 사람들이 꽤 많다.

'달빛광장'에서 오른쪽으로 고개를 돌려보면, 한강(漢江)에 인공 섬이 4개 떠 있다. '가빛섬', '솔빛섬', '채빛섬'을 합쳐 '세빛섬'이라 부르고, 그 옆 작은 섬은 '예빛섬'이다. 세빛섬은 영화와 드라마 촬영장(撮影場)으로도 인기 있는, 아름다운 인공구조물로 유명하다.

곧 서래섬에 이른다.

서래섬이란 명칭은 인근에 프랑스인들이 모여 사는 마을, '서래마을'이 있어 붙은 이름이다. 프랑스 사람들이 서쪽에서 왔다고 해서, 서래(西來)다.

반포한강공원에서 서래섬으로 갈 수 있는 다리가 3개 있다. 이 중 '서래1교'를 건넌다. 다리 자체는 볼품없지만, 난간(欄干)을 장식한 아름다운 꽃들이 빛내준다.

샛강 수면 위로, 수양버들 몇 그루가 자신의 모습을 온전히 거울처럼 비춰준다. 소녀의 삼단 머리채 같다.

그 버드나무들 옆, 섬 가운데로 난 오솔길을 걷는다. 오른쪽에는 한강까지 드넓은 풀밭이다. 강가엔 강태공(姜太公)들이 여유로운 모습이다. '서래3교'를 건너 반포한강공원으로 돌아왔다.

하류를 향해 발걸음을 옮긴다.

어느새 '동작대교'가 올려다보이고, 그 옆에는 '구름카페'가 푸른 하늘로 솟아 있다. 들어가 보고 싶어진다. 그 유혹을 뿌리치고 '올림픽대로'와 한강 사잇길을 걸으면, 곧 동작역(銅雀驛) 수상택시 승강장 옆으로, 반포천이 한강과 조우한다.

왼쪽 위는 국립 현충원(顯忠院)이지만 여기선 보이지 않고, 강 건너 고층아파트만 우뚝하다.

'한강현대아파트'와 '명수대현대아파트'를 지나 '흑석동'으로 들어서면, 강변에 낮은 언덕이 보인다. 바로 '효사정공원'과 '용봉정근린공원'이다.

효사정공원의 효사정(孝思亭)은 '서울시 우수경관 조망장소'라는 타이틀이 붙었다.

효사정은 그 이름에서 효(孝)와 관계가 있을 것 같은데, 아니나 다를까, '조선' '세종' 때 '노숙'이 모친이 죽자, 여기에 정자를 짓고 3년상을 지냈단다.

한구석엔 '학도의용군 현충비'도 있다.

이곳의 가장 큰 자랑거리는 일제 때 농촌계몽운동을 다룬 명작 〈상록수〉의 심훈(沈熏), 시인 겸 작가이자 독립운동가에 대한 기념물들이다. 심훈의 출생지가 바로 이곳 흑석동이다. 효사정을 시작으로 '노량진'에 이르는 산책로까지, 그의 기념물이 이어진다.

그의 대표작 〈그날이 오면〉 시비(詩碑)와, 의자에 앉아 책을 읽고 있는 동상이 반긴다.

그 옆이 용봉정(龍鳳亭) 근린공원이다.

이 공원은 흑석동과 '노량진본동'의 경계 근처에 있다. 그 아래 학교가 '동양중학교'다.

꼭대기엔 정자는 없고, 나무 데크가 깔린 예쁜 공원이 있다. 이곳에서 보는 한강 조망이 시원스럽다. 조망명소인 이곳은 지난 2017년 9월 30일 한화(韓化) 그룹 '세계불꽃축제'가 열렸던, 불꽃놀이의 명당이기도 하다. 또 사진작가들에겐 서울 야경 촬영의 보금자리 중 하나다.

'한강대교'와 그 밑 '노들섬'이 정답다.

용봉정은 조선 정조(正祖)가 '화성'으로 행차할 때, 배다리가 만들어지는 동안 잠시 머물던 곳으로, 이 공원엔 '서울시 유형문화재 제6호'인 '용양봉저정'이 있다. 그 줄임말이 용봉정이다.

어느새 '여의도' '63빌딩'이 지척이다. 노량진에 도착한 것.

한강대교(漢江大橋) 남단 교차로에서 '양녕로'를 건너면, 오른쪽 소공원 옆으로 지하철 9호선 '노들역' 2번 출구가 있다.

■ '서래섬'을 잇는 '서래1교'

■ 서래섬의 아름다운 버드나무들

■ '효사정공원' 내 '심훈'의 〈그날이 오면〉 시비

■ 한강 건너 '이촌동'의 고층아파트

# 포천
# 아트밸리

—

'흉물' 폐채석장, 자연과 조화된 문화예술공간 변신

　'포천 아트밸리'는 버려진 폐채석장(廢採石場)을 자연과 문화예술이 어우러진 친환경 복합 문화예술공간으로 바꿔놓은, 전 세계에서 유례를 찾기 힘든 곳이다.

　지난 1960년대부터 본격적으로 시작된 우리나라의 산업화로, 건설업도 대대적으로 확대됐다. 이에 따라 막대한 양의 석재들이 도로포장, 건축외장재 및 인테리어 재료로 많이 쓰였다.

　'포천'에서 생산된 포천석(抱川石)은 재질이 단단하고 화강암 고유의 무늬가 아름다워, 명품 건축자재 대접을 받았다. '청와대', '국회의사당', '대법원', '경찰청', '인천국제공항', '세종문화회관' 등 많은 국가기관에 자재로 들어갔고, '청계천'과 '광화문' 복원 때도 포천석이 쓰였다.

그러나 석재 채취가 끝나자 폐허로 잊혀진 채석장은 흉물(凶物)로 전락, 환경훼손과 도시 이미지 저하의 원인이 되고 말았다.이에 '경기도' '포천시'는 2003년부터 버려진 '기지리' 폐채석장을 문화와 예술로 채우고 자연환경을 복원, 복합 문화예술공간으로 재탄생시켰다. 2009년 개장한 아트밸리는 자연환경과 문화예술, 그리고 인간이 조화를 이룬 곳으로, 도시재생사업(都市再生事業)의 성공사례다.

특히 지질자원의 보고로 인정받아, 인근 '한탄강(漢灘江) 지질공원'과 함께 '대한민국의 명소'로 선정됐다. 화강암을 파낸 웅덩이에 빗물과 샘물이 흘러들어 와 형성된 천주호(天柱湖)는 호수 주변의 직벽과 함께, 빼어난 아름다움을 자랑한다.

천문과학관과 교육전시센터는 교육과 예술이 공존하는 공간으로, 우주의 신비와 함께 매년 색다른 전시물과 창작체험을 즐길 수 있다. 또 조각공원(彫刻公園)에선 많은 조각 작품을 통해 예술적 감흥이 느껴진다.

특히 4월부터 10월까지 주말과 공휴일이면, 다양한 장르의 공연들이 펼쳐져 관람객들에게 즐거움을 선사한다.

포천 아트밸리로 가려면 지하철 4호선 수유역(水踰驛) 인근 '수유시외버스터미널'에서 시외버스 3003번을 타고 가다가, 포천 '신북면사무소'에서 73번으로 환승하면 된다. 단 73번 버스 배차간격이 매우 길기 때문에, 가기 전에 '포천시청' 교통행정과로 문의하는 게 좋다.

아트밸리 입구에서부터 오른쪽에 모노레일 선로가 보인다.

플루트와 나팔을 불고 바이올린을 연주하는 사람을 묘사한 귀여운 조형물들이 눈길을 끌고, 천문과학관(天文科學館) 앞 토끼가 장미꽃을 들고 있는 조각품이 관람객의 미소를 자아낸다.

천문과학관을 들어서니, 대형 지구 모형과 태양계 행성들의 크기를 쉽게 비교할 수 있는 전시물이 있다. 그 뒷벽에서는 '황도 12궁'과 행성(行星) 간 거리 비교를 배울 수 있다. 우주에서 중무장한 우주인 1명이 지구로 접근 중이다.

특히 '조선' 초기의 위대한 천문 유산인 천상열차분야지도(天象列次分野之圖)가 관객들을 압도한다. 하늘 별자리 지도다.

천문과학관을 나와, 아트밸리의 상징 천주호로 간다.

천주호는 아찔한 화강암 직벽(直壁)에 둘러싸인, 맑고 푸른 물이 환상적이다. 건너편 벼랑 위에는 철쭉들이 형형색색 자태를 뽐낸다.

필자도 그 언덕으로 올라가 봤다. 인체를 형상화한 돌문 조각이 반긴다. 언덕 위엔 여러 개의 돌탑들 사이로 조그마한 시비(詩碑)들이 있다. 김선진의 〈그대 여기에〉, 이중희의 〈행복이란〉 등의 작품들이 새겨져 있다.

전망쉼터엔 나무벤치와 그네에서 쉬어갈 수 있고, 수많은 사람들의 소망을 적은 종이쪽지들이 잔뜩 걸려 있다. 한쪽에는 나무로 깎은 솟대들이 즐비하다.

여기선 아트밸리 전체가 한눈에 조망된다. 저 멀리 꽤 높은 산도 가까워 보인다. 건너편에 전망카페도 있다.

내려오는 길에도 갖가지 봄꽃들이 봄 처녀(處女)들의 마음을 흔든다.

모노레일을 타려면, 맞은편 데크 계단을 올라야 한다. 노랗고 앙증맞은 모노레일 2대가 관람객들을 가득 태우고 출발한다.

막 출발했나 싶더니, 금방 내려야 한다. 입구까지 내려가는 길 양쪽엔 조각품과 조형물들이 줄지어 있다. 반대편에는 늦가을에 채 지지 못한 붉은 단풍잎들이 아직 굳세게 달려 있다. 과거 채석장이었던 곳답게, 길옆 꽃밭 위쪽으로 화강암(花崗巖) 절벽이 솟아 있다.

입구 가까운 곳에 거대한 석인(石人)이 입에 바람개비를 물고 누워 있다. 그의 세워진 한쪽 무릎에 잠자리 1마리가 앉아 있다. 철이 늦봄이니, 아마 작품의 일부로 보인다.

평화를 갈구하는 조각상과 솔숲 속 돌탑들이 정답다.

입구엔 "포천아트밸리 포아르" 현판과 예쁜 조형물, 천하대장군(天下大將軍)과 지하여장군(地下女將軍) 장승이 아이들의 사진 모델이 돼준다.

한쪽에 있는 전시관은 과거 포천석이 어떻게 활용됐는지를 보여주는 전시물들이 가득하다. 원석은 물론 돌 빨래판, 돌절구도 있다.

아트밸리 근처엔 걸어서 갈 수 있는 거리에 천주산(423.4m)과 봉화산(224.8m)이 있다.

천주산(天柱山)은 봄철이면 진달래가 온 산을 뒤덮을 정도로 유명해, 마치 '고려산'에 온듯한 착각을 불러일으킨다. 진입로 벚꽃도 볼만하다. 등산로 입구에 '포천시농업기술센터'가 있다.

전형적인 육산이고 등로가 완만해 아이들도 쉽게 오를 수 있다.

정상에는 6각형 정자와 기상레이더, 그리고 나무기둥 및 돌기둥 정상표지가 있다. '명지산', '청계산', 연인산(戀人山) 등 '가평군'의 명산들이 지척인 듯하다. 포천 쪽에는 '왕방산'과 '금주산', '국사봉', '원수봉' 등이 보인다.

봉화산(烽火山)은 정상에 찔레나무가 잡목과 뒤섞여 군락을 이루고 있으며, 바닥에 돌무더기가 있어 봉화대 터임을 말해주고 있다.

아트밸리 진입로의 기지리에는 '동의종골' 마을과 '창원유씨 열녀비(烈女碑)'도 있다.

동의종골은 아마 종과 관련 있는 지명으로 추정되며, 신북면사무소에서 1km 떨어진 곳에 있는 창원유씨 열녀비는 병자호란(丙子胡亂) 당시, '동관진' '병마만호'이던 남편 '정창국'이 갑자기 병으로 숨지자, 큰 바위에서 뛰어내려 스스로 목숨을 끊은 창원유씨의 '열녀 정려비'다.

그녀는 남편의 묘 옆에 초막을 짓고, 침식을 잊고 밤낮으로 남편의 명복(冥福)을 빌다가, 적병이 밀어닥치자 피난을 권하는 가족들을 뿌리치고, 자결로 남편의 뒤를 따랐다고 한다.

■ '포천' 아트밸리의 상징 '천주호'의 아름다운 봄 풍경

■ 천주호 건너편 언덕 위, 인체를 형상화한 돌문 조각품

■ 전망쉼터 옆에서 본 아트밸리와 주변 산들

■ 돌로 만든 누워 있는 사람 조각품

# 창덕궁
# 앞길

———

볼거리 많고, 먹을거리 푸짐한 골목들


'유네스코 세계문화유산'인 창덕궁(昌德宮)은 조선시대 왕들이 가장 사랑한, 아름다운 궁궐이다. 그 정문인 돈화문(敦化門) 바로 앞 동네가 '익선동'이다.

익선동(益善洞)은 '북촌'과 '서촌' 못지않게 한옥이 좁은 골목에 밀집한 곳이다. 전통한옥이 아니라 근대한옥이다.

창덕궁과 가까운 탓에 별궁(別宮)이나 왕실 관련 시설이 많았던 익선동은 '일제강점기', 1920년대에 개발의 바람이 거셌다. '도시형 한옥'들이 집중적으로 들어서, 전통을 잃지 않으면서도 모던한 스타일로 완성됐다. 옛 모습에 트렌디함이 더해져, 과거와 현재가 공존하는 분위기다.

익선동을 중심으로 '돈의동', '경원동', '낙원동', '인사동', '안국동', '운현동', '계동' 등과 종로(鐘路)1~3가 길을 걸어보기로 했다. 좁은 지역이지만 볼 게 많고, 먹을거리도 푸짐한 동네다.

이 길을 '창덕궁 앞길'이라 부르자.

지하철 1호선 '종로3가역' 2번 출구로 나와, 옛 '피카디리극장(현재 CGV)' 앞을 지난다. 이 일대는 귀금속 거리다. 건너편, '한국영화의 고향'인 옛 단성사(團成社) 터도 주얼리 타운이다.

도로 옆에 '6.10 독립만세운동' 선창 터임을 알리는 비석이 있다. 1926년 6월 10일 '순종'의 국장 행렬이 이곳을 통과할 때, '중앙고등보통학교' 학생 '이선호' 선생 등이 독립만세를 선창(先唱)했다고 알려준다.

작은 사거리를 건너면, 종로3가역 6번 출구 안 좁은 골목이 유명한 '갈매기살 골목'이다.

저녁 어스름이 내리면, 이 골목은 미식가들로 넘쳐난다. 점포 안과 골목길 간이 탁자와 의자들은 물론, 사거리 왼쪽 차도까지 리어카와 포장마차들이 온통 점령해 불야성(不夜城)을 이룬다. 소문이 나서 외국인 관광객도 많이 찾는 명소다. 한국어로 말을 건네도 의사소통이 된다.

계속 창덕궁 쪽으로 직진한다.

이 거리엔 궁궐(宮闕)이 가까워서인지, 전통문화 관련 업소들이 몰려있다. 한복집, 한복대여점, 개화기 의복대여점, 국악기전문점, 무형문화재의 '소리예술원', 제면소, '콩나물시루' 등등….

특기할 만한 곳은 정부 인증을 받은 우리 술 교육훈련기관인 '한국

전통음식연구소'와 그 옆 '떡 박물관' 및 떡 카페 '질시루', '전주이씨' 대동종약원(大同宗約院)이다.

'유네스코 세계무형유산'인 '종묘제례(宗廟祭禮) 보존회', 중요무형문화재인 '사직대제보존회', '대한황실문화원'도 같은 건물에 있다.

돈화문 앞 골목 안 '한국문화정품관'도 들러볼 만하고, 그 옆 가게 전시장의 옹기가 예쁘다.

대로변 '창덕궁문화장터'는 골동품, 고미술품, 도자기 등을 매매하는 곳이다. 석탑과 석등, 문인석(文人石)과 무인석, 장대석, 돌절구, 돌확, 맷돌 등 석물들과 대형 옹기 독들이 즐비하다.

돈화문 삼거리는 조선 후기 국방과 국정의 최고 관아였던 비변사(備邊司)가 있던 곳이다. '임진왜란' 후 설치된 최정예부대 '오위영' 중 금위영(禁衛營) 터이기도 하다.

길 건너 멋진 한옥에는 "서울돈화문국악당" 현판이 걸려 있다. 돈화문 앞에서 반대편으로 길을 건너, 안국동(安國洞) 쪽으로 간다.

오른쪽에 '아리리오 뮤지엄 인 스페이스'가 있다. 한국 현대건축의 거장 '김수근'의 공간(空間) 사옥이 있던 곳에 있는 미술관이다. 지금도 반대쪽에 이를 알려주는 대형 간판이 붙어 있다.

그 맨 앞에, '프린츠'라는 예쁜 한옥 카페가 있다. 미술관의 일부인데, 뒤뜰에는 멋진 3층 석탑이 자태를 뽐낸다.

'현대건설' '계동사옥' 앞에는, 사적으로 지정된 '조선시대' '관상감 관천대(觀天臺)'가 있다.

관상감(觀象監)은 조선의 천문관측기관으로, 원래 옛 '휘문중·고등학교' 자리에 있던 것을, 지난 1984년 여기에 복원했다. 조선 전기

관상감은 '경복궁' '영추문' 안과 북부 광화방(廣化坊)에 있었는데, 후자가 이곳이라고 한다.

옆 '천대'는 광화방에 관상감이 세워지면서, 15세기 전반 함께 축조된 것이 아닐까 추정된다.

'경주' 첨성대(瞻星臺), '개성' '만월대'의 '고려첨성대', 그리고 '서울' '창경궁 관천대' 등과 함께 우리나라 천문관측사의 연구에 귀중한 자료이며, 조선시대 천문관측대의 양식을 대표한다.

이 자리는 '흥선대원군'의 조카이자 '고종'의 사촌형 '이재원'이 살던 '계동궁' 터이며, 조선 초 서민 의료기관이던 제생원(濟生院) 터이기도 하다.

길 건너편에 '주한일본대사관' 홍보문화원이 있고, 그 너머는 흥선대원군이 살던 '운현궁'이다.

계동사옥 앞 사거리를 반대편으로 건너, 길을 따라간다. 오른쪽 골목이 '윤보선(尹潽善) 길'이다. '안국빌딩' 앞에는 '안동별궁 터' 표석이 있다. 조선 초부터 왕실의 거처였다가, '순종'의 가례(嘉禮)에 사용됐던 곳이다.

안국동 사거리 맞은편은 유명한 인사동이다. 하지만 대각선으로 길을 건넜다.

5분쯤 길을 따라가니, 오른쪽에 사적으로 지정된 '우정총국(郵政總局)'이 기다린다. 최초의 근대적 우편업무기관인 우정총국은 1884년 '홍영식'의 건의로 세워졌다. 그해 12월 우정총국 개업축하연에서 '김옥균', '박영효', '서광범', '홍영식' 등이 거사를 일으켰다. '갑신정변'이다.

이 자리는 조선시대 궁중에서 쓰이는 약품을 만들고 약재를 재배하던 전의감(典醫監) 터이자, 한국 전통회화의 요람이던 관청 '도화서'가 있던 곳이다.

우정총국 뒤 구석에 '을사늑약'에 자결로 항거한 '충정공 민영환(閔泳煥)' 선생의 동상이 있고, 그 너머는 '대한불교조계종'의 총본산 '조계사'다.

조계사(曹溪寺) 산문에는 아예 '대한불교 총본산'이라 쓰여 있다.

경내엔 대웅전 앞과 고목에 갖가지 색깔의 천이 드리워 있고, 한쪽 8각10층 석탑이 멋진 웅자를 자랑한다. 조계사 길 건너엔 템플스테이 홍보관과 사찰음식교육관, 불교전문서점 등이 있고, 조금 더 가면 길상원(吉祥院) 앞에, 코끼리를 탄 아기 부처가 사랑스럽다.

이 거리는 승복과 각종 불교용품 전문점들이 모여 있다. 길 건너 고풍스런 'NH농협은행' 건물은 1926년 지어진 근대건축물로, '서울미래유산'이다.

그 맞은편, 옛 한미은행(韓美銀行) 본점이 있던 자리에, '공평도시유적전시관'이 있다.

공평도시유적전시관은 2014~2015년 '공평지구' 재개발 때 나온 문화재를 모아놓았다. 조선의 서민 주택과 시장 점포 유적, 유물들을 600년 세월을 뛰어넘어 만날 수 있다. 서울 도심에서 '조선의 민낯 골목길'을 느껴볼 수 있는 거대한 유적으로, 지하층만 1,000여 평에 달한다.

계속 도로를 따라 내려오면 '종각역'이다.

길 건너에 보신각(普信閣)이 있다. 조선시대 도성의 문을 여닫는 시

간을 알렸던 종이 걸려 있던 곳이다. 여기는 '3.1독립운동 기념터'이
자, 흥선대원군이 세운 척화비가 있던 곳이기도 하다.

길 건너편엔 '녹두장군' '전봉준'의 좌상이 있다.

종로 안쪽 골목이 '피맛(避馬)골'이다. 조선시대 말을 타고 다니던
고관대작들을 피해, 민중들은 이 골목으로 다녔다고 한다. 사람 냄새
물씬한 작은 맛집들이 길게 늘어서 있던 곳인데, 지금은 재개발로 대
부분 사라져 옛 멋과 맛을 느끼기 어렵다.

종로를 따라 종로3가역으로 간다.

탑골공원을 지나면 왼쪽으로 나오는 거리가 '송해(宋海)길'이다. '전
국노래자랑'의 '일요일의 남자' 고(考) 송해가 이곳 낙원동에서 50년
넘게 근거지로 활동했다. '제2의 고향'인 셈이다. 송해길 안내판과 흉
상, '나팔꽃인생' 가사, 그가 쓰던 의자 등이 전시돼 있다.

'낙원상가'는 악기상가로 유명하다. 그 옆은 '아귀찜 골목'이다. 그
외 오래된 맛집들이 많다.

■ 계동 현대건설 사옥 앞에 있는 조선 천문대 '관상감 관천대'

■ 돈화문 맞은편 '서울돈화문국악당'

■ '송해길'로 명명된 '낙원상가' 앞 사거리의 기념물들

■ '갑신정변'의 역사의 현장 '우정총국'

# 서울
# 석굴암

인왕산 암굴에 앉아계신 부처님

석굴암(石窟庵)이라고 하면, 사람들은 당연히 '유네스코 세계문화유산'인 경주(慶州) 석굴암을 떠올린다. 다른 전제를 붙이지 않는다면 말이다.

대한민국의 수도 '서울' 도심 근처에도 석굴암이 있다는 것을 아는 사람은 많지 않을 터. 바로 인왕산(仁王山) 석굴암이다.

사실 석굴암이란 게 어디 한 지역에 있는 것만 말함이랴. 석굴에 부처님을 모셔놓은 암자는 다 석굴암이다. '원효대사'가 창건하고 수도한 '소요산' 자재암(自在庵)에도 석굴암이 있다.

인왕산 석굴암은 인왕산 정상 바로 아래쪽, 전망 좋은 암벽에 붙어 있다.

높이 338.2m인 인왕산은 도심을 분지로 둘러싸고 있는 서울의 주산 중 하나다. 풍수상 인왕산은 '한양도성'의 우백호(右白虎)다.

산 이름은 이곳에 '인왕사'라는 불교사찰이 있었기 때문에 지어졌다. 조선시대에는 임금 '왕' 자를 못 쓰고 '서산'이라 하다가, 인왕산(仁旺山)이라 불렸는데, 지금은 원래 이름을 되찾았다.

그동안 벼르던 석굴암에 가기 위해, 인왕산으로 향했다.

지하철 3호선 '경복궁역' 2번 출구를 나와 직진하다가, '우리은행'을 끼고 왼쪽 골목으로 들어선다. 여기부터 '세종마을'이다. 중간 사거리를 계속 직진해 통과해서 다음 사거리로 나오면, 나무 정자와 '통인시장' 입구가 나온다. 다시 사거리를 지나, 골목길을 계속 따라 올라간다.

이윽고 왼쪽에 '윤동주(尹東柱) 하숙집터'가 있다.

평범한 다가구주택 붉은 벽돌담에 윤동주 하숙집터라고 흰 종이에 크게 써 붙이고, 안내판과 태극기도 걸어놓았다.

오른쪽으로 '옥인제일교회'가 보인다. 그 우측 골목 안에 불국사(佛國寺)가 있다.

경주처럼 인왕산 석굴암도 이 불국사의 부속 암자인데, 불국사는 사실 별 볼 것이 없는 작은 사찰이다. 주택 겸 사찰 건물 2층에 있는 대웅전은 문이 닫혀 있을 때가 많다. 그 옆 대숲 입구에 있는 관세음보살(觀世音菩薩)상은 그나마 봐줄 만하다.

계속 골목을 따라 '수성동' 계곡으로 올라간다. '물소리 나는 동네'라는 뜻의 지명과 달리, 물이 바짝 말라 안타깝다.

계곡 좁은 암벽을 가로지르는, 작지만 범상치 않은 돌다리가 있다.

'조선' 후기 대표 화가 '겸재' 정선(鄭歚)이 그린 그림에, 이 다리로 추정되는 것이 있다. 바로 기린교(麒麟橋)다. 다리 바로 앞에 있는 안내판을 보면, 갓과 도포차림의 선비들이 다리를 건너 산을 오르고 있다.

바로 안평대군(安平大君)이 살던 '비해당'이 있었다는 곳이다. 나도 그쪽 길로 산을 올랐다.

오른쪽 위에 안평대군이 시를 읊었을 것만 같은 멋진 정자가 있고, 계곡을 건너는 요즘 돌다리를 지나 완만한 등산로가 이어진다. 은빛으로 빛나는 억새가 암봉과 어우러져 환상적이다.

곧 '인왕산길' 스카이웨이가 나온다. 그 너머가 석굴암 가는 길 입구다.

'만수천' 약수터 가는 길을 지나쳐, 석굴암을 향해 가파른 돌계단을 오른다. 계단은 나무 데크로 바뀌었지만, 급경사(急傾斜)는 그대로다. 1시간여를 한 번에 오르는 사람은 많지 않다.

오른쪽 약수터로 오르는 길과 석굴암 방향 사이 전망바위에 서면, 서울 도심이 한눈에 내려다보인다. 미세먼지가 많은 날이지만, '남산타워'도 선명하다.

왼쪽 아래로 청와대와 경복궁(景福宮)도 굽어 보인다. 연산군(燕山君) 때 궁궐을 내려다본다고 인왕사가 폐사된 일도 있다고 하는데, 지금의 인왕사는 아니고, 석굴암인지는 확실치 않다.

곧 석굴암에 이른다.

"인왕산석굴암"이란 나무현판 문 안, 비좁은 바위굴 속에 신기하게 암자 겸 스님의 방이 있다.

석굴 암벽엔 '아미타여래', 석가여래(釋迦如來), '약사여래' 부처님 세분이 나란히 계신다. 그 밑으로 불교에서 신성시하는 동물들과 연꽃 부조, 용무늬 부조들이 가득하다. 암굴 천정에는 12월인데도 아직 연등이 가득 달려 있다.

오른쪽 본존불(本尊佛) 있는 곳은 굴속이라, 어두컴컴하다. 불전함에 지폐 한 장을 넣었다.

암자 앞마당 한쪽에는 '인왕산 생태경관보전지역' 안내판이 있다. 화강암 바위산으로 기암과 소나무가 어우러져 아름다운 자연경관을 연출, 생태경관보전지역(生態景觀保全地域)으로 지정됐다고 한다. 지도를 보면, 인왕산 주요 지명들이 친절하게 나와 있다.

그 옆 샛길을 조금 따라가면, 전망이 확 트이는 바위가 있다. 옛 군초소 자리다. 청와대(靑瓦臺) 푸른 지붕이 지척이다.

뒤를 돌아보면, '치마바위'가 웅장하고 버티고 서 있다. 그 바로 위가 인왕산 정상이다. 그러나 암벽 등반이 아니라면, 오르는 길은 없다. 멀리 '코끼리바위'가 저녁놀에 물들기 시작한다.

다시 인왕산길로 내려와, 차도를 따라 오른쪽으로 걷는다.

앞쪽에 호랑이상이 보인다. 전에 '인왕산 아랫동네'를 걸을 때 만난 '문화강국(文化强國) 호랑이'는 앉아 있는 흰색 호랑이였는데, 이 녀석은 일어서서 포효하는 황금색 호랑이다. 안내문구대로 '청와대와 경복궁을 지키는 호랑이'라면, 전에 본 놈보다 이 녀석이 제격이리라.

길 오른쪽으로 서울성곽(城郭)이 나타났다.

인왕산길은 성곽을 관통한다. 이 길을 따라 '안산' 쪽으로 내려갈 수도 있고, 왼쪽으로 돌아 성곽길로 '서대문'으로 하산할 수도 있다. 오른쪽엔 인왕사와 '선(禪)바위'로 가는 길이 있다.

선바위는 돌산 인왕산에서도 가장 유명한 바위다.

2개의 큰 바위가 마치 스님들이 장삼(長衫)을 입고 서 있는 것처럼 보여, 선바위라 불렀다. 영험하다고 예로부터 소문나서, 수많은 여인들이 아들 낳게 해달라고 빌다 보니 곳곳에 큰 구멍이 패었다고 하는데, 사실 암석의 특성 탓이다.

일설에는 앞서가는 스님이 '무학대사'이고, 따르는 동자승은 '태조 이성계(李成桂)'인데, 이 바위가 성곽 안으로 들어오면 '조선에 또 불교가 성한다'며, '정도전'이 밖으로 설계했다고 한다.

인왕사 주변은 작은 사찰들과 민속신앙의 유산 국사당(國師堂)들이 모여 있는 '전통종교 타운'이다. 그러나 정작 주인공인 인왕사 대웅전은 초라하기 그지없다. 그래도 타운의 입구인 일주문(一株門)은 크고 웅장해, 감탄을 자아낸다.

동네 길을 따라 내려오면, 지하철 3호선 '독립문역'이 나온다.

■ '겸재 정선'이 그린 '기린교'로 추정되는 옛 돌다리

■ 인왕산 '선바위'　　　　　　　　　■ '인왕산길' 스카이웨이를 관통하는 서울성곽

■ '인왕산' 정상 바로 밑 '치마바위'

■ 인왕산 인왕사 일주문(산문)

# 이화마을

—

서울 대표 벽화마을, 모진 세월의 아픔이…

'이화(梨花) 마을'은 '서울' '종로구' '이화동'에 위치한 벽화마을이다. 서울에서 가장 잘 알려진 벽화마을로, 건물 벽은 물론 계단까지도 온통 벽화로 물들이고 있는 이곳은 '대학로'와 인접해 있어서인지, 젊은 연인들의 단골 데이트코스로 손꼽힌다.

벽화 관람 후, 근처 낙산공원(駱山公園)과 '서울성곽'에서 주변 전경까지 한눈에 내려다볼 수 있어, 전망 좋은 코스로 추천할 만하다.

조선시대 '한양도성'의 좌청룡(左靑龍)이던 '낙산' 바로 아래에 위치한 이화동은 쌍계동(雙溪洞)이라고도 불렸으며, 양반들이 풍류를 즐기던 도성 내 5대 명소 중 한 곳으로 꼽혔다.

일제강점기에는 일본인들을 위한 고급 주택단지가 조성됐고, 1950

년대엔 '이승만' 전 대통령이 살던 이화장(梨花莊) 일대 불량주택 개선을 목적으로 국민주택이 조성됐다. 그러나 주택이 노후화된 채로, 2000년대까지 아무런 변화가 없었다.

2006년 정부는 지역 정주여건 개선을 위해 복권기금을 이용한 도시예술 캠페인을 진행, 그해 9월부터 12월까지 3억 5,000만 원의 예산으로 이화동과 '동숭동' 일대에 주민과 예술인, 대학생, 자원봉사자들이 대대적으로 벽화(壁畵)를 그리고 조형물을 조성, 오늘의 모습이 됐다.

그 결과 이화 벽화마을은 건물과 화분, 전봇대, 돌담, 계단 심지어 벽의 균열까지 예술의 일부가 됐다. TV 프로그램이나 각종 드라마 영화의 배경으로 등장, 관광명소가 됐다.

특히 2016년에는 중국인 관광객이 가장 많이 검색한 장소 5위에 선정되기도 했다.

그러나 정작 동네 주민들은 소음과 쓰레기 투기, 사생활 침해 등 부작용을 견디지 못해, 민원이 많았다. 그 결과 중앙계단(中央階段)의 꽃과 물고기, 하얀 천사날개 그림이 사라졌다. 날개벽화는 그린 작가가 직접 철거, 다른 곳으로 옮겼다. 그리고 '정숙관광캠페인'이 벌어졌다.

초여름 어스름 무렵, 성곽(城郭) 밑 동네의 중앙도로 아래지역을 돌아봤다.

지하철 1호선 '종로5가역' 3번 출구로 나와, 대로를 따라간다. '효제초등학교'를 지나 사거리가 나오는데, 좌우는 일제 때 침략자들의 간담을 서늘케 한 '신출귀몰'의 의열단(義烈團) '김상옥' 의사를 기리는 '김상옥로'다. 정면 대학로는 '서울대'가 원래 있던 곳이라 생긴 이름이다.

대학로(大學路)를 따라 계속 가면 '이화사거리'가 나온다. 좌우는 '율곡로'. 이화사거리를 직진해 '청운예술극장'을 지나면, 삼거리 오른쪽 골목이 '이화장길'이다. 이화마을 입구인 셈이다.

입구 대학로 변에 옛 '건설교통부'가 세워놓은 '한국의 아름다운 길 100선' 비석이 서 있다.

그 길로 들어서 'JTN아트홀' 앞을 지나 두 번째 골목사거리에서 좌회전, 왼쪽 골목으로 간다. 계속 직진해 '고향분식'을 지나면, 이화장이 보인다.

2009년 4월 사적으로 지정된 이화장은 광복 후 미국에서 귀국한 이승만(李承晩) 전 대통령이 거주하던 사저다. '조선시대' 때 '인조'의 셋째 아들인 '인평대군'도 여기서 살았다.

이 전 대통령은 1947년 10월 18일부터 이듬해 8월 12일까지, 또 '4.19혁명'으로 하야한 1960년 4월 28일부터 '하와이'로 망명한 5월 29일까지 여기서 거주했다. '대한민국임시정부' 주석이던 '백범(白凡) 김구' 선생의 '서대문' 경교장(京橋莊)과 함께, 초기 한국정치의 중심지였다.

이화장 옆 언덕길에 있는 동네가 바로 이화마을이다.

시작부터 짙푸른 담장 벽화가 반겨준다. 아래는 콘크리트, 위는 나무판자로 덮인 벽에는 우산을 든 여인과 풍차(風車)가 있는 유럽 마을 그림 위에, 그림과 낙서들이 가득하다.

한 작은 집 흰 벽에는 큰 해바라기 3그루, 늙은 호박과 참외가 정겹다. 계단모퉁이 벽의 가스배관 사이로 고양이들과 뱀도 보인다. 다른 집 벽에선 "I ♥ SEOUL"이란 흰 현판 옆에서 한 남자가 기타로 보이는 현악기를 치면서 노래하고, 그 앞에는 난초화분(蘭蕉花盆)이 있다.

인상적인 벽화가 눈에 띄었다. 최고급 외제 오토바이를 탄 남자가 러닝셔츠 바람으로, 폐지박스를 가득 실은 리어카를 잡아끌고 있다. 심오한 정치·사회적 의미를 담고 있는 그림이다.

축대(築臺)를 희게 칠한 벽에는 초록색 멋진 차 옆에 한 남자가 웃고 있고, 그 너머론 원숭이들이 벽화를 그린다. 자신들의 체구의 10배는 됨직한 큰 새를….

상가건물 타일도 1층은 색동저고리 같이 색이 다채롭고, 2층은 녹색으로 통일돼 있다. 1층 입구의 빨간 로봇은 여기가 옛날 교복(校服) 스튜디오임을 알려준다. 그 옆에선 "눈치 보지 마! 막 놀아! 막 찍어!"라고 외친다. 2층 벽 앞에는 관악기를 부는 사람과 거북선 모형도 보인다.

갑자기 지하로 푹 꺼진 공간이 보인다. "애국지사(愛國志士) 어록 사진전"이란 플래카드가 걸렸다. 호기심에 내려가 봤다.

'잘살기 기념관 1965-1987'이란다. '잘살기 꿈 이루다, 잘살기, 대명중학 발자취'란 제목의 안내문과 사진들이 붙어 있다. 그 옆 허름한 작은 집 앞엔 "아들아 결코 포기하지 마라, 삭발의 어머니 매를 들다"라는 글과, 어머니가 어린 아들 종아리를 회초리로 때리는 그림이 보인다.

힘들고 어렵던 그때 그 시절, 어렵게 모진 세월을 살아 낸 달동네 서민(庶民)들의 이야기다.

다른 쪽에는 "솔눌, 세계인형박물관"이란 간판으로 쓰이는, 작은 나뭇조각 2개를 유리창과 쇠창살 사이에 끼워놓았다. "힐링 김명화

갤러리 모녀전" 나무 간판 밑에, 대리석 소조 작품들이 전시돼 있다. 앗! 그 집 벽에 해체됐다는 흰색 천사날개 그림이 있네?

'구두닦이 육영대학생' 벽화 속에는 경희대학교(慶熙大學校) 본관이 구름 위로 둥둥 떠오르고, 모금함도 보인다. 그 앞엔 "구두 닦으세요"란 세모난 안내판과 '잘살기 구두 통'이 있다. 작은 문 위엔 "나는 누구인가? 왜 사는가? 무엇을 할 것인가?"라고 적혀 있다.

그 옆 탁자 위엔 "오늘의 명상, 1. 나는 누구인가?, 2. 나는 왜 사는가?, 3. 나는 무엇을 할 것인가"라고 쓰인 나무상자가 놓였다. 가난한 고학생(苦學生)의 고뇌가 느껴진다.

다시 길로 올라왔다. 얼마 안 가, 청룡천(靑龍泉)이란 작은 돌비석이 한쪽 구석에 있다. 큰 석제 물그릇에 빨간 플라스틱 물바가지, 수도꼭지가 있지만, 이 샘물은 말라버린 것 같다.

조금 더 길을 따라가면, "경천애인(敬天愛人)"이라 새겨진 큰 돌비석이 나타난다.

한쪽 구석에 "雩南 李承晚"이란 작은 글씨가, 이 경천애인 각자는 호가 '우남'인 이승만 전 대통령의 친필임을 말해준다.

언덕길을 내려와 대학로 큰길로 나가면, 지하철 4호선 혜화역(惠化驛)이다.

■ '이승만' 전 대통령의 친필 휘호가 새겨진 돌비석

■ 심오한 정치 · 사회적 의미를 담고 있는 벽화

■ 이승만 전 대통령의 사저였던 '이화장'

■ '잘살기 기념관' 입구

■ '구두닦이 육영대학생' 벽화

■ 상가 1층 입구는 '옛날 교복 스튜디오'

# 신·시·모도

인천 '삼형제 섬'들을 한 번에 걷다

섬들로 이뤄진 '인천직할시' '옹진군' 북도면(北島面)에 '신도', '시도', '모도'가 있다.

이 신·시·모도는 섬들끼리 연도교로 이어져 '삼형제 섬'이라고도 불리며, 세 개의 섬을 한 번에 둘러볼 수 있다.

참고로, 연육교와 연도교가 잘못 혼용되고 있는데, 연육교(連陸橋)는 육지와 섬 사이를 연결하는 다리고, 연도교(連島橋)는 섬과 섬을 잇는 다리다. 즉 신·시·모도 사이 다리는 연육교가 아닌 연도교다.

신도와 영종도(永宗島) 간 다리는 정부가 건설을 추진 중이다. 영종도도 섬이지만, 이미 인천 육지와 연육교가 놓여 '준육지'로 간주된다. '인천국제공항'이 있는 영종도와 신도와의 연도교가 생기면 시도, 모도까지 잇는 효과가 있다.

신도(信島)와 시도, 시도와 모도 간 다리들 덕분에, 섬과 섬 사이를 달리는 자전거 여행이 인기다. 인천 '삼목항'에서 신도 가는 배에 오르면, 자전거와 라이더 및 등산객들이 꽤 많다.

이 섬들 각양각색의 매력을 지닌 관광지에서 가족, 연인과 다양한 추억을 만들 수 있다.

신도는 주민들이 '착하고 신의가 있다'는 뜻에서 명칭이 유래된 섬으로, 특히 최고봉인 '구봉산'이 서해의 등산 명소로 유명하다.

또 시도(矢島)는 '마니산'에서 활을 쏠 때 목표지점이어서, 혹은 활을 쏘면 화살이 떨어질 만한 거리라 해서, '살 섬'이라 불렀다는 설이 있다. 산과 바다가 조화롭게 빚어내는 아름다운 경치 덕분에 '풀 하우스', '슬픈 연가' 등 인기 드라마의 배경이 됐다.

모도는 그물에 고기는 올라오지 않고 띠(茅)만 걸린다고 해서, '띠 섬'이라 부르던 이름이 한자로 바뀌었다고 한다.

썰물 때는 1시간가량 걸어나가야 바다를 만날 수 있을 정도로, 물이 많이 빠지는 이 섬들은 동죽, 바지락, 낙지, 고동, 게, 소라 등을 만나는 갯벌체험 덕에 아이들의 자연학습장(自然學習場)으로도 이상적인 곳이다. 갯바위 낚시와 바다낚시 명소이기도 하다.

신·시·모도를 잇는 '인천 삼형제섬길'은 '대한민국 해안누리길' 제53번 길로, 3~4시간 걸린다. 이 섬들은 이웃 장봉도(長峰島)와 함께, 북도면의 4개 유인도다. 역시 관광명소로 유명한 장봉도는 신도를 거쳐 가는데, 필자가 이미 《배싸메무초 걷기 100선》에서 소개한 바 있다.

봄이라지만 아직은 바람이 쌀쌀한 3월, 신도-장봉도행 연안여객선

(沿岸旅客船)에 몸을 실었다.

신도로 가려면 인천공항철도로 가다가 '운서역'에서 하차, 역 광장 건너편 편의점 앞 정류소에서 201, 307번 버스를 타면 40분 남짓 만에 영종도 '삼목선착장'에 도착한다. 신도행 배는 오전 7시부터 매시 10분 출발하고, 신도에서 영종도행은 오후 7시까지 매시 30분에 떠난다.

갈매기들을 구경하다 보면, 곧 내려야 한다. 10분이면 '신도선착 장'에 도착한다.

정면 도로를 따라 850m 걸어 들어가면, 구봉산(九峰山) 등산로 입구 다. 180m 높이 구봉산은 신도의 하이라이트다. 배에서 내린 등산객 과 자전거 대부분이 제일 먼저 구봉산으로 향한다.

시시각각 변하는 바다를 내려다보며 오르는 섬 산행은 별미다. 임 도(林道)를 겸한 등산로는 넓고 평탄해, 라이더들도 쉽게 오를 수 있 다. 왼쪽으로 넓은 바다에 양식장이 펼쳐져 있고, 활처럼 안으로 휜 해안엔 고급 펜션이 즐비하다. 미세먼지 철이라, 시야가 좋지 않아 아쉽다.

봄철 진달래와 벚꽃이 특히 좋은 섬인데, 아직 피지 않았다.

정상에서는 서해의 풍광이 한눈에 들어오며, 인천국제공항(仁川國際 空港)과 인천 도시의 야경이 아름답다. 멀리 인천국제공항에, 꼬리에 꼬리를 물고 이·착륙하는 비행기들을 바라볼 수 있다.

이곳 돌탑은 숲을 이용하는 사람들이 마음을 담아, 주변의 크고 작은 돌을 쌓아 만든 '소원탑'이라고, 옹진군청(甕津郡廳) 안내판에 적혀 있다.

하산 길은 완만한 소나무 숲길이다. '신도1리' 쪽으로 내려가면, 20 분 정도면 산길이 끝난다.

마을회관 쪽으로 걷다가 삼거리에서 우회전하면, 곧 바닷가가 나온다. 썰물 때라 바닷물은 멀찍이 물러가 있고, 갯벌 위엔 고깃배 하나가 외롭다. 멀리 시도와의 연도교가 보인다. 해안도로(海岸島路)에서 산을 패스해 버린 라이더들과 만난다.

문득 뒤돌아보니, 갯벌 너머 구봉산이 '미인의 눈썹'처럼, 우아한 곡선을 그리고 있다.

연도교를 건너, 시도로 들어섰다.

바로 우회전해 바닷가 제방(堤防)길을 걷는다. 우측은 바닷가 갯벌이고, 왼쪽은 '시도리' 마을과 해수연못, 염전 등 계속 변한다.

시도의 염전은 정식 명칭이 '강원염전'이다.

바닷물도 소금도 안 보이는, 드넓은 논 같은 염전(鹽田) 저 너머로, 가건물들이 보인다. 바로 소금창고다. 염전과 둑 길 사이로 갈대들이 봄바람에 춤을 춘다.

염전을 지나 도로로 나오면, 삼거리다.

오른쪽으로 가면, 펜션들을 지나 '수기해변'이 있다. 반달모양의 수기해변은 완만하고 넓은 백사장으로, 마니산이 지척으로 보이며 방죽을 따라 펼쳐진 해당화(海棠花)가 일품이다. 오솔길로 산자락을 오르면, '슬픈 연가' 세트장이 있다. 일몰이 장관인 '장화리' 해변이 앞마당이다.

다시 왼쪽으로 '수기해안둘레길'을 따라 소나무숲길을 지나니, '수기해수욕장'이 나온다.

이곳은 '풀 하우스' 촬영지(撮影地)다. 2004년 방영된 '풀 하우스'는 '정지훈(비)', '송혜교' 주연의 KBS 드라마로 시청률 40%를 넘기며 큰 인기를 끌었고, '아시아'와 '동남아' 각국에 수출돼 '한류(韓流) 열풍의 주역'이었다고, 안내판은 전해준다.

다시 도로를 돌아 나와 삼거리에서 우회전, 계속 따라간다. 중간에 삼거리만 다섯 번 나오지만, 모두 무시하고 직진하다가, 사거리가 나오면 또 우회전해 끝까지 가니, 바닷가다. 20분 정도 걸으면, 모도 가는 연도교다.

모도로 건너가면, 곧 모도리(茅島里) 소공원에 이른다.

"대한민국 해안누리길 인천 삼형제섬길" 안내판이 있는 이곳은 신도~모도 사이를 운행하는 옹진군 내 버스의 종점이다. 여기서 버스를 타면, 바로 신도선착장으로 나갈 수 있다.

도보로 15~20분이면 갈 수 있는 '배미꾸미' 해변에서, 작가 '이일호'의 조각 작품들을 만나는 것도 즐거움이다. 조각공원과 카페 겸 펜션이 있다. 이일호는 해변 풍광에 반해 2003년 작업실을 지었고, 작품을 전시했다. 김기덕(金基德) 감독의 영화 '활'과 '시간'이 여기서 촬영됐다.

시도엔 '선사시대' 조개무지 혹은 돌무지 유적지도 있다.

■ 드라마 '풀 하우스' 촬영지인 '수기해수욕장'

■ 시도 연도교

■ '신도~모도' 간 운행하는 버스의 종점인 '모도리'소공원

■ '신도선착장'

■ 신도 최고봉인 구봉산 정상

# 광릉숲길

—

## 조선 왕릉 지키는 숲 지킴이, 국립수목원

　'경기도' '포천시' '소흘읍'에 있는 '국립수목원'은 국내 유일의 국립수목원이다. 흔히 '광릉숲', 혹은 '광릉수목원'으로 불리지만, 이곳 직원들이 굳이 국립수목원으로 불러달라는 이유다.

　'산림청' 산하 최고 국립연구기관이 바로 국립수목원(國立樹木園)이다.

　1997년 정부가 수립한 '광릉숲 보전대책'의 성과 있는 추진을 위해, 1999년 5월 24일 임업연구원(林業研究員) '중부임업시험장'으로부터 독립한 국내 최고의 산림 생물종 연구기관으로, 식물과 생태계에 대한 다양한 역할을 맡고 있다.

　산림식물의 조사 · 수집 · 증식 · 보존, 산림생물표본의 수집 · 분류 · 제작 및 보관업무를 하고 있으며, 국내외 수목원 간 교류 협력 및 유용식물의 탐색 확보, 산림식물자원의 정보 등록 및 유출입 관리도 하고, 산림(山林)에 대한 국민교육 및 홍보와 광릉숲의 보존도 국립수목원의 임무다.

전문전시원은 1987년에 완공됐으며, 식물의 특징이나 기능에 따라 22개의 전시원으로 구성돼 있다. 또 1987년 4월 개관한 산림박물관(山林博物館)은 각종 임업사료와 유물, 목제품 등 4,900점의 자료들이 전시돼 있다.

2003년도에 완공된 산림생물표본관(山林生物標本館)에는 국내외 식물 및 곤충표본, 야생동물 표본, 식물종자 등 94만 점 이상이 체계적으로 관리되고 있으며, 2008년도에 완공된 '열대식물자원연구센터'에서는 족보가 있는 열대식물 3,000여 종이 식재돼, 연구에 활용되고 있다.

특히 '조선시대' 세조(世祖)의 능으로 조성된 '광릉'을 감싸고 있는 광릉숲은 1468년 이래 540여 년 이상 자연 그대로 보전돼 오고 있는데, 이곳을 보호·관리하는 곳이 국립수목원이다.

무더운 여름날, 이 시원한 국립수목원을 돌아보기로 했다.

광릉숲 트래킹은 인근 '남양주시' '진접읍' 소재 봉선사(奉先寺) 입구에서 시작된다. 봉선사로 가려면, 수도권 전철 1호선 '의정부역'에서 21번 버스를 타고 봉선사입구에서 내리면 된다.

봉선사는 불교 '교종(敎宗) 으뜸 사찰의 종풍'과 '선종(禪宗) 사찰의 법맥'을 그대로 계승한, 말 그대로 교·선 양대 종파를 아우르는 대가람이다.

서기 969년 '고려' '광종' 20년에 '법인국사'가 처음 창건, '운악사'라고 했다. '운악산' 입구라는 의미인데, 산문 현판에도 "운악산(雲岳

山) 봉선사"라는 한글 간판이 걸려 있고, 오른쪽에 '조계종' 제25교구 본사임을 알려주는 돌비석이 있다.

그 후 1469년, 조선 예종(睿宗) 1년에 세조의 비 '정희왕후'가 세조의 능침을 이 산에 모시고, 이어 이 가람을 중창해 세조의 명복을 비는 절로 삼고, 봉선사라 고쳤다. '임진왜란'과 '병자호란', '한국전쟁' 때 거듭 병화를 입었고, 오늘날의 모습은 1960년 재건불사의 결과물이다.

산문(山門) 왼쪽에는, 이곳에서 '3.1운동' 때 만세시위가 벌어졌음을 말해주는 안내판이 있다.

산문을 들어서면, 왼쪽으로 드넓은 연못과 연꽃단지가 사람들을 반겨준다. 그 앞에는 불교를 중시했던 '문정왕후'가 '명종' 때 이 절에서 '승려 과거'인 승과(僧科)를 치렀음을 알려주는 석비가 서있다.

오른쪽으로 절집들이 옹기종기 모여 있다. 앙증맞은 '관세음보살상'이 반겨준다. 대웅전은 한글로 "큰 법당"이라고 써 붙였고, 나무기둥에도 한글이다. 그 앞 3층 석탑(石塔)이 단아하다.

봉선사 괘불(掛佛), 즉 그림으로 그려진 불상은 '경기도 유형문화재 제165호'로 지정돼 있다.

또 절 입구 도로 오른쪽에는 '춘원 이광수(李光洙)' 기념비도 있는데, 〈3.1만세운동 독립선언서〉를 기초했으나, 나중에 친일파로 변절한 인물이다.

봉선사를 나오면, 도로 왼쪽에 '국립수목원 광릉숲길' 석비가 기다린다. '광릉숲길'을 걷는다.

차도 옆으로 널찍한 나무 데크 길이 있고, 아람드리 나무들이 늘어서 있다. 왼쪽엔 '경희대학교 평화복지대학원'이 있다. 실개천을 하나 건너는데, '봉선사천'이란다. '왕숙천'의 지류다.

오른쪽 길 건너 광릉(光陵)이 보인다. 사적으로 지정된, 세조와 '정희왕후 윤씨'의 능이다.

세조는 생전에 "빨리 썩어야 하니, 석곽과 묘실을 만들지 말라"고 명했는데, 큰돈 쓰지 말고 간소하게 능을 조성하라는 뜻이었다. 덕분에 부역 인원과 비용을 절반 이상 감축했다. 그래서 광릉은 조선 장례문화(葬禮文化) 변천사에서 중요하며, 이후 모든 왕릉의 전형이 됐다.

포천과의 경계를 지났다. 드디어 국립수목원 입구다. 봉선사 입구에선 걸어서 꽤 먼 거리다.

입구를 들어서면, 다시 봉선사천을 건너 '어린이정원'이다. 안내판과 조형물 옆 왼쪽 숲길로 들어섰다. 바로 시원해진다. 오솔길 오른쪽 언덕 기슭에 형태를 알아보기 힘든 석상(石像) 2개, 그 옆에는 작은 고인돌도 보인다.

곧 '숲 생태관찰로(生態觀察路)'가 나온다. 'Eco-trail'이다.

울창한 숲속으로 나무 데크 길이 뻗어 있다. 햇빛도 들어오지 못하는 곳이다. 그 길 끝에서 도로를 건너 왼쪽으로 조금 들어가면, 푸른 호수가 나타난다. 바로 육림호(育林湖)다.

육림호는 국립수목원에서 가장 큰 호수다. 커다란 붉은색, 검은색 붕어들이 유유히 헤엄치고, 수면에 동그라미를 그리고 있는 연잎과 연꽃이 아름답다. 호숫가 하얀 초롱꽃들도, 빼놓을 수 없는 자태를 뽐낸다.

호수를 돌아 나와, 침엽수원(針葉樹園)을 거쳐, 전나무 숲에 이른다. 오늘의 '하이라이트'다.

전나무 숲은 1927년부터 조림이 시작됐으니, 100년 가까운 나이다. 1ha를 벌채하면, 30평 목재주택 20채를 지을 수 있다고 한다. 하늘을 찌를 듯 일직선으로 뻗은 나무기둥을 담쟁이덩굴이 기어오르고 있다. 문득 하늘을 올려다보니, 높아질수록 나무들이 가까이 모여든다.

임도(林道)를 따라 계속 올라가니, "산림동 문을 닫습니다"라고 걸려 있다. 옛 '산림동물원' 부지를 '유네스코 생물권 보전지역'인 광릉숲에 돌려주기 위해 폐쇄했단다. 과거 이곳엔 반달가슴곰, 늑대, 멧돼지 등은 물론, '백두산(白頭山) 호랑이'도 살았다고 한다.

다시 길을 돌아 입구로 나왔다. 봉선사입구로 향한다.

도중에 광릉을 들렀다. 일행과의 시간일정 상, 능까지는 가보지 못하고 입구에서만 사진을 몇 장 찍고, 그냥 나왔다. 좀 아쉽긴 하지만, 본래 왕릉(王陵)이란 게, 막상 보면 그게 그거다.

입구의 '광릉역사문화관'보다는 오른쪽, 조선시대 능을 관리하던 '능지기'가 살던 집에 더 관심이 간다.

■ 한글 현판이 걸려 있는 봉선사 큰 법당과 3층 석탑

■ 국립수목원 최대 호수인 '육림호'

■ 국립수목원 '광릉숲길' 입구

# 안성맞춤
# 길

—

놋그릇 장인과 '바우덕이 남사당패'의 길

안성(安城)은 '경기도' 동남쪽 끝, '충북' '진천군'·'음성군'과 '충남' '천안시'와 경계를 이루고 있는 고장이다.

'조선시대' 안성은 '경상도'로 가는 '동래로', '전라도'로 통하는 해남로(海南路)가 지나가는 길목에 있었고, '서해'에서 '죽산'을 지나 '강원도'로 뚫린 '동서로'가 교차되는 교통의 요지였다. '삼남지방'의 물산이 모이고, '한양'으로 가는 길목으로 상업과 시장이 번성했던 곳이다.

16세기 초 열린 '동서로'는 조선후기(朝鮮後期) '안성시장 길'로 불렸다.

이렇게 동서남북으로 발달된 교통로를 기반으로, 안성에서는 17세기 이후 전국적인 상권을 형성하며, '안성장'이 발달했고, 유기 등 수공업 역시 꽃을 피웠다.

특히 놋그릇 등 유기(鍮器)는 전국 최고의 명성을 얻으며, 특산물로 첫손가락에 꼽혔다.

안성의 유기는 조선중기 이래 한양의 대갓집 모두 식기와 제기, 촛대와 등잔 등 생활용구들까지 주문제작, 맞춤 생산으로 공급받아 '안성맞춤'이란 말이 생겼을 정도다.

지금 안성시는 아예 안성맞춤을 지역을 상징하는 대명사(代名詞)로 사용하고 있다.

'대동면' '서동대로'에 있는 '안성맞춤박물관'은 이런 안성 유기에 대한 홍보와 전시, 연구와 보존, 그리고 안성의 농업 및 향토문화를 소개하기 위해 건립된, 무료 시립박물관이다.

안성맞춤박물관은 중앙대학교(中央大學校) '안성캠퍼스' 입구에 있어, '서울'에서 대중교통으로 가기 편리하다. '남부터미널' 또는 '강남고속버스터미널'에서 안성행 버스를 타고 중앙대 앞에서 내리면 된다. 또 전철 1호선 '평택역' 앞 '평택시외버스터미널'에서 가는 버스가 꽤 많다.

박물관 전시실은 2층에 있다.

입구엔 간단한 유기제품들을 전시한 곳 위로 안성맞춤박물관 간판이 있고, 반대쪽은 안내데스크다. 한지(韓紙) 한 장씩을 나눠주는데, 여기다 유기 관련 판화를 찍어 가져갈 수 있다.

전시는 유기에 대한 소개와 유래부터 시작된다.

유기는 놋그릇 혹은 놋쇠로 만든 생활용구를 말한다. 주요 성분은 구리와 주석으로, 그 기원은 구리와 주석의 합금인 청동(靑銅)이 처음 발명됐을 때로 거슬러 올라간다. 발상지는 '아라비아반도'로 추정되며, '인도'와 '중국'을 거쳐 약 2,000여 년 만에 '한반도'로 전래됐다.

유기에는 틀에 부어 기물을 만드는 '주물유기'와 망치로 두드려서 만드는 '방짜유기', 그 중간 형태인 '반 방짜유기'가 있다.

안성유기는 '중요 무형문화재(無形文化財) 제77호'이기도 하다.

전시실에선 절에서 사용하는 좌종(앉아서 치는 바닥에 놓인 종), '조선시대' 왕실 제사에 사용하던 제기(祭器)부터 놋쇠 젓가락과 숟가락에 이르기까지, 수많은 유기제품들을 만날 수 있다. 옛날 유기공방을 재현해 놓은 곳도 있고, 위층에는 농업박물관과 지역 문화도 볼 수 있다.

박물관을 나와 중앙대 캠퍼스를 관통해 반대쪽으로 나오면, 안성천(安城川)이 흐른다.

안성천은 '경기남부지역'을 대표하는 국가하천이다. 안성시 '고삼면', '보개면' 일대에서 발원, '평택시'를 지나 '아산만'으로 흘러드는 하천으로 길이 76km, 유역면적 1,722$km^2$다.

지류는 '진위천', '입장천', '한천', '청룡천', '오산천', '도대천', '황구지천' 등이며, 하류엔 드넓은 '안성평야'가 있다.

안성천을 따라, 상류로 계속 올라간다.

'백성교'를 지나 '동양선교장로교회' 앞에서 둑길을 떠나 도로를 따라 같은 방향으로 가다가, '안성종합버스터미널'에서 좌회전, 두 번째 사거리엔 10시 방향으로 보개면사무소 가는 도로가 따로 있다. 이 길을 계속 직진해 '복평리'까지 가면, 오른쪽에 '안성맞춤랜드' 입구가 나온다.

안성맞춤랜드는 '바우덕이 축제(祝祭) 장'이기도 하다.

유기와 함께 안성의 양대 자랑거리가, 바로 남사당패의 여성 꼭두쇠(우두머리) '바우덕이'다.

남사당(男寺黨)은 '조선후기' 전문 공연예술가들로 구성된 국내 최초, 조선 최고의 유랑(流浪) 대중연예집단이다. 현재까지 풍물, 어름(줄타기), 살판(땅재주), 덧뵈기(탈놀이), 버나(접시돌리기), 덜미(인형극) 6마당과 10여 가지 세부 기예가 전승되고 있다.

상공업과 시장의 중심지였던 안성은 당시 남사당패의 근거지였다.

바우덕이는 그 꼭두쇠인 고아 출신 여성으로, 15세 어린 나이에 꼭두쇠에 오른 희귀한 인물이다. 특히 조선 '고종' 때 경복궁(景福宮) 중건 당시, 인부들 앞에서 사당패 기예를 부려 이들의 사기를 북돋아, '흥선대원군'으로부터 천민출신 여성이면서도 정3품 벼슬을 하사받았다.

지금도 안성에선 그를 계승한 시립 남사당 '바우덕이 풍물단'을 창단, 매주 토요일과 일요일 오후 안성맞춤랜드 내 '안성 남사당공연장'에서 상설공연을 하고, 해마다 바우덕이 축제를 연다.

특히 다른 곳과 달리, 안성 사당패는 최고 난이도 기예(技藝)인 줄타기의 주인공이 여성이다.

드넓은 안성맞춤랜드에는 남사당공연장과 잔디공원, 분수광장, 숲속공연장, '안성남사당전수관', 사계절썰매장, 캠핑장, 야구장, 수변공원, '안성맞춤천문과학관', 공예문화센터, 박두진문학관(朴斗鎭文學館) 등 볼거리와 즐길 것이 많아, 가족 단위 놀이터로 그야말로 안성맞춤이다.

입구에서 안으로 쭉 들어가, 수변공원을 찾는다.

인공호숫가와 수면 위 데크 길 주변엔, 연꽃이 제철이다. 가장 더러운 곳에서 가장 아름다운 꽃을 피운다는, 고마운 녀석들이다. 수호초(秀好草) 등 다른 꽃들도 화려한 자태를 뽐낸다.

수변공원 반대편에서, 육지 길로 올라섰다. '안성을 빛낸 인물상'을 만났다.

'임진왜란' 때 의병장 홍계남(洪季男) 장군, 안성지역에서 선교활동을 하고 '3.1운동' 당시 역할을 한 프랑스 출신 가톨릭 선교사 '공안국(본명 앙투안 공베르)', 3.1운동 때 '원곡면', '양성면' 일대 만세시위의 영웅 이유석(李裕奭) 선생, 교육·사회운동가 김태영(金台榮) 선생 등이다.

천문과학관은 볼 것이 없지만, 그 옆 누각에 오르니 안성맞춤랜드 전체가 한눈에 들어온다.

그 옆에는 초기 '한성백제' 시절 만들어진 굴식돌방무덤(石室墓) 2기가 남아있다. 다시 옆 아담한 동산에는 영국 '스톤헨지'를 연상시키는 석물과 양 떼 조형물이 있고, 그 아래 '빠레트 카페' 정원(庭園)과 인근 곳곳에는 각종 조각품들이 야외에 전시돼, 관객들을 맞는다.

맨 아래 도로 옆 '소원대박터널'에는 조롱박넝쿨이 온통 터널을 감싸고, 사람들이 소원을 적어 매달아 놓은 종이들이 가득하다. 터널 입구 양쪽에는 해학적인 장승 부부가 웃고 있다.

터널을 통과해 언덕에 오르면, '안성맞춤인상' 조각이 조선 유기 장인(匠人)들의 모습을 재현하고 있으며, 그 너머로 '안성맞춤공예문화센터'가 있다.

그 바로 옆이 박두진문학관이다.

'박목월', '유치진'과 함께 청록파(靑鹿派)로 불리는 시인 '박두진' 선생은 이곳 안성이 고향이다. 안성의 아름다운 자연환경은 박두진 문학을 이해하는 데 빼놓을 수 없는 요소다.

이곳 박두진문학관은 2018년 11월 개관했다. 일제와 '이승만' 독재, '박정희' '유신독재'에 항거하던 실천적 시인(詩人)이던 선생의 문학적 노정과 시집들, 재현된 서재와 일상생활 관련 자료들, 그가 수집해 '서울' '창신동' 사저에서 보관하던 희귀한 책들을 다수 만나볼 수 있다.

■ '안성맞춤인상(像)'과 '안성맞춤공예문화센터'

■ '박두진문학관' 입구 로비

■ 인공호수로 꾸민 수변공원

■ 남사당 꼭두쇠 '바우덕이'의 후계자, 여성의 줄
타기 공연

■ '안성맞춤박물관'

# 북한산
# '다섯 절길'

———

불광사, 진관사… 호국불교의 절집들을 찾다

'북한산둘레길' 제8구간 '구름정원길'은 낮은 산등성이를 옆으로 돌아가는 완경사(緩傾斜)의 길이지만, 이런 이름이 붙었다. 아마 숲 위로 설치된 나무 데크 구름다리인 '스카이워크'가 있어, 이런 명칭이 생겼나 보다.

구름정원길은 불광동(佛光洞) '북한산생태공원'에서 '진관생태공원' 앞까지, 5.2km 구간이다.

이어지는 9구간 '마실길'은 동네 이웃집에 놀러 간다는 뜻의 '마실'이란 말이 붙었다.

'은평뉴타운'과 인접한 걷기에 전혀 부담 없는 평지 길로, 초입에서 은평구(恩平區) 보호수인 느티나무와 은행나무들을 볼 수 있는데,

특히 마을을 지키는 당산(堂山)나무 격인 느티나무는 높이 15m, 둘레는 3.6m가 넘으며 아름드리 가지를 뻗고 있다.

특히 북한산의 대표 계곡 중 하나로 꼽는 '진관사' 계곡과 삼천사(三川寺) 계곡을 품고 있어, 한여름엔 피서객들이 많다.

말복(末伏)을 1주일여 앞둔 '염천의 무더위'가 기승을 부리던 날, 이 길들을 걸어본다.

구름정원길이나 마실길은 '국립공원관리공단'이 붙인 이름이다. 필자도 꼭 그렇게 부를 필요가 있을까. 더욱이 오늘 걸을 길은 두 구간이 겹쳐있어, 한 구간 명칭으로 부르기도 어렵다.

그래서 '다섯 절길'이라 부르기로 했다. 왜일까?

이 구간에는 '불광사'에서 시작해 선림사(禪林寺), 진관사, 삼천사 등의 명찰들이 있다. 또 사이에 '정진사', '봉은사' 같은 작은 사찰도 숨어있다. 그러나 날씨가 너무 더워서, 둘레길에서 꽤 많이 올라가야 하는 삼천사는 가지 못했다. 그래서 다섯 절길이다.

지하철 3호선 불광역(佛光驛)에서 2번 출구로 나와 좌회전, '구기터널' 방향으로 10분 남짓 올라가 '한국행정연구원' 앞을 지나면, 구름정원길 입구인 북한산생태공원이 있다.

북한산 능선의 서쪽 첫 번째 봉우리인 '족두리봉'이 올려다보이는 공원(公園)에서 출발한다.

공원 왼쪽 아파트단지를 끼고 등산로를 따라 올라가면 불광사 입구가 나오고, 그 오른쪽으로 돌아가니, 구름정원길 구간 입구가 있다.

둘레길을 걷기 전 불광사(佛光寺)부터 들렀다.

불광동 동네 이름은 이곳에 옛날 불광사란 절이 있었다는 데서 유래됐다. 전설에 따르면, '고려' 때 '몽골'이 침입할 당시, 지금의 불광동인 '독박골'은 조정에 진상하는 항아리를 굽던 곳으로, 항아리에 부처님의 백호광명(白毫光明)이 반사되는 것을 본 몽골군이 물러갔다고 한다.

이때부터 이 동네는 불광리 혹은 독박골이라 불리며, '호국불교의 성지'로 여겨졌다.

지금의 불광사는 1947년 김도준 화상이 재건한 것으로, 아주 규모가 작은 아담한 절집이다. 본당도 나무 때문에 현판이 보이지 않을 정도고, 건물은 법당(法堂)과 부속건물 2채뿐이다.

사진만 한 장 찍고, 앞서간 일행들을 서둘러 따라간다.

경사도가 별로 없는, 족두리봉 옆을 돌아가는 산길이다. 나무 데크길과 나무 계단, 흙길이 번갈아 이어진다.

문득 왼쪽 조망(眺望)이 트이고, 전망명소가 나타난다. 은평구 일대 아파트 숲이 굽어 보인다.

무척 더운 날씨다. 금방 지친다. 작은 시냇물이 흘러내리는 곳에서, 일행 후미가 쉬고 있다. 나도 잠시 쉬다가, 다시 발걸음을 재촉해 따라간다.

문득 마른 계곡 오른쪽에 작은 한옥(韓屋)이 보인다. 바로 정진사다.

좀 더 내려가니, 주택가 입구에 소공원이 나타난다. '수리마을' '수리공원'이란다. 불광동 수리마을은 북한산(北漢山) '수리봉'에서 이름이 비롯된, 사람과 자연이 어우러진 산기슭 동네다.

동네안길을 돌아가니, 다시 산길로 오르는 계단이 나온다. 계단을 올라 둘레길을 따라간다.

왼쪽 길옆에 기이한 작은 돌비석 3개가 모여 있다. 토착 민속신앙의 유물인 듯하다. 같이 걷던 도반(道伴)이 "이 구간에 저런 게 많아서, 외국인에게 가장 추천할 만한 둘레길 코스라고 하더라고요"라고 귀띔하는데, 주의력이 부족해서인지 다른 것들은 미처 못 봤다.

얼마 더 가니, 제법 큰 계곡이 나타난다. 사람들이 발을 벗고 물에 담근다. 길옆에는 봉분도 없는 문인석(文人石) 하나가 말없이 묏자리를 지키고 있다. 그 바로 아래가 선림사 입구다.

은평구 '진관동' '힐스테이트' 단지와 인접한 선림사는 고찰은 아니지만, 꽤 큰 절집이다.

선림(禪林)이라는 이름은 '깨달음의 숲'을 뜻한다. 북한산의 웅장한 산세를 보며 고요한 숲 사이에서 수행하는 곳이니, 절로 마음의 평화와 깨달음을 얻을 수 있을 것 같다.

1966년에 '김유주' '본심화 보살'이 토지를 시주했고, 1991년 328명의 신도들이 시주를 모아 중창했다고 한다. 특히 문재인(文在寅) 전 대통령이 고시공부를 했던 곳으로, 고시생들 사이에 영험한 절로 소문이 났다.

다시 계곡을 건너 왼쪽 길로 올라간다. 잠깐 조망이 트이면서, 북한산 '향로봉'이 눈앞이다.

둘레길을 따라가다가, 왼쪽 조망이 좋은 곳으로 잠시 빠져나왔다. '고양시'의 낮은 산줄기가 손짓한다. 소공원으로 들어가니, 북한산 연봉들이 줄줄이 기다리고 있다. 정상 백운대(白雲臺)를 비롯해 '의상봉', '원효봉', '용출봉', 향로봉, '보현봉' 등등이 나란히 서 있다.

잠시 쉬면서 간식으로 허기진 배와 지친 몸을 달래고, 다시 길을 나선다.

길 왼쪽에 내시부(內侍府) '상약' 신공(申公) 묘역임을 알려주는 돌비석과 무덤 상석이 있다. '조선' '인조' 때 궁중에서 쓰는 약에 대한 일을 맡은 상약(尚藥) 신공의 무덤터다. 이 일대에 내시들이 많이 묻혔음을 실감한다.

잠시 후 길, 오른쪽에는 아무것도 없이 상석(床石) 하나만 외롭다.

이윽고 구름정원길이 끝나고 마실길이 시작된다. 생태다리 앞이다. 도로를 따라가야 한다.

도로 왼쪽에 큰 느티나무가 보인다. 나이 약 260년 된 노거수 보호수(保護樹)다. 그 안쪽에도 보호수가 여럿 있다.

이곳은 '은평한옥마을'이다.

1,000년 전인 고려 때 이미 점지된 천복지지(天福之地)의 명당이라고 한다. 이곳 한옥들은 모두 수억 원대를 호가한다. 살림집도 있지만, 각종 문화공간이나 식당과 카페 등도 꽤 많다.

여기는 진관사(津寬寺) 입구이기도 하다.

예로부터 '동 불암(佛岩), 서 진관, 남 삼막(三幕), 북 승가(僧伽)'라 불렸던 진관사는 조선시대 한양 근교 4대 사찰 중 하나였다. '신라' '진덕여왕' 때 창건됐다는 설도 있지만, 고려 '현종'이 황제가 되기 전, 자신의 목숨을 구해준 '진관조사'에 보답고자 지은 절이라는 게 정설이다.

특히 현종은 진관사에서 '거란'의 침입을 막아달라고 부처님께 빌고자, 최초의 '대장경'을 판각했는데, 이를 초조대장경(初彫大藏經)이라 한다. '한국' 최초, 세계 두 번째의 대장경이다.

'일제' 때는 '백초월' 스님을 중심으로, 항일 독립운동의 근거지였다.

당시 백초월(白初月) 스님이 사용한 진관사 '태극기'는 '일본을 누르고 독립을 이루겠다'는 일념으로 '일장기' 위에 덧그렸는데, 2009년 '칠성각' 해체·복원 과정에서 이 태극기를 포함, 20점의 독립운동 자료가 발견됐다. 진관사 태극기는 문화재청 '등록문화재 제458호' 이기도 하다.

진관사 입구에서 왼쪽으로 내려가면, 진관사 계곡이 있다.

야생동·식물보호구역이라는데, 계곡은 물놀이하는 사람들로 인산인해(人山人海)고, 그 옆 숲속은 포토존인데 텐트들로 가득하다. 그 오른쪽에는 수령 210년 된 보호수 느티나무가 있다.

조금 더 가면 삼천사 계곡(溪谷)이 나온다.

삼천사 계곡은 북한산 전체에서 가장 수량이 많은 계곡으로 손꼽힌다. 그런데 물놀이객은 더 적다. 여전히 계곡은 식당들이 점령했다. 일행들과 잠시 물놀이를 즐긴 후 허기를 달랜다.

삼천사는 포기하고 다시 진관사 입구로 역행, 진관사로 올라간다.

오른쪽에 봉은사 가는 길이 있지만, 무시하고 진관사 산문(山門)을 통과했다. "마음의 정원"이라고 새겨져 있는데, 진관사의 캐치프레이즈다. 부도 탑과 '극락교', 두 번째 일주문을 지난다.

오른쪽 바위에 마애불이 새겨져 있다. 진관사 '마애 아미타불'이다.

진관사 대웅전(大雄殿)은 절 규모에 비해 소박하고 아담한 편이다. 그 주변에 다른 법당들이 둘러서 있다. 오른쪽으로 돌아 나오니, 장독대에 100여 개가 넘을 듯한 옹기(甕器)들이 질박한 아름다움을 뽐낸다. 아래쪽 전통찻집은 초가지붕과 흙벽으로 지어진, 정겨운 모습이다.

"종교를 넘어… 마음의 정원(庭園) 진관사"라는 나무패들이 매달린 터널을 지나, 절을 나왔다. 은평한옥마을을 지나면, 대로에서 버스로 3호선 '구파발역'이나 '연신내역'으로 나올 수 있다.

■ '불광사' 미니 법당

■ '선림사' 대웅보전

■ '진관사' '태극기'의 내역을 알려주는 돌비석

■ 진관사 대웅전

■ 둘레길에서 본 '북한산' '향로봉'

■ '내시부' '상약' '신공'의 무덤 터

■ 북한산 '삼천사' 계곡

■ 진관사 '마애 아미타불'

# 수원
# 여우길

———

광교산 자락, 2개 호수를 잇는 길

광교산(光敎山)은 '수원'의 진산이다. '용인'에서도 비슷한 대접을 받는다.

수원시 '장안구' '상광교동', 용인시 '수지구' '신봉동', '고기동', '의왕시' 일부에 걸쳐 있는 산으로, '한남정맥' 주요 봉우리의 하나다. 정상은 해발 582m의 시루봉.

본래 명칭은 광악산(光嶽山)이었는데, 928년 왕건(王建)이 '후백제'의 견훤(甄萱)을 평정한 뒤 이 산의 행궁에서 군사들을 위로하고 있을 때, 산 정상에서 광채가 솟아오르는 것을 보고는 '부처님이 가르침을 내리는 산'이라 하여, '광교'라는 이름을 내렸다는 이야기가 전한다.

주위에 큰 산이 없는 평야지대에 솟아 있으며, 산의 높이에 비해서는 인근의 백운산(白雲山)과 함께 상당한 규모를 자랑한다. 산 능선이 완만하면서도 사방으로 수목이 우거져, 삼림욕이나 당일 산행으로 많이 찾는 곳이다.

특히 겨울철 설경도 빼어나, '광교적설(光教積雪)'이라 하여 '수원8경'의 하나로 꼽힌다.

이 광교산을 중심으로 수원시가 조성한 8개의 둘레길 코스가 '수원 팔색(八色) 길'이며, 이 중 하나가 4색 길(네 번째 길)인 '여우길'이다.

여우길이란 이름은 지금의 '국립지리원'이 있는 골짜기를 일컫는 '여우골'이라는 지명에서 유래됐다. 여우들이 많이 사는 골짜기란 뜻이다. 바로 '아주대학교' 캠퍼스 뒷산 너머 동네다.

광교산 아래 광교저수지(光教貯水池. 광교공원)에서 시작, '광교신도시' '광교호수공원'의 2개 호수 중 하나인 '원천저수지'까지 이어지는, '광교택지지구'의 녹지축을 연결하는 길이다. 광교저수지와 광교호수공원이라고 하니 헷갈릴 만도 한데, 서로 전혀 다른 인공호수다.

이런 혼선이 생기는 것은 광교산이 남달리 너른 산세로, 용인(龍仁)과 의왕시 등까지 품에 안고 있기 때문이다. 산자락 곳곳에 광교라는 지명이 붙었고, 두 호수도 그렇게 됐다.

두 저수지를 잇는 여우길은 여우골 숲길과 '봉녕사'를 지나면서, 광교산의 한 자락 낮은 산줄기를 오르내리는, '도심 속 울창한 숲길'이다.

수도권 전철 1호선 수원역(水原驛) 앞 로터리에서 13번 버스를 타고 광교산 입구에서 내리면, 왼쪽에 광교저수지가 보인다.

광교산 중심부에서 흘러내린 계류들이 모여드는 호수는 언제나 평화롭다. 특히 호수 둘레를 한 바퀴 도는 데크 길 옆으로 벚나무들이 병풍처럼 늘어서 있어, 벚꽃 철에는 '인산인해'다.

옆 도로를 건너 길을 따라 조금 내려가면, 왼쪽으로 경기대학교(京畿大學校) 가는 길이 있다.

가파른 고갯길을 올라가면, 경기대 정문이 나온다. 그 왼쪽은 광교산 정상으로 오르는 주요 등산로 입구 중 하나다. 여우길은 정문으로 들어서자마자 오른쪽으로 계속 따라가, '애경성신관(愛敬誠信館)' 뒷길을 오르다 보면, 왼쪽에 나타나는 산길이 들머리다.

조금 따라가면 '수원박물관'으로 내려가는 삼거리가 나오는데, 계속 직진해야 한다.

중국풍의 정사각형 나무 정자가 있는가 싶더니, 곧 오른쪽 아래로 넓은 잔디밭이 보인다. '연암공원'이 시작된다.

도로를 가로지르는 생태다리가 그 밑에 있다. '반딧불이 다리'다. 생태다리치고는 꽤 폭이 넓고 수풀이 우거져, 안내판이 없다면 다리인지 알 수 없을 정도다. 오른쪽 아래 큰 건물이 경기남부경찰청(京畿南部警察廳)이다.

아담한 소공원을 가로질러, '한국전력공사' 오른쪽으로 여우길이 이어진다. 울창한 숲길이 이리저리 갈라지는데, 모두 무시하고 끝까지 가장 큰길로 직진해야 한다.

여우길 중간쯤, "연암공원 3-1" 말뚝 오른쪽 주차장 너머에, 봉녕사(奉寧寺)가 있다.

수원에서 가장 오래된 절의 하나인 천년고찰 봉녕사는 '고려' '희종' 4년 1208년 '원각국사'가 창건했다고 한다. 1971년 비구니 '묘전 스님'이 주지가 되고 '묘엄' 명사가 주석, '봉녕사승가대학'과 '금강

율원'을 갖춘, 조계종을 대표하는 비구니(比丘尼) 승가교육의 요람으로 발돋움했다.

일주문에는 "광교산 봉녕사"라는 현판이 붙어 있다.

길을 돌아 들어가니, 꽤 넓은 공간에, 여러 채의 절집들이 늘어서 있다. 전면에는 황금색 탑이 우뚝 서 있는데, 부처님 진신사리 금탑(金塔)이란다. 신앙의 대상이어서, 사진촬영 금지다.

범종각을 지나 큰 법당인 대적광전(大寂光殿)으로 가는 길 양쪽에는, '불국사'처럼 다보탑과 석가탑이 있고, 다보탑 옆에는 '세주 묘엄 스승님께 올리는 조시' 석비가 있다. 무지개 연못, 대적광전 오르는 돌계단 옆 배롱나무, 본전 앞 수령 800년이 넘은 향(香)나무가 인상적이다.

봉녕사를 나와, 여우길을 계속 걷는다.

또 다른 생태다리가 나온다. '나비잠자리다리'다. 그 위로 언덕이 솟아 있다. 그 정상에는 정자가 있고, 거기서 보면 광교산 산줄기가 조망된다. 이어지는 숲길은 제법 넓다. 처음에는 임도(林道)로 만들어진 듯하다.

여기가 아주대 뒷산이자, 여우골 위다. 공원 이름은 연암공원에서 '해령공원'으로 바뀌었다.

이어지는 소나무다리를 건너니, 오른쪽 언덕 위에 2층 누각이 우뚝하다. 경치 좀 보려고 올라가 봤지만, 울창한 숲에 가려 아무것도 안 보인다.

다시 '갈참나무다리'를 건너면, 이젠 사색공원(思索公園)이다.

머지않아 '스카이워크'가 나타난다. 계곡을 가로지르는 100여 m 남짓한 나무 데크 다리다. 전에 왔을 때는 없던 것이다. 왼쪽에 갑자기 나타난 산불감시탑을 보니, 여기가 산은 산인가보다. 감시탑 바로 아래는 넓은 체육공원이다.

공원을 왼쪽으로 돌아가니, 문득 왼쪽 아래 호수가 보인다. 광교호수공원(光敎湖水公園)이다.

산길을 내려와 삼거리를 건너면, 바로 원천저수지다. 길을 따라 고급 빌라와 고층아파트들이 늘어서 있다. 수원에서 집값이 가장 비싼 곳 중 하나다.

원천저수지(遠川貯水池) 호숫가로 내려섰다.

이 여름처럼, 새파랗고 맑은 수면이 참 아름답다. 반대편에 우뚝한 아파트들이 잔잔한 수면에 비춰져, 마치 판화를 찍어놓은 것 같다.

이 원천저수지 바로 옆에 또 다른 인공호수인 '신대저수지'가 있다. 2곳을 합친 광교호수공원은 국내 최대 도심(都心) 속 호수공원이라고 한다. 흔히 두 호수를 이어 걷거나 자전거를 탄다. 천천히 걸어도 원천·신대저수지를 한 바퀴 도는 데 2시간이면 넉넉하다.

하지만 너무 더워서 여우길과 만나는 곳에서 조금 가다가, 둑길에서 내려선다.

호숫가에 달팽이 형상의 '느린 우체통(郵遞筒)'이 눈길을 사로잡는다. 엽서에 보내는 사람과 받는 사람의 주소를 써야, 1년 후에 배달이 가능하단다. 원천호수를 배경으로 뒤집어진 하트 모양 3개를 엮은 조형물을 병풍 삼아 놓인 벤치는 연인들의 촬영(撮影) 명소.

이곳은 수원시와 용인시의 경계다. 삼거리에서 도로를 건너면, 용인 '상현마을'이다.

여기서 65번 버스를 타면, 1호선 '안양역'까지 한 번에 갈 수 있다.

도중에 '팔달문'이나 '장안문'에서 내려, '유네스코 세계문화유산'인 수원화성(水原華城)을 걸어보는 것도 추천한다.

필자는 집이 수원이지만, 화성은 다루지 않는다. 수도권의 '잘 알려지지 않은, 그러면서도 이야깃거리가 있고, 대중교통으로 쉽게 갈 수 있는 곳'을 알리는 게 필자의 몫이다.

■ '광교산' 아래 '광교저수지'

■ 봉녕사 큰 법당인 '대적광전' 앞의 다보탑과 석가탑

■ '광교호수공원' 내 '원천저수지'

■ '여우길' 들머리인 '경기대학교' 정문

■ 국내 대표적 비구니 승가교육의 요람 '봉녕사'

산 따라 강 따라 역사 따라 걷는
수도권 도보여행 50선

■ '여우길'에서 바라본 광교산

■ '아주대학교' 뒤 산길. 오른쪽 아래가 아주대, 왼쪽은 '여우골'

■ 작은 계곡 위를 가로지르는 스카이 워크

# 동문 밖 길

---

조선 초부터 80년대까지… 역사의 뒤안길

'성저십리'(城底十里), 즉 '조선시대' '한양도성'의 성문 밖 십 리까지의 땅은 한양의 일부로 간주됐다. 한성부(漢城府)의 관할에 속하는 도성의 교외로, 조선중·후기 한양의 경제적·군사적 기반이자, 성리학 이데올로기를 사상적·민간신앙적으로 보완하는 역할까지 해냈다.

동대문, 즉 흥인지문(興仁之門) 밖이 특히 그랬다. 동대문에서 '청량리'에 이르는 큰길을 '동문 밖 길'이라 부르자.

이 길 주변에는 조선시대 왕이 풍년농사를 빌며 농경의 신에게 제사를 지냈던 '선농단', 직접 농사를 지어 선농단 제물로 썼던 적전(籍田), 왕비가 길쌈의 모범을 보이고 누에 신에 제사를 올렸던 선잠단(先蠶壇)이 모여 있다.

그리고 '임진왜란' 때 '명나라' 장수들이 들여온 '관제신앙의 메카' 동묘(東廟)도 있다.

또 '왕십리' 벌판의 채소들과 미나리 등은 도성주민들의 귀중한 먹거리였다. '마장동'에는 큰 말 목장이 있어 군마들을 길렀고 소시장이 번창했으며, '뚝섬'은 기병들의 군사훈련장이었다.

지하철 1·4호선이 교차하는 '동대문역' 1번 출구로 나와 뒤를 돌아보면, 보물 동대문이 늠름하게 서 있다. 오른쪽에 '영화빌딩'을 끼고, 올라가는 골목이 보인다.

이곳은 '종로구' 창신동(昌信洞)이다.

창신동은 조선시대 도성의 경계를 이루던 성곽마을로, '일제강점기'와 해방 후 근대화과정에서 대표적 도심 주거지가 됐다. 특히 1960~1970년대엔 인근 청계천(淸溪川)과 함께, 농촌에서 '무작정 상경'한 서민들이 집중 거주하던, 대표적 달동네였다.

필자가 기억하는 1980년대 초반의 창신동은 좁고 가파른 골목들이 거미줄처럼 이어진, 쉬엄쉬엄 올라야 하는 지역으로, 집집마다 대문 옆엔 연탄재(煉炭滓)가 탑처럼 쌓여 있던 곳이었다.

특기할 것은, 주택 겸 봉제공장인 '주공복합형' 다세대·다가구 주택들이 많다는 점이다.

지금도 창신동을 상징하는 봉제산업(縫製産業)은 19세기 말 동대문에 전차가 운행되고, '광장시장'을 중심으로 대규모 포목시장이 생기면서 시작됐다. '한국전쟁' 이후 청계천 '판자촌'에 몰려든 빈민들은 '미군'들의 옷을 수선하거나, 재봉틀로 옷을 만들어 팔면서 생계를 이어갔다.

1958년 대화재 이후 판자촌 철거와 청계천 복개, 평화시장(平和市場) 신축이 이어지면서, 봉제공장들이 대거 창신동으로 이전, '동대문 패션타운'의 배후 생산기지 역할을 톡톡히 해냈다.

많이 쇠퇴했다고 하지만, 지금도 '창신2동' 일대는 1,000여 개의 봉제공장들이 전국 최고 밀집도를 자랑한다. 세계에서 얼마 없는, 도심제조업(都心製造業) 지역이기도 하다.

창신동 봉제산업의 역사와 봉제 일을 직접 배울 수 있는 곳이, '이음피움 봉제역사관'이다.

영화빌딩 옆 골목길을 들어서니, 뙤약볕을 피할 수 있는 그늘이어서 반갑다. 서울 시내 대표 먹거리 촌의 하나인 이곳엔, 가성비(價性比) 뛰어난 작은 식당들이 많다.

'생생푸줏간' 앞 작은 골목사거리에서 좌회전, 바로 나오는 골목삼거리에서 오른쪽 골목으로 들어선다. 골목입구 건물 벽에 봉제역사관 화살표, 길바닥에는 "창신동 봉제거리박물관"이라는 동판이 묻혀 있다.

양쪽에 봉제공장(縫製工場) 겸 살림집들이 다닥다닥 붙어 있다. 창신동임이 실감 난다.

그 끝 오른쪽에 이음피움 봉제역사관이 있다.

지하 1층, 지상 4층의 건물 전체가 역사관이다. 안내데스크가 있는 지하 1층은 봉제작업실 겸 체험교육실이고, 1층이 단추가게, 2층이 봉제역사관(縫製歷史觀)과 기획전시실, 3층은 기획전시실, 4층이 '바느질카페'로 구성돼 있다.

바느질카페는 종업원이 없는 아담한 '셀프 카페'로, 종이컵을 비치해놓지 않아 차를 마시려면 컵을 준비해 가야 한다. 테라스를 겸비,

창신동 일대를 한눈에 조망할 수 있는 곳이다.

여기서 특기할 것은, 달동네 한가운데 자리 잡은 채석장(採石場) 터다.

일제 때 '조선총독부'가 직영하던 채석장이 있던 곳으로, 주요 석조건물에 쓰인 석재가 대부분 여기서 채굴됐다고 한다. 해방 후 미군정(美軍政)과 '이승만' 정부를 거쳐, 1961년 폐쇄됐다.

봉제역사관을 나와 다시 내려오는 길, 양옆으로 '봉제 메카'의 참모습이 보인다. '서울봉제산업협회'가 입주한 '실빛빌딩'에는 창신동 봉제마을이 '서울미래유산'으로 지정됐음을 알려주는 동판(銅版)이 붙어 있고, '상상패션 런웨이' 의상 제작현장 홍보물도 붙어 있다.

생생푸줏간 골목사거리로 되돌아와 직진하면, 우측으로 '창신골목시장'이 보인다. 정겨운 서민 먹거리들이 즐비한 곳이다.

특이한 점은 시장 아래부터 '종로'대로까지는 '네팔음식거리'라는 점이다.

가게마다 영어와 한글 및 인도어가 뒤섞인 간판을 내걸고, 인도(印度)풍 물씬 풍기는 홍보포스터를 붙인 채, 낯선 요리들을 팔고 있다. 한 점포에는 태극기와 네팔 국가가 나란히 걸려 있다. 왜 하필 네팔일까? 하긴 요즘 한국엔, 네팔 출신 외국인 근로자들이 많다.

다시 종로를 따라 내려간다. 길옆 '글라스타워'에는 선교기독교백화점(宣敎基督敎百貨店)이 있어, 교인들은 한번 들러볼 만하다.

그 뒷골목 안에 백남준기념관(白南準記念館)이 숨어 있다.

한국이 낳은 세계적인 현대예술가이자, '비디오아트'의 창시자인 '백남준을 기억하는 집'을 표방한 이곳은, 그의 삶과 예술을 기리는 집이다. 생가는 아니지만, 그의 집터 인근 한옥을 서울시가 매입, 2017년 3

월 조성한 곳으로, '서울시립미술관(市立美術館)'이 관리하고 있다.

큰 나무다리 4개가 달린 구식 대형 흑백 TV를 개조한 작품이 중앙에 있고, 그 위에 작은 3개 모니터가 다른 영상들을 보여준다. 그 옆에 '테크노 부처'상이 있고, 안쪽엔 백남준(白南準)의 작은 방을 재현한 공간에서 여성 관람객이 영상을 감상 중이다.

종로로 되돌아와 '동묘앞역' 사거리를 통과한다. 왼쪽 위 '숭인근린공원'에는 필자가 《배싸메무초 걷기 100선》에서 소개했던, '단종'의 비 '정순왕후'의 한이 서린 동망봉(東望峰)이 있다.

종로 오른쪽 청계천에는, '강원도' '영월'로 다시는 돌아오지 못할 유배 길을 떠나는 단종과 정순왕후가, 눈물로 마지막 이별을 했던 다리가 있었다.

계속 직진, '신설동' 오거리를 지난다. 여기부턴 종로가 아니라 '왕산로'다. 구한말 '의병영웅'인 '왕산(旺山) 허위' 선생을 기리는 이름이다.

'안암천'을 건넌다. 다리 현판은 '안암대교'인데, 한강다리만 '대'자를 붙이기로 해서, '안암교'로 격하됐다고 한다.

'용두동' 사거리를 지나 '두산베어스타워' 옆으로, 선농단(先農壇) 올라가는 길이 있다. '함경면옥'을 끼고 100m 정도 골목길을 올라가면, 오른쪽에 '선농단역사공원'이 있다.

사적으로 지정된 선농단은 조선의 임금이 '선농제'를 올리고, 친경하는 의식을 통해 백성들에게 농사의 중요성을 알린, '농경 국가의 상징적 유적'이다.

중국 신화에서 농사를 관장했던, 신농씨(神農氏)와 후직씨(后稷氏)를 모신 곳이다.

여기서 조선의 왕들은 제사를 올리고, 적전에 나가 친히 논밭을 갈 았다. 그 후 세자, 대신, 백성들이 차례로 적전에서 일하는 것을 관람 하고, 잔치를 베풀었다.

여기서 유래한 음식이 바로 '설렁탕'이다. 선농단에서 먹는 탕이라 는 뜻에서 '선농탕'이라 하다가 음이 변해, 설렁탕이 된 것.

선농단 안에는 단 외에도, 천연기념물(天然記念物)로 지정된 향나무 노거수도 우뚝 서 있다.

선농단 자체는 별 볼 것이 없다. 선농단에 대해 자세히 공부하고 그 의미를 알고자 한다면, 그 옆 '선농단역사문화관'을 들러야 한다. 그 앞집 벽에는, 선농단 행사를 그린 벽화가 있다.

다시 대로로 내려와, 정릉천(貞陵川) '용두교'를 건넜다. 그 지하는 1 호선 '제기동역'이다.

길 왼쪽 '한솔동의보감'은 옛 '미도파백화점'이다. 한때 동부권 주 요 백화점이었으나, 한방 전문 쇼핑몰로 변했다. 바로 옆 '롯데불로 장생타워', 건너편 '동의보감타워'에 비하면, 초라하다.

이런 건물이름들은 이곳에, '서울 약령시(藥令市)'가 있다는 점에 근 거한다.

서울 약령시는 국내는 물론, '동양 최대의 한방전문시장'이며, 조선 시대에 구휼기관인 보제원(普濟院)이 근처에 있었다. 보제원은 관리들 의 숙소인 원의 역할뿐 아니라, 가난한 백성들에게 약을 나눠주며 구 휼을 베풀었던 곳으로, 서울 약령시는 그 정신을 계승한 곳이다.

제기동역은 '한방사랑' 테마 역으로, 구내에 각종 약재와 약방(藥房) 기물들을 전시해 놓았다.

■ '백남준기념관'

■ '이음피움 봉제역사관'

산 따라 강 따라 역사 따라 걷는
수도권 도보여행 50선

■ 농경 국가의 상징적 유적 '선농단'

■ 전형적인 달동네 '창신동' 한가운데에 있는 채석장 터

# 청평길

---

깃대봉 · 북한강 · 청평댐 · 조종천… 산과 물이 어우러진 길

'경기도' '가평군' 청평면(淸平面)은 '서울'에서 약 50km 떨어져 있으며, '북한강' 유역에 위치해 '청평호', '화야산', '호명산', '대성리' 등 천혜의 관광자원들을 보유하고 있다. '가평8경' 중 제1경이 청평호, 제2경은 '호명호'로 모두 청평면에 있다.

청평면은 경춘선(京春線) 복선 전철이 지나가, 수도권 전철이 운행된다. 지난 2004년 12월 1일 '외서면'에서 지금의 이름으로 바꿨다.

청평은 '깊고 맑은 내가 흐르는 들'이라는 의미로, '청평천(현재의 조종천)'이 흐르다가 북한강(北漢江)에 유입되면서, 그 합류점 부근에 넓은 들을 이루어 놓은 데서 지명이 유래했다.

청평면의 중앙을 조종천(朝宗川)이 심한 감입곡류로 흘러내려, '청

평댐' 하류 1km 지점에서 북한강으로 합류하는데, 그 연안에 평지가 있다. 주위에는 '불기산(601m)', '청우산(619m)', '화야산(755m)', '뾰루봉(709m)' 등이 솟아 있고, 중앙에는 호명산(虎鳴山. 632m)이 있다.

가장 유명한 호명산이 높이로는 존재감이 적은, 험준한 지세다. 북한강 반대편에는 '깃대봉(909m)'과 '운두산(686m)'이 우뚝하다.

조종천은 가평군 '조종면' '상판리'에서 발원, 청평면 '청평리'에서 북한강과 합류하는 2급 지방하천으로 총연장 39km다. 하천 명칭은 가평의 옛 이름인 조종(朝宗)에서 유래됐다고….

한국의 하천 대부분이 동쪽에서 서쪽으로 흐르는 것과는 달리, 가평군에는 지질구조로 인하여 동쪽으로 흐르는 하천이 많은데, 조종천이 대표적이다. 1993년 9월 조종천의 상류를 포함한 지역이 생태계보전지역(生太界保全地域)으로 지정됐다.

하지만 오지인 이곳이 전국적으로 유명해진 것은 역시 '청평댐' 덕분이다.

북한강이 동쪽에서 서쪽으로 흐르다가, 다시 남쪽으로 유로를 바꾸는 만곡부에 청평댐이 있다. 조종천이 북한강에 합류하는 지점 위쪽에 위치한 댐으로, 1943년 준공됐다. 당시 남한에서 가장 큰 수력발전소(水力發電所)로 건설됐다.

청평호는 청평댐이 생기면서 만들어진 인공호수로, 레저시설이 갖춰진 관광지로 이름나 있다.

오늘은 이 청평길을 걸어본다. 깃대봉 능선에서 북한강과 청평호를 굽어보고, 청평댐과 청평호를 직접 돌아본 후 다시 조종천을 따라가는, 산과 물이 어우러진 길이다.

지하철 1호선 및 '경의중앙선' 청량리(淸凉里)역 4번 출구로 나와, 왼쪽 버스정류장에서 1330-2, 1330-3, 1330-4 및 1330-44번 버스를 타면, 청평까지 원스톱이다. 대성리를 지나, 팔각정 다음 '청평아랫삼거리'에서 내린다.

반대편으로 길을 건너 대로를 따라, 온 길을 되짚어간다.

오른쪽에 가평의 특산물인 '만보 잣' 도매점이 있고, 다시 청평석재(淸平石材) 앞을 지나면, 성불사(成佛寺)로 가는 길임을 알려주는 비석이 보인다. 여기가 바로 깃대봉 산행의 들머리다.

오른쪽 아래, 깃대봉에서 내려오는 맑은 계곡물 소리가 경쾌하다.

오른쪽에 성불사가 있다. 이름과 입구는 거창하지만, 아주 작고 건물도 다 현대식(現代式)인 초라한 절이다. 입구의 돌비석은 우측으로 가라 하고, 절 바로 앞 양철안내판은 좌측을 가리키고 있는 것에서, 성불사를 찾는 이가 적다는 것을 알려준다.

시멘트 포장길을 따라 조금 더 오르면, 채석장(採石場)이었던 곳이 보이고, 그 위에서 본격적인 깃대봉 산길이 시작된다. 이 등산로는 찾는 사람이 거의 없어, 매우 한적한 길이다.

이제 막 산길이 시작됐을 뿐인데, 뒤돌아보면 전망이 시원하다. 뾰루봉과 호명산, 청평 시내가 손이 잡힐듯하다.

초반은 경사가 매우 가파르다. 스틱이 없다면 미끄러지기 십상이다.

조금만 올라도 전망은 그만이다. 북한강이 발아래 보이고, 신청평대교(新淸平大橋)가 강을 가로지른다. 20분 등산에 이 정도 조망이 가능한 곳은, 아마 전국에서도 거의 없을 게다.

30분여 만에, 전망 좋은 곳에서 자리를 폈다.

앉아서도 북한강과 청평댐, 청평호, 그 건너 호명산과 뾰루봉, 화야산이 지척이다. 등 뒤로는 운두산에서 깃대봉으로 이어지는 산 그리메가 유순하게 흘러간다. 카메라를 당겨서 찍으니, 호반(湖畔)의 식당들과 배들도 선명하게 보이고, 곳곳의 발전소 시설들도 이리 오라 손짓한다.

그림 같은 산수를 즐기면서, 준비해 온 얼린 막걸리와 군만두로 '소박한 호사'를 누려본다.

발밑에 난 고사리 새순은 어린아이 손가락이 왜 '고사리손'이라고 하는지, 대변해 준다. 처서(處暑)가 지나는 날, 이젠 가을이라며 길옆 밤송이들이 속삭인다.

다시 산을 내려와 큰길로 돌아왔다. 청평댐까지 직접 가보기 위해서다.

청평아랫삼거리에서 길을 건너, 서울 방향으로 도로를 따라간다. '청평2교'에서 조종천을 건넌다. 꽤 큰 하천이다. '청수아파트' 앞을 지나 좀 더 가니, 오른쪽에 청평유원지(清平遊園地) 입구가 보인다. 청평대교 앞과 경춘선 철로 교각 밑을 지났다.

청평댐 입구 교차로에는 '수상레저의 요람, 희망과 행복이 있는 미래 창조도시 가평(加平)'이라는 철제 아치가 왼쪽 도로를 가로지른다. 청평댐 입구이자, 가평의 명소인 프랑스 문화마을 '쁘띠 프랑스'로 가는 교차로다.

그 우측 청평1교(清平一橋) 밑에서 조종천이 북한강과 합류한다. 4대강 자전거길 다리도 있다.

청평1교 다리에선 청평댐이 정면으로 보인다. 웅장하다.

북한강 강변로를 따라 올라간다. '청수 리버빌' 등 고급 주택가들이 강변을 따라 늘어서 있다. 철조망 너머로 청평댐이 점점 가깝게 다가온다. 마침내 청평댐이다. "청평제(淸平堤)"라는 현판이 붙어 있고, 철문은 굳게 닫혀 있다.

청평호반으로 올라갔다. 수면은 잔잔한데, 파도가 제방에 부딪히는 소리가 제법 크다.

토속음식 전문식당 앞에서 돌아 나왔다.

다시 청평댐 입구 교차로에서, 청평대교(淸平大橋)를 들렀다. 조종천 물길이 산들과 경춘선 철교와 어우러져, 기막힌 경관을 선사한다.

'청평2교'를 건너, 오른쪽 천변 길로 들어섰다.

오른쪽 청평교(淸平橋)에는 "낭만가득 청평"이라고 써 붙여놓았다. 하천 변으로 내려오자, 예쁜 돌다리가 나타났다. 그 위로 물고기를 잡는 사람들이 보인다. 자세히 보니, 고기가 제법 많다. 나도 신발을 벗고, 걷기에 지친 발을 씻어본다.

길 왼쪽 '청평 여울시장'에서 허기를 달래보는 것도 좋을 듯하다.

조종천을 따라 올라가다가 중간에 적당한 곳에서 빠진다. 청량리 가는 버스가 서는 '청평터미널'과 농협, 경춘선 열차가 지나는 청평역(淸平驛)을 찾아가면, 서울로 쉽게 돌아올 수 있다.

■ '뾰루봉'을 감아 도는 '북한강'과 '청평호'

■ 한 폭의 그림 같은 '청평호'

■ 곡선을 그리며 흘러내리는 조종천

■ 북한강으로 합류하는 '조종천'

■ '깃대봉' 등산로 입구인 '성불사' 앞

■ '청평댐' 정면

# 고종, 독립,
# 그리고 민주의 길

잊지 말아야 할 아픔의 역사, 빛나는 역사

2019년 8월 '서울관광재단'은 '3.1운동' 및 '대한민국임시정부' 수립 100주년, '광복절' 제74주년을 맞아, 망국과 광복의 흔적들을 찾아가는 '다크 투어리즘'을 기획했다.

그중 한 코스가 '고종(高宗)의 길'이다.

고종이 '대한제국'을 선포했던 '덕수궁', '아관파천'의 현장 구 러시아 공사관 건물, '을사늑약'이 체결된 '중명전', '정동공원', '구세군' '서울제일교회' 등을 잇는 길이다.

이 길은 트래킹이라 하기엔 너무 짧다. 그래서 필자는 길을 좀 더 늘여서 '중앙일보' 사옥 인근에서 시작, 남대문과 덕수궁(德壽宮)을 거쳐 '대한성공회' 성당으로 돌아 나와, '광화문' 사거리까지 걸으면서,

역사에 대해 생각해 본다.

이 길은 고종만의 길은 결코 아니다. 조국광복을 위해 목숨을 바친 독립투사들, 총탄과 최루탄의 비를 뚫고 민주주의를 외쳤던 민주투사들의 길이기도 하다. '대한민국' 민중의 길이다.

그래서 '고종, 독립, 그리고 민주(民主)의 길'이라고 명명했다.

고종에 대한 역사의 평가는 사람마다 조금씩 다를 수 있다. 그러나 일제에 나라를 빼앗긴 망국의 책임이 그 누구보다 크다는 것은 분명하다. 그의 무능과 무책임, 무지, 탐욕이 암흑의 일제침략기(日帝侵略期)를 불러왔다.

그래도 우리 민중들은 나라를 지키기 위해, 또 빼앗긴 나라를 되찾기 위해 싸우고 또 싸웠다.

해방을 맞고, 비록 남한만의 단독정부였으나, 임시정부가 아닌 대한민국(大韓民國) 정부가 수립됐고, '한국전쟁' 동족상잔(同族相殘)의 참극을 또 겪어내야 했던 사람들이다.

이 길에서 그들은 다시 민주주의를 위해 싸웠다. 이 길은 '4월 혁명(革命)'의 현장이자, '6월 민주항쟁(民主抗爭)'이 시작된 곳이고, 다시 2016년 '촛불 혁명의 성지'로 변했다.

그렇게 아픔과 통곡의 역사는, 빛나는 영광의 역사로 바뀔 충분한 가능성을 내포하고 있다.

지하철 1·2호선이 교차하는 '시청역'의 서소문(西小門) 쪽 9번 출구로 나와, 조금 길을 따라가면, '호암아트홀'이 보인다. 그 앞 언덕 위 골목으로 올라선다.

이곳은 '조선시대' '한양도성'의 사소문 중 하나였던 서소문, 즉 소의문(昭義門)이 있던 자리다.

1396년 처음 건립됐을 당시엔 '소덕문'이라 하다가, 1744년 소의문으로 고쳤는데, 1914년 일제가 철거해 버렸다. 하지만 사람들은 지금도 이 동네를 서소문이라고 부른다.

언덕길을 조금 가니, 한양도성 성벽이 보인다.

멸실된 더 구간이 많지만, 이 골목길은 '한양도성 순성(漢陽都城 巡城)길'의 일부다. 성벽이 복원된 곳도, 빛바랜 옛 성 돌보다 요즘 새로 쌓은 흰 화강암 성 돌이 대부분이다.

이곳은 1907년 일제의 군대해산령에 맞서, 구 대한제국 군인들이 봉기한 정미의병(丁未義兵)이 일어난 곳이기도 하다. 강제해산에 울분을 참지 못한 '박승환' 대대장이 자결하자, 그 부하들과 이웃 대대 병사들이 일제히 봉기, 시가전을 벌였고, 지방으로 흩어져 의병과 합류했다.

이 의병들이 독립군, 다시 광복군(光復軍)과 대한민국 국군의 뿌리다.

'대한상공회의소' 빌딩 앞 '남대문로터리'에서 신한은행(新韓銀行) 및 '부영빌딩' 뒷골목을 걷는다. 조선시대 '명나라' 사신의 숙소였던 '태평관 터'라는 표식이 보인다.

구 '삼성전자' 빌딩 옆으로, 대로로 내려왔다. 시청 앞 교차로에서 반대편으로 길을 건너 '소공동' 길로 접어든다. '웨스틴조선호텔' 옆에 있는 '환구단'으로 가기 위해서다.

사적으로 지정된 환구단(圜丘壇)은 대한제국 황제가 하늘에 제사를 드리던, 제천단이다.

1897년(고종 34년) 고종의 황제 즉위식과 제사를 지낼 수 있도록, 옛

남별궁 터에 단을 만들어 조성한 것으로, 화강암 기단 위에 3층 8각 지붕의 황궁우(皇穹宇)를 짓고 신위 판을 봉안했다.

이어 1902년 고종 즉위 40주년을 기념, 석고(石鼓) 3개로 이뤄진 단을 황궁우 옆에 세웠다. 석고의 몸체에 부각된 용무늬는 조선 말기 조각의 걸작으로 꼽힌다. 그 아래쪽 '서울시청' 앞 광장과 면한 도로변에, 환구단 문도 남아 있다.

서울시청 앞을 지나고, 대로를 건너 덕수궁의 정문 대한문(大漢門) 앞에 섰다.

나라 이름은 대한(大韓)인데 왜 '한나라 한' 자 대한문일까. 황제는 원래 중국의 통치자니까, 그렇게 이름을 지으면, 중국처럼 크고 강한 나라가 된다고 믿고 싶었던 것일까? 중국의 '청나라'는 이미 열강에 갈기갈기 찢긴 반식민지 처지니, 우리가 대신할 수 있다고 여겼던 걸까….

이 대목은 망한 명나라 '신종'의 신주를 여전히 모시고 제사를 지내면서, 소중화(小中華)라고 으스대고, 정작 강대국인 청나라는 오랑캐라고 무시했던 저 조선의 사대부들을 연상케 한다.

고종이 황제가 된 후 추진한 광무개혁(光武改革)은, 나름대로 평가할 만한 부분도 있다. 그러나 '개혁이 너무 늦어, 망국을 막기엔 역부족'이었다는 평가가 지배적이다. 늦었다면, 그는 황제가 아니라 입헌군주(立憲君主), 아니 프랑스 같은 공화정(共和政)을 과감히 채택해야 했다.

그러나 역사를 뒤로 거슬리는 전제정치를 택하는, 최악의 수를 두고 말았다. 오호통재라….

대한문을 뒤로하고 덕수궁 돌담길로 접어든다. 왼쪽 언덕 위에 '서울시청' '서소문별관'이 보인다. 해태상이 있는 1동에는 아주 특별한 공간이 있다. 13층의 정동전망대(貞洞展望臺)다.

이곳에선 서울 시내 중심가가 한눈에 내려다보인다. 특히 덕수궁의 각 전각들을 비롯한 궁 전체를, 샅샅이 살펴볼 수 있다.

커피 등 각종 음료를 파는 이곳에서, 커피 애호가로 유명했던 고종의 이야기를 접한다.

전망대를 내려와 '서울시의회' 건물을 돌아가면, 지금은 '서울시립미술관'으로 쓰이는, 구 대법원(大法院) 청사가 반겨준다.

등록문화재 제237호인 이 건물은 1928년 지어진 '경성재판소' 건물이다. 1995년 대법원이 서초동으로 이전하기까지, 이 나라 사법부(司法府)의 요람이었다. 지하 1층, 지상 3층의 장중한 근세 고딕풍 건물로, 정문 파사드 3개와 그 위 아치형 창문 4개가 보는 이들을 감탄케 한다.

다시 '덕수궁돌담길'로 내려오는 양옆 숲속에는 미술관답게, 조각 작품들로 가득하다.

정동교회(貞洞交會) 로터리에서 덕수궁돌담을 끼고도는 길을 택했다. 궁을 한 바퀴 돌 수 있는 이 길이 완전 개통된 것은 2017년 8월 말로, 1959년 영국대사관에 의해 막힌 지 58년 만의 일이었다.

덕수궁은 또 구 미국공사관과 주한미국대사관저로, 중명전(重明殿)과 분리돼 있다. 그 옆은 영국대사관이다. 구한말 열강들에 포위된 '허수아비 황제(皇帝)'의 신세를 대변하는 셈이다. 고작 100m 남짓한 덕수궁돌담길을 복원하는 데도 몇 년 걸렸다.

필자도 미 대사관저 앞을 지나 구세군 서울제일교회까지만 가봤고, 한 바퀴 돈 건 처음이다.

그러나 돌담길은 곧 막혔다. 덕수궁 안으로 돌아가야 한다. 타국 대사관 경내니 그러니 하지만, 왠지 씁쓸하다. 영국대사관(英國大使館) 앞에서 정문 사진을 찍으니, 직원이 제지를 한다.

대사관 정문 바로 옆 아담한 한옥건물은 경운궁(慶運宮) '양이재'다. 등록문화재 제267호인데, 굳이 덕수궁이 아니라, 옛 이름인 경운궁 이라고 한 이유가 궁금하다.

여기부터는 성공회(聖公會) '서울주교좌성당' 경내다. 성공회는 '종교 개혁' 때 설립된 영국국교회니, 영국대사관 옆에 성당이 있는 건 자연 스럽다. 서울특별시 유형문화재 제35호인 이 성당은 돌과 벽돌을 섞어 지은, 중세유럽 초기 '로마네스크 양식'의 당당한 건축물이다.

그 옆 소박한 한식건물인 사제관 앞에, "유월 민주항쟁 진원지(震源地)"라 새겨진 비석이 있다.

5공 군사정권이 개헌약속을 뒤집고 독재연장을 획책할 때, 결연히 맞선 사람들이 모였던 곳이 바로 여기다. 1987년 6월 10일 민주헌법 쟁취국민운동본부(民主憲法爭取國民運動本部)가 이곳에서 연 '박종철 군 고 문치사 조작, 은폐 규탄 및 호헌철폐 국민대회'가 '6월 항쟁'이 됐다.

성당을 나와, '서울 시의회(市議會)' 건물 앞이 바로 세종대로다.

서울 시의회 건물은 등록문화재 제11호로, 1930년대 초 시민문화 공간 '경성부민회관'으로 지어졌다. 1945년 '류만수', '강윤국', '조문 기' 의사가 친일파들의 행사장에 폭탄을 터뜨린 현장이다.

이 건물은 해방 후 1975년까지 국회의사당(國會議事堂)으로 사용됐 다. 그 앞 큰길에서 1960년 4월 19일 시민학생 시위대가 '자유당' 독 재정권에 맞서 싸웠고, 경찰의 총탄을 뚫고 '경무대'로 진격했다. 바로 4월 혁명이다.

조금 더 가면, '광화문(光化門) 로터리다. 역사에 길이 남을 '촛불혁명'의 성지가 바로 여기다.

광화문 로터리에, 빼놓을 수 없는 것이 있다. 종로 쪽 구석에 있는, "기념비전(記念碑殿)"이란 현판이 달린 멋진 건물인데, '고종 즉위 40년 칭경기념비'란다. 사적으로 지정된 곳이다.

■ '고종황제'가 하늘에 제사 지낸 '환구단'의 '황궁우'

■ '정동전망대'에서 내려다본 '덕수궁' 궐내와 서울 시내

■ 58년 만에 열린 영국대사관 옆 '덕수궁돌담길'

■ 중세유럽 '로마네스크 양식'의 성공회 서울주교좌성당

■ '서소문' '호암아트홀' 앞 '한양도성' 성곽길

■ '정미의병' 발원지 표석

■ '서울시립미술관'으로 쓰이는 구 '대법원' 청사

# 광화문
# 앞길

---

도심 지하에서 살아 숨 쉬는 조선의 거리

'조선'의 법궁 '경복궁'의 정문이 광화문(光化門)이다. 넓은 '광화문 광장' 앞에 당당하게 우뚝 서 있어, '대한민국'의 상징 중 하나다.

1395년(태조 4년) 9월에 처음 창건돼, '정도전'에 의해 '사정문'으로 명명됐고, '오문'으로 불리기도 하다가, 1425년(세종 7년) '집현전' 학사들이 광화문이라고 이름을 바꿨다.

석축기단에 3개의 홍예문(虹霓門)을 만들고, 그 위에 정면 3칸의 중층우진각 다포식 지붕으로 된 목조문루를 세웠다. 섬세한 수법과 웅대한 구조를 보여주면서, 전체적으로 균형과 조화를 이뤄 장려한 외관을 지닌, 가장 뛰어난 대궐문으로 평가된다.

3개의 궐문 중 가운데 칸이 가장 높고 큰데, 임금이 행차하는 문이며, 천정에는 주작(朱雀)을 그려 넣었다. 정면 좌우에는, 상상의 동물이자 영물인 해태상을 설치했다.

'조선시대' 광화문 앞에는 넓은 대로가 뻗어 있고 '궐외각사'인 이조, 호조, 예조, 병조, 형조, 공조 등, 일선행정기관인 육조의 관아들이 늘어서 있었고 이를 '육조(六曹) 거리'라고 불렀다.

그 윗쪽에, 최고 관아인 의정부(議政府)가 있었다.

의정부는 백관을 통솔하고, 정사를 공평하게 하는 업무를 수행하는 최고기관이었는데, '왕권과 신권 간 관계'에 따라 부침을 거듭했던, 신권을 대표하는 곳이었다. 정1품인 영의정(領議政), '좌의정', '우의정'과 종1품 '좌찬성', '우찬성' 등으로 구성된, 최고 원로대신들의 합의기구다.

의정부와 육조 너머는 '시전거리', 즉 요즘의 관영 중앙시장이다.

'종로'를 중심으로 '혜정교'로부터 '창덕궁' 입구에 이르는 길 양편에, 시전행랑(市廛行廊) 800여 칸이 늘어서 있었다. 다시 '종루(보신각)'부터 '흥인지문'과 '정선방', 지금의 '권농동' 일대, 남북으로는 경복궁(景福宮) 앞에서 '숭례문'에까지 행랑이 빽빽이 이어졌었다.

그 핵심은 어용 관영 상점인 육의전(六矣廛)이었다. 특히 종로거리는 많은 사람이 구름같이 모였다 흩어지는 거리라는 뜻에서, 운종가(雲從街)라고 불릴 정도였다.

이런 기초지식을 밑천으로 광화문 앞, 정확히는 광화문 왼쪽 골목길들을 걸어본다.

지하철 5호선 '광화문역' 4번 출구로 나와, '교보빌딩' 옆 종로로 간다. 이곳 지하는 교보문고(教保文庫)다. 이를 대변하듯, 이곳 '느티나무 100년 쉼터'에는 "사람은 책을 만들고, 책은 사람을 만든다"는 글이 쓰인, 바위 3개가 나란히 있다.

그 바위들 앞 벤치에 '횡보(橫步) 염상섭'의 좌상이 걸터앉아 있다.

염상섭은 1920년대 '폐허' 창간 동인으로 신문학 운동을 시작한 자연주의 및 사실주의 소설가로, 《표본실의 청개구리》, 《삼대》, 《만세전》 등의 작품으로 우리 근대 문학사를 풍성하게 했다.

그 앞을 지나면, '중학천'이 나온다.

중학천(中學川)은 '종로구' '삼청동' '북악산' 계곡에서 발원, '청계천'으로 합류하는 하천으로 '삼청동천'이라고도 했다. 인근에 조선시대 중등교육기관 중부학당(中部學堂), 즉 중학이 있던 데서 유래된 이름이다. 도심의 옛 하천을 복원한다고 했는데, 물은 바짝 말라 있어 안쓰럽다.

그 바로 옆, 한옥건물 지붕과 투명 유리바닥이 덮고 있는 지하공간이 바로 종로구 '청진동', 조선시대(朝鮮時代) 시전행랑 유적이다.

중학천을 따라, 인도를 북쪽으로 거슬러 올라간다. 'KT빌딩' 앞과 사거리를 지나, '주한미국대사관' 뒷길을 따라간다. 종로소방서 앞에 사복시(司僕寺) 터 표석이 남아 있다. 사복시는 조선시대 궁중에서 사용하던 말과 마구, 목장을 관장하던 관청이다.

미국대사관 옆은 국립 근·현대 전문 박물관인 대한민국역사박물관(大韓民國歷史博物館)이다. 그 옆이 바로 의정부터다.

그 뒤 사거리 회전교차로 '케이트윈타워' 앞 한구석에, 웬 돌무더기가 숨어 있다.

여기가 바로 조선시대 중부학당 터다. 한성부(漢城府)의 중부, 동부,

서부, 남부에 있던 4부 학당의 하나로, 1894년 근대교육이 시작되면서 폐지됐다.

여기서 우회전하면, 삼거리 건너편에 '서울지방국세청'이 있다.

지금 국세청(國稅廳) 본청과 '국립조세박물관'은 '세종시' '나성동'에 있지만, 그것이 생기기 전에는 여기가 우리나라 국세행정의 메카였다.

이 서울지방국세청과 건너편 '코리안리' 건물 사이 골목 속에, 놀랄만한 유적이 숨어 있다. 바로 '고려' 말의 충신이자, '성리학'의 대가였던 '목은(牧隱) 이색' 선생의 영당이다.

이색(李穡)은 시호가 '문정'이며, 고려 말의 대표적 충신이자 유학자인 '삼은'의 한 사람이다.

삼은이란 '포은 정몽주', '야은 길재'를 합해 부르는 칭호인데, 세 사람은 조선과 '이성계' 부자의 유혹에도 절개를 지키며, 정몽주(鄭夢周)는 '선죽교'에서 피를 뿌리며 순국했고, 이색과 길재는 벼슬길을 거부하고 산천을 떠돌았다. 이색은 정몽주와 길재의 스승이기도 하다.

골목 안 '목은 영당' 건물 안에, 이색의 영정이 있다.

이색의 영정(影幀)은 보물로 지정된, 귀중한 문화재다. 화폭 위에는 역시 그의 제자이자, 조선왕조 초기의 명신 '권근'의 찬문이 적혀 있지만, 원래 원본이 아니라, 숙종(肅宗) 때 다시 그려진 것이라고 한다.

그래도 고려 말의 초상화 형식을 충실히 반영하고 있어, 한국 전통미술사에 귀중한 자료다.

영당(靈堂) 건물도 정면에 솟을대문 세 칸이 당당하고, 가장 높은 가운데 문에는 태극무늬가 선명하며, 담 안 건물도 정갈한 맞배지붕이 돋보인다.

사실 목은 영당은 '서울' 외에도 '충북' '청주', '강원' '횡성', '경기' '연천', '충남' '예산'과 '서천' 등 전국 곳곳에 있다. 안향(安珦)과 함께 성리학의 선구자 중 한 사람인 이색의 역사적·학문적 지위와, 후손인 '한산이씨'의 성세 및 조상을 모시는 정성을 엿볼 수 있다.

영당 돌담을 돌아가면, '수송공원'이 나온다.

'조계사' 바로 옆에 있는 이곳은 《대한매일신보(大韓每日申報)》의 창간 사옥 터이자, '3.1독립선언서'를 인쇄했던 '보성사' 터다. 근대화가 '심천 안중식'이 활동하던 곳이기도 하다.

수송공원에서 조계사 사이 골목길을 따라 나와, 종로구청(鐘路區廳) 앞 삼거리에서 왼쪽 길을 택했다. 길을 조금 따라가면, '청진공원'이 나온다.

청진동(淸進洞)은 조선시대 시전행랑과 운종가의 중심이었다. 한성 5부의 중부 8방 중에서도, '청정방'과 '수진방'이 있던 곳으로, 두 방에서 한 글자씩 따서 청진동이라 했다. 관청과 시전의 배후지여서, 부유한 상인들과 관청 근무 중인(中人)들이 많이 모여 살았던 곳이다.

사람들이 '한양의 배꼽'이라 했을 정도로, 도성과 조선왕조의 최고 경제중심지였다.

이곳에서 방대한 조선시대 도시유적이 무더기로 발굴됐다. 공평동(公平洞)을 뺨칠 정도로 방대한 유적들이 곳곳에 흩어져 있는데, 공평동과 다른 점은 주택가 한가운데서, 조선 최고 화기였던 총통(銃筒)이 발견됐다는 점이다. 이곳에 무기창고 및 수리작업장이 있었다는 뜻이다.

'GS건설' 본사가 있는 쌍둥이빌딩 사이 공터 지하에 대형 유리판이 깔려 있고, 그 지하에 지금도 조선의 역사가 살아 숨 쉬고 있다.

GS빌딩에서 골목길을 따라 종로로 나오면, 바로 1호선 종각역(鐘閣驛)이다.

■ '교보빌딩' 옆 바위들과 '횡보 염상섭'의 상(오른쪽 의자)

■ 조선시대 관립 중등교육기관이던 '중부학당'이 있던 곳

■ 목은 이색의 영정이 있는 영당 건물

■ 말라버린 '청계천' 지류 '중학천'

■ '서울지방국세청' 옆에 있는 '목은 이색' 선생 영당

산 따라 강 따라 역사 따라 걷는
수도권 도보여행 50선

# 뚝섬길

—

## 수상레포츠, 대학생, 어린이들의 요람

　'뚝섬'은 '한강'과 '중랑천'이 만나는 지점, 북안의 삼각주다. '성동구' '성수동', '광진구' '자양동' 및 '구의동' 일대 저지대와, 범람원(氾濫原) 지역이다.

　'조선시대' 때 군사훈련장으로, 군대를 사열하거나 출병할 때, 섬에 둑기를 세우고 둑제(纛祭)를 지낸 곳이라 하여 '둑섬', '둑도'라 불리다가 이후, 경음화로 '뚝섬'으로 소리가 바뀌었다.

　'살곶이벌'이라고도 한다.

　뚝섬의 서부지구인 성수동(聖水洞)은 서울의 대표적 공업지대의 하나지만, 공장이 리모델링되고 대규모 아파트형 공장들이 들어서면서, 서울의 '핫 플레이스' 중 하나로 떠오르고 있다.

또 '뚝섬유원지'와 '뚝섬한강공원', 중랑천과 '서울숲'이 어우러진, 도심 속 휴식처이기도 하다.

이 중 《배싸메무초 걷기 100선》에서 다루지 않은, 뚝섬유원지와 한강공원에서 건국대학교(建國大學校)와 '세종대학교', '어린이대공원'을 잇는 길을 걸어본다.

지하철 7호선 '뚝섬유원지역' 2번 출구로 나오면, 바로 뚝섬유원지와 한강공원(漢江公園)이다.

수영장, '아름다운 나눔 장터', 수변무대, 음악분수, 여름캠핑장, X게임장, 장애인농구장, 게이트볼장, 장미원, 자연학습장, 축구장, 농구장, 테니스장, 윈드서핑장 등이 몰려 있어 많은 시민들이 즐겨 찾는다.

'뚝섬 나들목' 앞을 지나 미사리(美沙里) 방향으로, 둑길 밑을 따라 걷는다.

자양동으로 나가는 갈림길이 있고, '뚝섬안내센터'와 주차장 앞을 지나면, 축구장 2개와 농구장, 테니스장이 나란히 있다. 그 사잇길로 한강 변으로 나왔다.

드넓은 강이 시원하게 펼쳐져 있고, 건너편 '롯데월드타워'가 하늘을 찌를듯하다.

강변(江邊)은 윈드서핑장이다. 윈드서핑은 물론 패들보드, 카약 등 각종 수상레포츠를 즐기는 사람들이 꽤 많다. 강 한가운데엔 모터보트에 매달린 서퍼가 시원하게 강물을 가른다.

잠시 더 걷다가, 뚝섬유원지역으로 다시 유턴했다. 뚝방에는 호박꽃과 나팔꽃, 장미꽃 등이 윈드서핑 장비가 쌓인 곳 아래 수줍게 피었다.

이 길은 '광진(廣津) 둘레길'의 일부이기도 하다.

광진 둘레길은 '아차산'과 '용마산'의 기존 등산로와 자락길을 연결한 숲길, 중랑천 산책로와 어린이대공원, 천호대로를 연결한 마을길, 한강시민공원과 능동로(陵洞路)를 잇는 하천길로 이뤄진 총 3개 코스를 말한다.

강변에 뚝섬 자연학습장(自然學習場)이 있다. 그 입구에 있는 분수대가 이색적이다. '뚝섬한강공원'임을 알리는 조형물을 지나면, 오른쪽에 다시 뚝섬나들목이 보인다.

나들목을 통과, 능동로를 따라간다.

'신양초등학교' 앞 사거리와 '이튼타워리버 1, 2' 앞을 지나면, 광진문화예술회관(廣津文化藝術會館)이 있다. 그 앞 광장의 뾰족한 돌탑이 인상적이다.

그 오른쪽 작은 숲속에는 한국의 대표적 만화(漫畵) 캐릭터 로봇 '태권브이'의 대형 두상이 있다. 팝 아티스트 '찰스 장'의 작품으로, 항상 불의와 맞서고 정의를 위해 달리는 태권브이의 정신을 공유하고, '새로운 영웅'을 기다리는 시대정신을 담고 있다고 한다.

왼쪽 도로 건너편에 '건대 로데오거리' 입구가 보인다.

'건대입구역' 사거리를 건너면 바로 건국대병원(建國大病院)이고, 조금 더 걸으면 건국대 캠퍼스 안으로 들어갈 수 있다. '상허기념도서관' 옆으로 올라, 잠시 한적한 숲길을 걸으면, 건대의 자랑 일감호(一鑑湖)가 나온다.

일감호는 건대 서울캠퍼스를 만들기 시작한 1955년부터 조성, 1957년 9월 완공했다. 이곳은 본래 습지였는데, 황토를 파내 벽돌을 만들어 건축에 사용하면서, 자연스럽게 생겨난 웅덩이를 이용해 만든 인공호수다.

호수 안 남동쪽에는, 누워 있는 소의 형상을 닮은 와우도(臥牛島)라는 작은 섬이 있다. 호수의 명칭은 중국 '송나라' 때의 대유학자 '주희'의 시 〈관서유람〉에서 인용한 것이라고 한다.

잠시 일감호를 한 바퀴 돌아보기로 했다.

법학전문대학원 앞을 지나면, 고풍스러운 붉은 벽돌 근대건축물이 있다. 바로 '구서북학회회관'인데, 지금은 건대의 설립자인 '상허(常虛) 유석창' 선생의 '상허기념관' 겸 박물관으로 쓰인다.

1908년 설립된 애국계몽운동단체인 '서북학회'의 회관으로, '종로구' '낙원동'에 있던 것을 상허가 이곳으로 옮긴 것이다. '오성학교', '보성전문학교', '협성실업학교' 등이 사용한 '근대교육(近代教育)의 산실'이기도 했다.

현재 등록문화재 제53호인 이 건물은 1908년 지어진 것으로, 모임지붕과 중앙 시계탑의 돔, 아치형 창과 포치가 특징이라는 평이다.

그 왼쪽 앞에는 아담한 석탑이 날렵하다. 고려시대(高麗時代)에 조성된 5층 석탑이라는데, 1층은 없어지고 4개 층만 남아있다. 석탑 주변에 있는 문인석과 동자석들이 조화롭고, 그 아래엔 작약이 화려한 자태를 뽐낸다.

그 너머엔 건대의 상징인 '황소상'이 우뚝 솟아 있다.

등나무 그늘인 청심대(淸心臺)를 지나면 일감호 비석이 있고, 호숫가엔 돌로 만든 잉어상이 물을 주둥이로 내뿜는다. 좀 더 가니, 옆 작은 호수와 일감호 사이에 멋진 붉은 벽돌다리인 홍예교(虹霓橋)가 있다. 상허가 직접 지은 이름으로, 수무지개와 암무지개를 뜻한다고….

왼쪽 언덕 위에는, 상허의 묘소도 있다.

와우도의 나무들은 백화현상(白化現像)이 심해 안타깝다. 새들의 분변 때문에 나무가 하얗게 변하는 현상인데, 사람이 접근하기 어려운 호수 내 작은 섬들의 일반적 상황이다.

다시 능동로로 나왔다.

어린이대공원으로 가는 고갯마루, 야산을 두르고 있는 옹벽(擁壁)에는 예쁜 벽화가 눈길을 끈다. '어린이대공원역' 사거리에서 대각선 방향, '화양교회' 앞에는 멋진 철제 조형물이 있다. '광진구 동화정원(童話庭園)'으로, 꽃밭에 동화 속 캐릭터 조형물을 도입한 정원이란다.

이어 세종대학교(世宗大學校) 정문이다.

정문을 들어서면, 바로 기도하는 예수의 상이 보인다. 전통미를 자랑하는 한식정문과는, 다소 이질적인 느낌이다.

'서울시' 내 대학 건물 중 가장 크다는 광개토관(廣開土館) 앞을 오른쪽으로 돌아가면 우측에 시계탑이 있고, 다른 석조 조각들도 보인다. 왼쪽에도 시계탑이 있다. 하늘을 찌를 듯이 높이 솟아 있는 벽돌조 첨탑(尖塔)이다. 시계는 안 보이는데, 매시 정각이면 종이 울린다고 한다.

이 탑의 정체는 세종대 캠퍼스 내에 있는 감리교회 '애지헌'에 딸린 주차타워다. '세종(世宗) 탑'이라고도 하는데, 이 탑과 애지헌은 캠퍼스가 아름답기로 소문 난, 세종대의 '랜드마크'다.

여기서 돌아 나와, 이번에는 맞은편 어린이대공원으로 들어선다.

여기도 웅장한 한옥건물이 정문이다. 안내판 바로 왼쪽 '환경연못'에는 연들이 무성하고, 철 지난 연꽃도 일부 보인다. 그 건너 육각정(六角亭)은 '희망마루'라고 명명됐다. 희망마루 뒤를 돌아 나오는 로터리에는, 음악분수가 시원한 물줄기를 내뿜는다.

맨 오른쪽 길로 접어들면, 곧 '꿈 마루'가 보인다.

원래 대공원 자리는 조선(大韓帝国)의 마지막 왕 순종(純宗)의 비였던 '순명황후 민씨'의 능이 있던 곳인데, 일제 때 능을 다른 곳으로 옮기고, 일본인들을 위한 골프장을 만들었다. 이 뒤틀린 역사를 바로잡고자, 고 박정희(朴正熙) 전 대통령이 골프장을 이전하고 공원을 조성한 것.

원래 골프장 클럽하우스였던 꿈 마루도 어린이들을 위한 공간으로 재탄생했다. '한국건축 100선'에 선정되기도 했던, 이 건물은 한국 현대건축의 1세대 건축가 이성진이 1960년대 후반 설계한 작품으로, 지금도 세련미를 자랑한다.

꿈 마루 앞에는 1973년 대공원을 조성한, 당시 양택식(梁澤植) 서울시장이 세운 탑도 있다.

그 바로 옆 '서울, 황금알을 품다'란 '김석' 작가의 2009년 조각품 앞을 지나면, 바로 식물원과 동물원이 나온다.

식물원은 패스하고 동물원 중 '꼬마동물마을'과 열대동물관, '맹수마을'만 대충 둘러봤다. 팔각당과 고당 조만식(曺晩植) 선생 동상, 놀이동산 앞을 지나 직진하면, 후문이 나온다.

오른쪽 '선화예술고등학교'와 '유니버셜아트센터' 앞을 지나면, 지하철 5호선 '아차산역'이다.

■ '상허기념관'으로 사용 중인 '구 서북학회 회관'

■ 일감호 잉어상. 건너편에 홍예교가 보인다.

■ '세종대학교' 정문

■ 어린이대공원 '꿈 마루'와 1973년 세워진 공원조성 기념탑

# 세종마을길

---

단군과 세종, 태조, 고종이 남긴 이야기들

'경복궁' 서쪽에서 '인왕산' 사이 동네들을 흔히 서촌(西村)이라 부른다. 한옥마을로 유명한 '북촌'과 비교해 붙인 이름인데, 서촌도 한옥들이 밀집한 동네로 유명하다.

그런데 이곳 사람들은 자신들이 사는 곳이 서촌으로 불리는 것을 싫어한다. 대신 세종대왕의 탄신지라는 점에서, '세종마을'이라고 부른다.

이처럼 세종마을길은 세종대왕(世宗大王)에서 유래했다는 점에서, '세종대로'의 '세종문화회관'에서 걷기를 시작한다.

'서울' 지하철 5호선 '광화문역' 1번 출구로 나오면, 바로 세종문화회관 뒤 '예술의 정원'이다.

도로 옆에 이곳이 과거 한성전보총국(漢城電報總局)이 있던 곳임을 알리는, 작은 표석이 있다. 1885년(고종 22년) '조선'과 '청나라'가 전선조약을 체결, 양국을 연결한 '서로전선'을 운영하기 위해, 세운 기관이다.

또 조선시대 외국어 통역과 번역을 맡은 관청인, 사역원(司譯院) 자리이기도 하다.

조금 더 가면, '양정 창학터' 비석도 있다. 1905년 2월 '엄주익'이 창설한 양정의숙(養正義塾)은 근대식 사립학교로, 현 '양정고등학교'와 '양정중학교'의 전신이다.

외교부가 있는 '정부서울청사' 별관과 정부서울청사 뒤를 차례로 지나, 대로에서 지하철 3호선 '경복궁역' 방향인 왼쪽으로 간다. 한국생산성본부(韓國生産性本部) 앞 작은 광장에는 시인 '조병화' 선생의 〈솔개〉 시비, '박웅진' 선생의 〈꿈 한자락〉 시비가 나란히 서 있다.

이곳은 한성정부(漢城政府)가 있던 곳이다.

1919년 '3.1운동' 직후 독립운동가들이 국내 임시정부 수립을 위한 국민대회를 열기로 하고, 그 취지서를 준비한 곳으로, 이들은 '중국' '상하이'로 건너가 대한민국임시정부(大韓民國臨時政府) 수립에 참여한다.

경복궁역 삼거리에서 길을 건너 2번 출구를 지나면, '세종마을 음식문화거리'가 나온다.

입구의 '파리바게트' 빵집에서부터 냉콩국수, 닭도리탕 및 삼계탕, 콩나물국밥, 순댓국과 머릿고기, 치킨과 생맥주, 각종 전 등, 온갖 먹을거리가 가득한 곳이다. "600년 여행길, 왕(王)의 시장"이라는 플래카드가 눈길을 끈다.

골목 안은 일제(日帝) 때 지어진 개량한옥들이 즐비하다. 여기가 서촌 세종마을이다.

현대에 지은듯한 아담한 전통한옥들도 보이고, 어느 집 대문간에는 앙증맞은 돌하르방이 주먹코와 부리부리한 눈, 굳게 닫은 입술로 집을 지키고 있다.

음식문화거리를 벗어나면, 바로 "인왕산(仁王山) 자락길" 안내판이 있는 '사직동주민센터'를 거쳐, 사직단(社稷壇)이 보인다.

입구에 있는 사직단 대문은 보물로 지정된 문화재다. 정면 3칸, 측면 2칸의 익공계(翼工系) 단층 홑처마 맞배지붕 건물로, 종묘(宗廟)와 더불어 왕조의 기틀로 떠받들어진 만큼, 그 규모가 크고 법식이 독특하다.

사직단이 1394년(태조 3년) 처음 세워질 때 정문도 지어졌으나, 임진왜란(壬辰倭亂)으로 없어졌다가 재건했고, 다시 1720년(숙종 46년)에 크게 기울어진 것을 바로 세웠다.

사직단 자체는 사적으로 지정돼 있다.

조선시대 토지의 신인 '사'와 곡식의 신 '직'에게 제사를 지내던 곳으로, 종묘와 함께 국가의 근본을 상징하며, 합쳐서 종묘사직(宗廟社稷), 줄여서는 '종사'라고 불렀다. 지금도 전주이씨 종친회인 '대동종약원'에서 '사직대제'를 매년 거행하고 있다.

사직단을 한 바퀴 돌아 본 후, 왼쪽 윗길로 오르면, 단군성전(檀君聖殿)이 보인다.

단군성전은 단군정신을 현양하는 사단법인 '현정회'가 관리하는 국조 '단군'을 모신 사당으로, '백악전'이라고도 한다. 서울에 있는 유일한 단군의 사당이며, 정부 표준 단군영정과 '국민경모 단군상'을 봉안하고, 해마다 개천절(開天節)에 '개천절 대제전'을 연다.

단군성전을 나와 인왕산 자락길을 조금 오르면, 황학정(黃鶴亭)을 만날 수 있다.

서울시 유형문화재 제25호 황학정은 1898년 어명으로 '경희궁'의 '회상전' 북쪽 담 가까이에 조성된 궁술연습을 위한 사정(射亭)으로, 1922년 일본인들이 '경성중학교'를 짓기 위해 경희궁을 헐 때, 현재 위치로 이건했다고 한다.

한말에는 도성 안 서쪽에 다섯 군데의 사정이 있어서 이것을 '서촌 오사정'이라 했는데, 현재의 황학정 자리는, 원래 조선시대 무사들의 궁술연습장이던 오사정의 하나인, 등과정(登科亭)이 있던 곳이다.

오사정이 모두 자취를 감추어 버린 오늘날에도, 이곳에선 국궁연습이 한창이다.

사대 앞에는 "정심정기(正心正己)"라 쓰인 돌비석이 있고, 그 너머로 과녁 3개가 나란히 보인다. 사정 건물 대들보에는 이곳의 유래를 적은 현판이 있고, 고종(高宗)의 어진과 태극기가 나란히 걸렸다. 한쪽에 있는 한천각(閑天閣)이라는 육각 정자도, 호젓한 아름다움을 뽐낸다.

때마침, 쉬고 있던 국궁 동호인들이 다시 모였다. 활시위에 화살을 메기고, 하늘 높이 쳐들었다가 힘차게 당긴다. 팽팽하게 당겨진 시위가 미세하게 떨리고, 곧 화살이 허공을 가른다.

과거에는 황학정 밑에서 바로 인왕산으로 오를 수 있었으나, 위험하기도 하고 자연도 보호할 겸, 우회(迂廻) 등산로로 돌아가야 한다. 필자는 그냥 길을 내려간다.

사직단 옆 멋진 한옥의 솟을대문은 굳게 닫혀 있고, 그 아래 요즘 유행하는 '공유주방'이 있는 식당가 건물 앞에는, 곧게 뻗은 억새가 푸른 하늘, 흰 뭉게구름과 어우러져 이색적 풍광이다.

이곳에, 옛 도정궁(都正宮)도 있었다.

도정궁은 조선 14대 임금인 선조의 아버지이며 중종의 9남인 덕흥대원군(德興大院君)의 제사를 모시는 사당으로, 건물은 서울시 민속자료 제9호로 지정되어 있다. 1979년에 '건국대학교'로 이전, 현재는 '경원당'이라 불린다고 한다.

대로로 내려와 '사직터널' 방향으로 올라가면, 터널 위로 도로를 건널 수 있는 길이 있다. 한양도성(漢陽都城) 성곽길이다.

다시 반대 방향으로 조금 내려가다가, '한국갤럽조사연구소'를 끼고 우회전해 내려간다. 골목사거리에 '대한축구협회'가 입주해 있는 축구회관(蹴球會館)이 있다. 남녀 축구대표팀 유니폼에 있는, 호랑이 무늬가 반갑다.

그 바로 옆에 '성곡미술관'이 있다.

성곡미술관은 '쌍용그룹'의 창업자인 성곡(省谷) 김성곤(金成坤)이 1995년 개관한 소규모 미술관이다. 서울 한복판, 유서 깊은 경희궁길에 위치하고 있으며 조각정원과 카페가 있다.

성곡 김성곤의 황금빛 흉상도 볼만하다.

다시 사거리로 나와 좌회전, 왼쪽 언덕길을 따라 올라가 본다. 경희궁(慶熙宮) 뒷길이다. '사직동교회'와 작은 절을 지나 좁은 골목길을 요리조리 돌아나가면, 멸실된 한양도성길이 지나는 '홍난파 가옥'이 보인다.

그 뒤로, 성벽 일부가 복원된 '월암근린공원'이 산책할 만하다.

여기서 성곽(城郭)을 따라 '강북삼성병원' 쪽으로 내려올 수 있고, '서울시교육청'에서 '경희궁자이'를 끼고 내려와, '통일로'를 거쳐 '서대문역'으로 갈 수도 있다.

■ '사직단' 위 '인왕산' 입구에 있는 '단군성전'

■ '조선시대' 토지와 곡식의 신에게 제사 지냈던 '사직단'

■ '성곡미술관' 내에 있는, '쌍용그룹' 창업자 '성곡 김성곤'의 흉상

■ 황학정에서 활시위를 당기는 궁사

■ '황학정'이 있는 곳은 원래 '등과정' 자리였다.

# 왕과
# 왕비의 길

---

여주 영녕릉(英寧陵)과 명성황후 생가

조선 왕릉(朝鮮王陵)은 519년 동안 지속된 '조선왕조'의 왕과 왕비의 무덤이 완벽하게 보존되어 있는 유적지다.

조선왕조의 무덤은 총 119기인데, 그중 임금과 왕비가 잠들어 있는 왕릉은 42기다.

왕세자와 왕세자빈이 묻혀 있는 곳은 원(園)이라 하고, 13기가 있으며, 대군·공주·옹주·후궁·귀인 등이 묻힌 장소는 묘(墓)로, 모두 64기가 있다. 쿠데타로 왕위에서 쫓겨난 '연산군'과 '광해군'은 왕에서 '군'으로 격하되면서, 무덤도 묘가 됐다.

42기의 왕릉 모두 국가지정문화재 사적(史蹟)으로 지정돼 있으며, 이 중 40기가 2009년 '유네스코 세계문화유산'으로 등재됐다. '개성'

에 있는 2기는 '북한'에 소재, 함께 등록되지 못했다.

왕릉은 형태상 크게 여섯 가지가 있다.

'단릉'은 봉분이 하나로, 왕이나 왕비 1명만 묻혀 있다. '쌍릉'은 봉분 2개로, 각각 왕과 왕비가 나란히 묻혔고, '삼연릉'은 왕 1명과 왕비 2명의 능이 나란히 있다. 합장릉(合葬陵)은 왕과 왕비가 하나의 봉분에 함께 안장된 것이다.

단릉과 합장릉은 같이 봉분이 하나지만, 무덤 앞 혼유석이 1개냐 2개냐에 따라 구분된다.

또 동원이강릉(同原異岡陵)은 같은 산 안 비교적 넓은 면적 2개의 능선에 따로 능을 쓴 것이고, '동원상하릉'은 장소가 좁아 같은 능선에 왕은 위에, 왕비는 아래에 각각 모신 것이다.

조선 왕릉은 대부분 도읍지였던 '한양' 도성 외곽에 위치해 있다.

조선의 기본 법전인 《경국대전(經國大典)》에 왕릉은 서울성곽의 사대문 10리 밖 80리 안에 위치해야 한다고 규정돼 있기 때문이다. 또 궁궐에서 출발한 임금의 참배 행렬이 하루에 도착할 수 있는 거리를 기준으로 삼았다.

물론 예외도 있다.

'강원도' '영월'의 '장릉'과 개성 '제릉' 및 '후릉', '여주'의 영녕릉(英寧陵)은 80리 밖에 있다.

제릉은 1대 '태조 이성계'의 첫 왕비 '신의왕후 한씨'의 무덤이고, 후릉은 2대 '정종'과 '정안왕후'가 묻혔는데, 이들은 모두 개성에서 숨졌고 현지에 묘를 썼다. 장릉도 폐위된 단종(端宗)이 영월에서 살해됐기 때문에 그곳에 능이 조성됐다.

반면 영녕릉은 처음 다른 곳에 있다가, 풍수지리 등의 요인으로 이장된 곳이다.

영녕릉은 '세종대왕'과 '소현왕후 심씨'의 무덤인 영릉(英陵)과, '효종' 및 '인선왕후'의 능인 영릉(寧陵)을 합쳐 부르는 명칭이다.

세종 영릉은 조선 최초의 합장릉(동릉 이실)으로, 처음 소현왕후 사후 '서울' '내곡동'에 있는 '태종'의 '헌릉' 옆에 능을 썼다가, 세종(世宗)이 승하하자 최초 합장릉이 됐고, 조선 전기 능제의 기본을 이뤘다. 그러나 풍수상 터가 안 좋다고 해서, 예종 때인 1469년 여주로 옮겼다.

효종의 영릉은 원래 '구리시'의 태조 건원릉(健元陵) 서쪽에 있었는데, 석물에 틈이 생겨 빗물이 스며든다는 이유로 여주로 이장했고, 인선왕후가 죽자 기존의 능 밑에 별도의 봉분을 만들었다. 조선 최초의 동원상하릉(同原上下陵)이었다.

필자는 10월 9일 '한글날'을 맞아, 여주의 영녕릉과 '명성황후' 생가를 이어 걸어보기로 했다.

수도권 전철 '경강선' '여주역'에서 걸어가도 된다.

여주역 1번 출구에서 좌회전, 도로를 따라가면, 두 번째 교차로 오른쪽에 여주향교(驪州鄕校)가 있고, 직진해서 가다가 '여주소방서' 사거리에서 우회전한다. 다음 사거리에서 좌회전. '세종도서관'과 '세종국악당'이 있는 사거리를 통과해 계속 따라가면, '세종대왕릉 삼거리'다.

여기서 우측 길을 따라 '세종생활체육공원'과 세종산림욕장(世宗山林浴場)을 지나 조금 더 가면, 영녕릉 매표소 입구가 나온다.

두 능을 이어주는 '왕의 숲길'도 호젓하게 걷기에 좋다. 한 조선 왕릉 전문가는 "개인적으로, 세종 영릉보다 효종 영릉이 더 낫다"고 말해준다.

반신반의했지만, 효종 영릉 재실(齋室)을 보자 고개가 끄덕여진다.

이곳은 왕릉 재실의 기본형태가 그대로 남아 있는 조선시대의 대표적인 재실 건축으로, 2007년 11월 보물로 지정됐다. 평소엔 능 관리자인 '능참봉'이 기거하고, 제사(祭祀) 때는 제관의 휴식, 제수 장만, 제기 보관 등의 제사 기능을 수행하기 위한 능의 부속건물이다.

안마당에는 수령(樹齡) 300년이 넘은 회양목(천연기념물 제459호)이 있는데, 회양목으로 이렇게 큰 나무는 아주 드물다. 향나무 및 느티나무와 어우러져, 조화로운 아름다움을 보여준다.

홍살문을 지나자, 본격적인 능역이다. 홍살문 오른쪽에 왕과 제관들이 대기하던 곳이 있고, 정자각까지 참도(參道)가 뻗어 있다. 참도 중 높은 쪽은 향을 받든 제관이, 낮은 쪽은 왕이 걷는 길이다. 정자각에서도 바로 오르는 계단이 없고, 옆으로 돌아가도록 돼 있다.

정자각은 정(丁) 자 모양의, 제사를 지내는 건물이다. 안에는 제사 음식물을 차리는 상이 있고, 열린 문 위로 능이 올려다보인다.

능은 담장과 호석을 두르고, 봉분 바로 앞에는 혼유석(魂遊石)이 있다. 왕릉에서는 아래 정자각에서 제사를 행하므로, 혼유석은 말 그대로 왕의 혼이 머무는 곳이라는 게 통설이다.

혼유석 앞 양쪽에 망주석(望柱石)을 세우고, 그 앞엔 석등이 있다. 좌우로 문인석과 무인석, 돌로 만든 호랑이와 양 등 석물들이 잠든 왕을 지킨다.

능에서 내려와, 세종대왕역사문화관(世宗大王歷史文化館)으로 발길을 옮긴다.

문화관 입구에선 한글 자음 'ㅇ', 'ㅎ', 'ㅈ' 자 모양의 진흙과 기와로 만든 조형물이 반겨준다. 건물 안에는 훈민정음(訓民正音) 창제의 취지를 알리는 돌판이 걸려 있고, 곧 세종의 어진이 인자한 미소로 맞는다.

문화관은 '세종관'과 '효종관'이 따로 있다. 특별전시실에선 효종(孝宗)의 문예적 소양을 보여주는 글과 글씨들이 전시되고 있다.

영녕릉을 나와, 다시 여주역으로 돌아왔다.

영녕릉 반대쪽으로 길을 따라가다 사거리서 좌회전, '세종중학교' 앞을 지나 '아로마식물원' 삼거리에서 우회전한다. 작은 교차로들을 무시하고 계속 직진해 농협을 지나고, 'GS톨게이트주유소' 사거리에서 좌회전, 도로를 조금 따라가면, 명성황후(明成皇后) 생가 입구가 나온다.

'고종'의 비 '명성황후 민씨'에 대한 세간의 평가는 '극과 극'이다.

시아버지 '흥선대원군'과 극단적으로 대립한 '악녀', 사리사욕과 민씨(閔氏) 일족의 부귀영화에만 골몰해 나라를 망친 여자 등 부정적 평가가 있는 반면, 영특하고 판단력이 뛰어났으며, 뛰어난 외교술로 나라를 지키려다 일제에 잔인하게 시해당한, '순국 여걸'이라는 평이 갈린다.

필자는 전자에 가깝다.

'임오군란'과 '갑신정변'의 원인이 민씨 정권에 있는 이상, 그 책임을 물어 명성황후도 대원군(大院君)처럼 정치에 절대 간여 못 하게 하고, 과감한 개혁과 개화를 추진하는 것이 조선의 '마지막 기회'였다. 그걸 못한 채 '동학혁명'을 맞는 순간, 나라와 민족의 운명은 이미 결정됐다.

명성황후 생가 일대는 기념관과 생가, 민속마을, 그리고 감고당(感

古堂)으로 구분된다.

기념관은 고종과 명성황후의 영정, 그녀의 생애와 유물들, 그리고 관련된 역사를 보여주는 전시물들이 가득하다. 시해 당시 실제 사용된 일본도(日本刀)가 여러 가지 상념에 들게 한다.

생가는 그녀가 출생해 8살까지 살던 집이다. 높다란 솟을대문과 행랑채, 사랑채, 그녀의 영정이 있는 안채, 그 뒤에는 어릴 때 그녀가 지내던 초당이 있다.

민속마을은 각종 기념품과 먹을거리, 마실 거리, 옷과 옷감 등을 파는 초가(草家)집들이다.

그 너머 감고당은 왕비 2명을 배출한 유서 깊은 집이다. 본래 조선 제19대 '숙종'이 인현왕후(仁顯王后)의 친정을 위하여 지어준 집으로, 인현왕후가 '장희빈' 때문에 잠시 폐위됐을 때도 이곳에서 머물렀다. 이후 대대로 민씨가 살았으며, 이곳에서 명성황후가 왕비로 책봉됐다.

본래는 서울 '안국동'에 있던 것을 '도봉구' '쌍문동' '덕성여자대학교' 학원장 공관으로 옮겼으며, 이후 여주시의 명성황후 유적 성역화 사업에 따라 생가(生家) 옆으로 이전 · 복원됐다.

■ '여주' 명성황후 생가

■ 세종 영릉과 '효종' '영릉'을 잇는 '왕의 숲길'

■ 효종 영릉 재실의 회양목. 천연기념물 제459호

■ 효종대왕 영릉

# 돈의문길

—

박물관의 길, '박물관마을'부터 '돈의문체험관'까지

돈의문(敦義門)은 '조선시대' '한양도성'의 사대문 가운데 서쪽의 큰 문으로 '서대문', '새문', '신문'이라고도 불렸다.

1396년(태조 5년) 한양도성의 제2차 공사가 끝나고 8개 성문이 완성되던 때 처음 세워졌다. 1413년(태종 13년) 폐쇄되고 대신 그 북쪽에 서전문(西箭門)을 새로 지어 출입게 했다가, 1422년(세종 4년) 다시 서전문을 헐고, 돈의문을 수리했다.

그 뒤 보수해 1711년(숙종 37년)에 다시 지었으나, 1915년 일제의 도시계획에 따른 도로확장 공사로 인해 철거돼, 완전히 역사의 뒤안길로 사라지고 말았다.

지금의 '새문안로' 경향신문사(京鄕新聞社)와 '강북삼성병원' 사이 도로 사거리에, 그 터였음 알려주는 유리벽이 도로 위에 있다.

그 인근에 돈의문체험관(敦義門體驗館)이 생겼다. 과거 돈의문의 모습을 가상현실(VR)로 보여주는 곳이다. 1층에는 돈의문 모형이 있고, 2~3층은 VR 체험관이다.

서울시는 2023년 4월 하순 발표한 '제2기 역사도시 서울 기본 계획(2023~2027년)'에서, 돈의문을 실물로 복원키로 했다. 사대문 중 아직 복원되지 못한 유일한 성문이 어떤 모습으로 부활할지 궁금하다.

그 바로 위 언덕은 '돈의문 박물관마을'이다.

'근·현대 100년, 기억의 보관소'를 표방한 박물관마을은 전면 철거 후 신축이라는 기존의 재개발 방식에 대한 반성에서 출발한, 도시재생(都市再生) 마을이다.

일제 때 지어진 오래된 주택과 좁은 골목, 가파른 계단 등 1960~1980년대 정겨운 옛 '새문안 동네'의 모습이 그 자리에 그대로 남아, 그 자체로 박물관마을이 됐다. 어른들에게는 어릴 적 향수(鄕愁)를, 청소년과 어린이들에게는 호기심을 자극하는 것들로 가득하다.

우리의 추억 속에 박제된 과거가 아니라, 새롭게 쌓여갈 기억을 포함하는 미완성의 공간, 현재진행형의 마을을 지향하고 있다.

이 두 곳을 포함, '광화문'에서 '서대문로터리' 사이에는 '경찰박물관', '서울역사박물관', 농협중앙회(農協中央會) '농업박물관'과 '쌀 박물관' 등, 크고 작은 박물관이 6곳이나 좁은 지역에 몰려 있다.

'한글학회' '한글회관'이나 '구세군회관' 등도, 자신의 역사를 보여주는 전시실이 있을 것이다.

말 그대로 박물관(博物館)의 거리, 박물관의 길이라 할만하다. 이 길을 걸으면서, 일부 박물관들을 둘러볼 참이다.

지하철 5호선 '광화문역' 1번 출구로 나오면, '세종문화회관' 뒤편이다.

길 건너 '로얄빌딩' 앞 한쪽 구석에는 '어린이날'을 처음 만든 소파 방정환(方定煥) 선생이 태어난 곳임을 알려주는 돌비석이 있고, '박목월'의 〈나그네〉 시비가 삼각뿔 돌탑과 붙어 있다.

빌딩 뒤에는 작은 소공원이 있는데, 바로 '주시경 마당'이다. 오늘날 한글학회의 전신인 '조선어학회'를 주도한 주시경(周時經) 선생의 이름을 빌린 것. 현재 한글회관은 그 앞 삼거리에서 새문안로 대로로 나가는 길목에 있으며, 현관에 주 선생의 흉상이 있다.

한글회관 옆 특이한 건물은 '주한 오만대사관'이며, '내일신문사'와 구세군회관이 나란히 있다. 새문안로에서 광화문(光化門) 쪽으로 몇 걸음 옮기면, 새로 증축한 '새문안교회'의 거대한 모습에 이질감이 느껴진다.

구세군회관 앞에는 우리나라 최초의 서양식 사설극장인 원각사(圓覺社) 터 표석이 있고, "이야기를 잇는 한글가온길"이란 비석도 보인다.

구세군회관을 지나면, 바로 서울역사박물관(歷史博物館)이 보인다.

서울역사박물관에는 박물관 안에 들어가지 않아도, 주변에 아기자기한 볼거리들이 많다.

도로 바로 옆 '금천교' 모형과 석등 및 석양(石羊) 등 석물들, '소의교', '복청교' 등 돌기둥과 과거 흔히 보던 육교나 고가 콘크리트 기둥에다, 콘크리트로 '엉터리 복원'을 했던 1980년 광화문의 철거된

부재들, 옛 '종루'의 주춧돌….

행인들의 눈길을 잡아끄는 것은, 과거 '서민의 발'이었던 전차(電車) 한 칸이다.

등록문화재 제467호로 1930년대에 제작된 이 차량은 전차 운행이 중단된 1968년 11월까지 약 38년간 실제로 서울 시내를 운행했던 것으로, 서울에 남은 마지막 2대 중 하나다. 안팎으로, 당시 승객(乘客)과 배웅하는 가족들의 모형이 잔잔한 울림을 준다.

그 안쪽 잔디밭에는 각종 석비들이 즐비하다.

흥선대원군(興宣大院君)의 조부 '은신군'의 신도비, 대원군의 아들 '흥친왕' 신도비, 손자 '여선군' 신도비, 종손 '이우'의 신도비 등, 대원군 가족들을 기리는 비석들이 대부분이다. 조선시대 '종로' '시전 행랑' 유적도 남아 있다.

서울역사박물관 바로 옆에, 조선 5대 궁궐에 속하는 사적 경희궁(慶熙宮)이 있다.

도로 옆에 정문인 흥화문(興化門)이 우뚝 솟아 있다. 필자는 사람들에게 잘 알려진 궁궐은 소개하지 않지만, 한번 둘러보는 것도 괜찮다. 궁 입구 왼쪽에는 옛 '서울중·고등학교' 터도 있다.

그 바로 너머가 바로 돈의문 박물관마을이다. 골목입구에 있는 '새문안극장'에 들어가 본다.

'맨발의 청춘', '고교 얄개', '영구와 땡칠이' 등의 간판과 포스터가 붙어 있다. 매표소엔 '돌아오지 않는 해병'이 상영 중이라는데, 성인이 600원이다. 1층 전시관엔 한국영화사(韓國映畵史)의 굵직한 발자취를 남긴 작품과 배우들, 낡은 영화필름통이 관객을 맞는다.

옛 향수를 자극하는 '삼거리이용원', '서대문사진관', '돈의문 콤퓨타 게임장', '새문안 만화방'이 줄줄이 나타난다.

돈의문초등학교(敦義門初等學校) 교실에는 딱 그 나이 아이들이나 쓸 만한 크기의 책상과 걸상이 즐비하고, 난로 위엔 노란 양철도시락들이 탑을 쌓았다.

돈의문전시관, 한옥마을 골목, 마을안내소를 둘러보고 '독립운동가의 집'이란 현판이 걸린 집에 들어섰다. 누구나 알 만한 독립운동가들의 사진이 걸려 있고 남녀의 방이 다르다. 대한민국임시정부(大韓民國臨時政府) 국무원 요인들이 함께 찍은 대형 사진도 볼 수 있다.

박물관마을 바로 밑에, 경찰박물관(警察博物館)이 있다.

1층에는 실제 경찰차와 사이드카, 1970년대 경찰 지프, 경찰청장 책상 모형 등이 아이들의 포토존이 된다. 2층 '체험의 장'에선 경찰서 유치장(留置場)에 들어가 볼 수 있고, 시뮬레이션 사격과 거짓말탐지기, 지문과 몽타주 및 수갑 등을 체험할 수 있으며, 교통정리도 가능하다.

4층 '이해의 장'은 경찰업무에 대한 이해를 돕고, 5층 '역사의 장'에서는 조선시대 포도대장(捕盜大將)과 포졸, '대한제국', '일제강점기', '미 군정기', 대한민국 경찰의 변천을 보여준다.

'서울 도시재생 이야기관' 앞에서 길을 건너, '서대문역'으로 내려간다.

'문화일보사' 앞에는 1935년 최초의 연극 전용극장으로 개관한 동양극장(東洋劇場) 터 표석이 있다. 도로 건너편에는 '4.19혁명 기념회관'과 '서울적십자병원'이 보인다.

농협중앙회 건물 앞에는 김종서(金宗瑞) 집터 표석이 숨어 있다. 조선 '세종' 때 '함경도' '여진족'을 몰아내고 6진을 개척한 영웅인데, '수양대군'의 쿠데타로 척살 당한 그 '절제 대감'이다.

그 뒤로, 농업박물관(農業博物館)이 있다.

박물관 앞 도로변에 '윤봉길' 의사가 고향에 있을 때, 농촌계몽을 위해 직접 쓴 교재인《농민독본(農民讀本)》에 있는 글을 새긴 큰 돌비석이 있고, '측우기'와 물레방아 모형도 보인다.

바로 옆에는 쌀 박물관도 있다. 우리의 주식(主食)인 쌀 문화에 대한 모든 것을 보여주는 곳으로, 쌀 요리 체험관과 쌀 가공식품 숍 겸 카페인 '쌀 토리랑'도 있다.

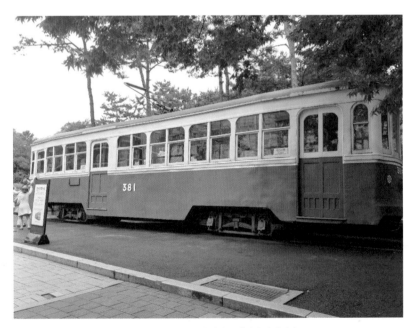

■ '서울역사박물관' 앞에 있는 전차. 1930년대부터 실제 운행되던 차량이다.

■ '새문안로' '경찰박물관'

■ '돈의문 박물관마을' 입구

■ 농협중앙회 '농업박물관'

# 혜화·명륜동길

---

성균관과 반촌(泮村), 유학, 그리고 '서울미래유산'

'서울' '종로구' '혜화동'은 흔히 대학로(大學路)로 불린다.

지금은 '관악산' 밑으로 이전했지만, 과거 '서울대학교'가 이곳에 있었기 때문이다. 아직도 '서울대 의과대학'과 '서울대병원'은 여기에 있다.

그렇지만 사실 여기는 '조선시대'부터 대학로였다. 조선의 유일한 국립대학인 성균관(成均館)이 자리한 곳이기 때문이다. '일제강점기'에 국립대로 설립된 경성제국대학(京城帝國大學)도 여기에 있었고, 이 경성제대가 해방 후 서울대로 바뀌었다.

이를 근거로, 성균관대학교(成均館大學校)는 1398년 처음 개교한, '유구한 역사'라고 자랑한다. 성균관 주요 건물들이 완성된 해다.

성균관은 흔히 제후국의 최고 교육기관을 일컫는 말이다. '태학', '반궁', '현관', '근궁', '수선지지'라고도 했다. 그 기원은 '중국' '주나라' 때 천자의 도읍에 설립한 벽옹(辟雍)과 제후의 도읍에 설립한 반궁(泮宮) 제도에서 찾을 수 있다.

우리나라에서는 '고려시대' 국자감(國子監), '신라'의 '국학', 그리고 멀리는 '고구려' 태학으로까지 거슬러 올라갈 수 있다.

우리나라 최고학부의 명칭으로 '성균(成均)'이라는 말이 처음 사용된 것은 1298년(충렬왕 24년)에 국학(국자감을 개칭한 것)을 '성균감'이라 바꾼데서 비롯된다. 황제국이던 고려가 '원나라'에 굴복하면서, 제후국으로 강등됐기 때문이다. 그 뒤 1308년 성균감을 성균관이라 바꿨다.

1356년(공민왕 5년)에는 배원정책(排元政策)에 따른 관제의 복구로 국자감으로 환원됐다가, 1362년 다시 성균관으로 복구됐다.

한편 공민왕 즉위 초 성균관에 유교학부(儒敎學部)와 함께 설치되어 온 율학, 서학, 산학 등의 기술학부를 완전히 분리시켜, 성균관은 오로지 '유학'만을 연마하는 최고학부가 됐다.

이 고려 성균관은 지금도 '개성'에 남아 있고, 조선은 개국 후 '한양'에 따로 설립했다.

지금의 종로구 '명륜동'인 '숭교방'에 1398년 '공자'와 대유학자들을 모신 대성전(大成殿)과 강의실인 '명륜당', 유생들의 기숙사인 '동재'와 '서재' 등 주요 건물들이 완성됐다.

성균관은 '반궁'이라는 점에서, 반수(泮水)를 거느렸다. 천자의 벽옹은 학교를 빙 둘러 물길을 냈고, 반궁은 앞쪽 반만 2개의 물줄기가 흐르다 하나로 합쳐졌다.

또 주변 마을을 '반촌'이라 했다. 여기서 반(泮)이란 제후의 대학, 또는 '절반'을 일컫는다.

반촌에는 성균관에 딸린 노비들이 모여 살았다. 성균관 노비는 처음 약 300명이었는데, 이후 더 늘었다. 대부분 고려 '충렬왕' 때 성균관 재건에 앞장선 안향(安珦)이 기증한 사노비의 후손들이다. 이들은 비록 천민이었으나 나름대로 자부심이 있고, 공을 세워 '면천'되기도 했다.

조정에서는 이들의 생계 안정을 위해 소 도살 독점권을 줬고, 자연 쇠고기 유통과 소가죽을 이용한 물품 제작에도 종사했는데, 경제력은 있어도 백정(白丁), '갓바치'란 천민 신세였다.

이 성균관을 중심으로, 옛 반촌이었던 혜화동, 명륜동 일대를 걸어본다.

지하철 4호선 '혜화역' 3번 출구에서 조금 가면, 서울대 의대 후문이 나온다. 후문을 들어서 도서관 뒤로 돌아가면, 경모궁(景慕宮)의 궁지(궁궐 연못) 터가 있다.

이곳은 '창경궁'의 동쪽 후원인 함춘원(含春苑)이 있던 자리로, 경모궁은 함춘원 안에 '사도세자'를 모셨던 사당이다. 학생회관 식당 건립을 위한 발굴조사에서 유구가 발견됐는데, 네모꼴의 연못 가운데 있던 둥근 섬 석축의 일부다.

다시 서울대 의대를 나와, 대학로를 따라 반대 방향으로 올라간다.

지하철역 바로 옆에 학림(學林) 다방이 있다. 1956년 개업, 많은 40~60세대의 추억이 서린 이곳은 '서울미래유산'으로 지정돼 있다. 대학생들과 지식인, 예술가들이 모이던 이곳은 1980년대 초, 학생운동 주도세력이던 이태복 전 보건복지부 장관 등, 학림파(學林派)의 근거지였다.

혜화역 4번 출구에서 좌회전, 성균관대 쪽으로 간다. 인근에 '인조' 때 '좌의정'을 지낸 이정귀(李廷龜)의 집터가 있다. 입구 사거리를 지난다.

성균관대 입구 남서쪽에, '심산 김창숙(金昌淑)' 선생이 해방 후 살던 집터가 있다.

선생은 '3.1운동' 때 민족대표 33인에 '유림'이 없음을 통탄, '파리' '만국평화회의'에서 '파리장서사건'을 주도했고, '대한민국임시정부' '의정원' 부의장을 지낸 독립투사였다.

해방 후에는 성균관 재건의 주역으로 초대 성균관대학교 총장을 지냈으며, 이승만(李承晩) 정권에 맞서 반독재투쟁에도 앞장섰다.

이 골목은 지금은 사라졌지만, 과거 반수가 흐르던 곳이다. 성균관 담장 담쟁이 길이 예쁘다. 대학 정문 입구에 "1398"이라 새겨진 돌비석이 성대인들의 자부심을 대변해 준다.

바로 안쪽에 탕평비각(蕩平碑閣)과 '하마비'가 있다.

탕평비는 1742년 '영조'가 세운 것이다. 사도세자의 성균관 입학을 기념, 영조는 당쟁의 폐해를 막고 당파를 떠나 능력에 따른 공정한 인사 추진을 위해 이 비를 세워, 그 뜻을 널리 알렸다. 하마비(下馬碑)는 공자의 위패를 모신 성균관 입구이므로, 모두 말에서 내리라는 뜻이다.

성균관과 이곳 문묘(文廟)는 사적으로 지정됐는데, 문묘는 왕으로 추존된 공자와 중국 및 한국의 대유학자들의 위패를 모신 곳으로, 지방의 향교에도 있다.

오른쪽 담을 따라가면 작은 문이 있는데, 그 왼쪽 앞에 하연대(下輦臺)가 있다. 임금이 성균관에 올 때는 입구 하마비에서 내려 작은 가마(연)를 갈아타고, 다시 성균관 경내에 진입하기 전 여기에서 내려 걸어 들어갔다. 즉 이 작은 문은 오직 왕만이 드나들 수 있는 '동삼문'이었다.

문을 들어서면, 긴 복도와 마루를 갖춘 장방형 건물이 있다. 성균관 유생(儒生)들의 기숙사인 동재(東齋)다. 그 툇마루에 앉아 잠시 쉬어 간다.

동재를 돌아 안으로 들어가면, 명륜당(明倫堂)이 있다. 명륜은 '윤리를 밝힌다'는 뜻이다.

중앙이 강의실이고, 양쪽 끝은 교사의 숙소다. 유생들의 기숙사는 겨울에도 불을 때지 않지만, 여기는 온돌방이다. 마당에는 큰 은행나무가 있는데, 1519년(중종 14년) 성균관의 최고 책임자인 대사성(大司成) '윤탁'이 심은 것으로, 공자가 은행나무 밑에서 제자를 가르쳤기 때문이다.

문묘인 대성전과 동무(東廡), 서무(西廡)는 그 아래에 있다.

대성전 현판 글씨는 조선 대표 명필 한호(韓濩)가 심혈을 다해 썼다. 대성전에는 공자를 중앙에 모시고, '안자', '증자', '자사자', '맹자', 공자의 제자 '10철'과 송나라의 '6현'을 배향했다.

또 동무에는 중국의 명현(名賢) 47위와 우리나라의 명현 9위를, 서무에도 중국 명현 47위와 우리나라의 명현 9위를 종사했다. 문묘에 배향된 신라 · 고려 · 조선조의 우리 명현 18현은 유생들의 '사표'였는데, 1949년 중국 명현을 모두 내리고, 우리 명현 18위를 대성전으로 올렸다.

'성균관 컨벤션웨딩홀' 로비를 통해 성균관대를 빠져나와 좌회전,

'성균관로'를 따라 올라간다.

도로변에 양현고(養賢庫) 터 표석이 있다. 양현고는 성균관의 재정을 책임지던 기관으로, 유생들의 숙식 및 물품 공급, 문묘에 제사를 지내는 석전대제(釋奠大祭)의 비용을 조달했다.

중간에 이리저리 갈라지는 골목들을 무시하고 큰길로 계속 올라가면, 오른쪽에 '명륜제일교회' 뾰족탑이 보이고, 언덕을 넘어가면 삼거리 맞은편에 '올림픽 기념 국민생활관'이 있다. 그 왼쪽 골목길을 따라 올라간다.

골목 안에 조선 '태조'가 건립했다는 사찰 흥덕사(興德寺) 터 표석이 있고, 그 앞에는 또 하마비가 있다. 조선말까지 여기 있었다는 북묘(北廟), 즉 '북관왕묘'의 하마비다. 인근에는 3.1운동 거사를 위해 '한용운' 선생이 불교학교 중앙학림(中央學林) 학생들과 논의하던 곳도 있다.

이 골목 꼭대기에는, 서울시 유형문화재 제57호 '우암 송시열(宋時烈)'의 집터가 숨어 있다.

'노론'의 영수이자 조선 중기 대표적 유학자로 '송자'라는 존호를 받기도 했던 그는, 살던 집 바위에 "증주벽립(曾朱壁立)"이란 큰 글씨를 새겼다. 유교 성현인 증자와 '주자'를 계승하고, 받들겠다는 의지의 표시다. 집은 흔적도 없지만, 이 네 글자는 아직 너무도 선명하다.

오던 길을 되짚어 내려와, 올림픽 기념 국민생활관 앞에서 반대쪽 길을 따라간다.

길 건너 '혜화초등학교' 앞에는 '경주이씨 중앙화수회관'이 있다. 그 앞에는 '삼성그룹' 창업자인 '호암 이병철(李秉喆)'의 흉상이 있다. 쇠고기와 가죽을 팔던 옛 천민들의 거리를, 현대 '한국' 최고 부자의 흉상이 내려다보고 있다.

조금 더 내려가면, 장면(張勉) 가옥이 있다.

이승만 정권 국무총리 출신이자, 4월 혁명 후 출범한 민주당(民主黨) 정권 총리를 역임한 장면, 바로 그가 1937년 건립, 30년간 살던 곳으로, 등록문화재 제357호로 지정됐다. 한국, '일본', '서양'의 양식이 혼재돼 있으며, '김정희'가 설계한 1930년대 주거문화의 중요한 자료다.

조금 아래에 있는 '문화이용원'은 서울미래유산으로 지정된 유서 깊은 추억의 이발관(理髮館)으로, 현판과 인증서가 실내에 있다. 길 건너 '혜화주민센터'도 1930년대의 개량한옥이고, '혜화동로터리'의 고색창연한 서점 '동양서림' 역시 50년 전 모습 그대로인 서울미래유산이다.

로터리 한구석에는 "몽양 여운형(呂運亨) 선생 서거지" 표석이 있다.

■ '영조'가 '탕평책'을 널리 공표한 '탕평비'가 있는 비각

■ 성균관 주 강의실인 '명륜당'. '명륜동' 지명도 여기서 유래했다.

■ '삼성그룹' 창업자 '호암 이병철'의 흉상

■ '대한민국' '제2공화국'의 국무총리였던
  '장면'이 살던 가옥

# '남산' '국치'와
# 독립의 길

남산 기슭, 민족수난과 광복의 지난한 여정

'서울' 도심 남쪽에 솟은 소중한 녹지 공간, 시민들의 사랑을 받는 휴식처가 남산(南山)이다. '조선시대' '한양도성'의 남쪽 성곽이 지나고, 정상에는 전국의 봉수들이 집결하는 최종 목적지인 남산봉수대(南山烽燧臺)가 있다.

이 남산은 '일제강점기' 때는, 침략을 상징하는 곳이기도 했다.

일제는 당시 경성(京城)의 얼굴 격인 남산에 조선인을 '위압'하는 조선신궁(朝鮮神宮)을 건립하고, 침략의 최고 원흉인 '메이지 천황'과 일본 건국신 '아마테라스 오미카미'를 모셨다. '노기신사', 신궁이 생기기 전에는 당시 식민지 이 땅 최대 신사였던 '경성신사'도 여기 있었다.

식민통치의 본산인 통감부(統監府)와 '통감관저'를 세우고, 일본인

집단거주지를 조성한 곳도 이곳 남산과 그 아래 '명동'과 '충무로' 일
대였고, 서남쪽 기슭인 용산(龍山)에는 일본 '주둔군사령부'가 총칼로
식민지 백성들을 공포에 떨게 했다.

그러나 그게 다는 아니다.

남산 기슭에는 민족의 영웅 안중근(安重根) 의사 동상과 기념관, 그의
글씨들을 새긴 비석들이 있고, 그 아래 백범광장(白凡廣場)에는 '백범
김구' 선생과 '성재 이시영' 선생의 동상이 있다. 또 2021년 6월 개장
한 '남산예장공원'에는 '우당 이회영' 선생의 기념관도 문을 열었다.

8월 29일은 1910년 일제에 의해 강제합방조약이 공포된, 국치일
(國恥日)이다.

그 후 109년이 지난 2019년 국치일, '서울시'는 우리 민족의 아픔
이 서려 있는 남산 '예장동' 자락에 약 1.7km 길이의 '국치길' 조성을
완료하고, 독립유공자 후손들과 함께 역사의 현장들을 함께 걷는 역
사탐방 행사를 개최했다.

치욕의 역사도 되새김질해야 하는 역사라는 점에서, '암흑(暗黑)의
시대'를 되돌아보는 길을 걷는, 이른바 '다크 투어리즘'이다.

국치길은 김익상(金益相) 의사가 폭탄을 던졌던 통감부 터(왜성대 조선
총독부 터)에서 시작, '한일병탄조약'이 체결된 한국통감 관저 터와 '남
산 인권 숲', 노기신사 터, 청일전쟁(淸日戰爭)에서 승리한 일제가 세운
'갑오역 기념비', 경성신사 터를 거쳐 조선신궁 터로 이어진다.

2019년 8월 14일 '위안부 기림의 날'에 제막한, '서울 위안부 피해
자 기림비'도 볼 수 있다.

국치길 보도블록 곳곳에는 길을 형상화하고 역사를 '기억'하자는

의미에서, 한글 자음 'ㄱ' 자 모양의 로고를 설치했고, 각 역사의 현장에는 'ㄱ' 자 모양의 스탠드형 안내 사인도 세웠다.

단풍이 아름다운 가을날, 남산 길을 걸으며, 시대의 시련과 이를 극복하고 마침내 해방(解放)을 일궈낸, 선조들의 발자취를 따라가 본다.

지하철 4호선 '명동역' 1번 출구로 나와, 언덕길을 올라간다. 곧 길 건너편에 남산예장공원(南山藝場公園)이 보인다.

서울 중구 예장동 일대는 조선시대 무예 훈련원(訓練院)의 '예장'이 있던 곳이다. '무예장'이 줄임말로 예장이 된 것. 이후 일제강점기, 통감부와 '조선총독부' 및 일본인 거주지가 조성됐고, 1961년에는 중앙정보부(中央情報部) 건물이 들어섰다.

2021년 6월 9일 남산예장공원이 개장됨으로써, 12년에 걸친 '남산 르네상스 사업'에 마침표가 찍혔다. 이 사업은 남산의 생태환경과 전통 역사문화유산(歷史文化遺産)을 복원하고, 경관과 접근성을 개선하는 사업으로, 2009년 '남산 르네상스 마스터플랜'을 발표한 바 있다.

예장공원은 일제와 군사독재(軍事獨裁)의 아픔을 기억하는 공간이자, 시민들의 쉼터다.

서울시는 남산의 자연경관을 가리고 있던 옛 중앙정보부 및 'TBS 교통방송' 건물을 철거하고, 면적 1만 3,000㎡, '서울광장'의 2배 규모에 달하는 녹지공원(綠地公園)을 조성했다. 남산의 고유 수종인 소나무 군락을 비롯, 다양한 나무도 식재했다.

공원은 크게 지상과 지하공간으로 조성됐다.

지상은 녹지공원과 명동~남산을 연결하는 진입광장, '기억6 메모리얼 홀' 등이 위치해 있고, 지하에는 '우당 이회영(友堂 李會榮) 기념관'과 남산 일대를 달리는 친환경 녹색순환버스 환승센터, 관광버스 주차장(40면)이 조성됐다.

지상 공간 '샛자락 쉼터'와 '남산 위에 저 소나무 오솔길'을 돌아, '빨간 우체통' 모양의 기억6 메모리얼 홀로 향한다.

이곳은 일제강점과 독재정권 인권침해(人權侵害)의 아픈 역사를 돌아보는 전시 공간이다. 주변에는 재생사업 과정에서 발굴된 일제 조선총독부(朝鮮總督府) 관사 터, 콘크리트 잔해들이 보존돼 있다.

메모리얼 홀 지하엔, 옛 중앙정보부의 지하고문실(地下拷問室)을 재현해 놓았다.

예장공원 가운데, 지하로 내려갈 수 있는 엘리베이터와 에스컬레이터가 있다. 지하 1층에 내려가면, 우당 이회영 기념관이 반겨 맞아 준다.

기념관 앞 '예장마당'에는 '봉오동', '청산리' 전투의 주역인 신흥무관학교(新興武官學校) 학생 3,300명을 기리는 의미로, 테라코타가 천장에 매달려 있다.

기념관 안에서는 상설전시가 열리고, 우당 선생의 후손들이 기증한 유물 42점과 우당 6형제의 독립운동 일대기 등이 전시돼 있다. 이회영의 아내 '이은숙' 선생이 남긴 항일 독립운동기록인 《서간도시종기(西間道侍從記)》 육필원고도, 그 일부다.

예장공원 지상에서, 교량 보행길이 남산 인권 숲으로 이어진다. 남산 인권 숲은 일제 '통감관저터'에 조성한 '일본군 위안부(慰安婦) 기억의 터' 일대를 말한다.

다른 길로는, 대한적십자사(大韓赤十字社) 앞에서 대로를 건너 작은 도로를 직진하면, '서울시 소방재난본부'가 있다. 그 앞길을 건너면, '서울유스호스텔' 입구가 남산 인권 숲이다.

이곳에 1906년 통감관저(統監官邸)가 설치됐으며, 1910~1939년까지는 '조선총독관저'로 쓰였다. 특히 1910년 8월 22일, 이곳에서 3대 통감 '데라우치 마사다케'와 '대한제국' '총리대신' '이완용'이 강제합방조약을 체결한, 경술국치(庚戌國恥)의 현장이다.

이 치욕의 자리가 위안부 기억의 터로 변신한 것은, 탁월한 역발상이 아닐 수 없다.

일부러 '거꾸로 세워놓은 동상'이 이를 상징한다. 1936년 세워진 '을사늑약'에 앞장선 '하야시 곤스케'의 동상을 받치고 있던 판석(板石)을 거꾸로 세움으로써, 부끄러운 역사를 반성하는 의미를 강조한다.

그 뒤로, 이곳에 통감관저가 있었음을 알리는 표지석이 있다.

그 위에는 "우리가 가장 두려워하는 것은 우리의 이 아픈 역사가 잊혀지는 것입니다", "일본의 진정한 사과를 받지 못해 우린 아직 해방되지 않았다" 등의 문구와 함께, 위안부(慰安婦) 피해자 할머니 247명의 명단이 새겨진 조형물들과, 국치길 스탠드형 안내 사인이 서 있다.

벽에는 세계인권선언(世界人權宣言)이 새겨져 있고, 외곽 도로변에는 할머니들을 상징하는 노랑나비들이 흰 장미 위를 날아다닌다.

기억의 터 입구에 우뚝 서서 역사를 직시해 온, 수령 450년의 은행나무도 빼놓을 수 없다.

다시 대한적십자사 앞으로 돌아와, 길 건너편으로 남산을 오른다. '서울예술대학교' '드라마센터' 앞에 있는, '한국' 극작가의 '대부' 동랑 유치진(柳致眞) 선생의 흉상을 보고 가는 게 좋다.

'서울애니메이션센터' 안쪽에 통감부 터가 있다.

통감부는 1910년 한일합방(韓日合邦) 이후 폐지되고, 조선총독부가 설치됐다. 총독부는 1926년 '경복궁' 앞에 신청사가 신축되면서 그곳으로 옮겨가고, 기존 건물은 '은사기념과학관'으로 쓰이다가, 1950년 '한국전쟁' 때 불타버렸다.

1921년 9월 12일, 의열단(義烈團) 단원 김익상 의사는 당시 총독부 건물에 폭탄을 던졌다.

조금 더 가면 '리라유치원'과 '리라초등학교'가 나온다. 초등학교 담을 따라 돌아가면, 사회복지법인 '남산원'이 보이는데, 그 안에 노기신사 터가 숨어 있다. 노기신사(乃木神社)는 일본 '메이지시대' '러일전쟁'의 영웅이자, 군신(軍神)으로 '조작'된 '노기 마레스케'를 모셨던 곳이다.

지금은 세심(洗心)이란 글귀와 신사에 석물을 봉납했다는 일본인들의 이름이 새겨진 석조, 뒤집힌 채 놓여 있는 석등의 일부 같은 석물, 그리고 안내판이 남아 있다.

리라초교 맞은편에는 '숭의여자대학교'가 있고, 그 교정 안에 경성신사(京城神社) 터가 있다.

숭의여대 정문을 들어서 올라가는 언덕길 보도블록에 국치길 금속 표지판이 박혀 있다. 교내 예배당 입구에는 1927년 7월 이 여대 설립자인 미국인 선교사(宣敎師) '사무엘 모펫(한국명 마포삼열)' 박사의 흉상이 있다.

그 뒤 건물 한구석, 경성신사 터임을 알려주는 안내판 2개와 기둥 주춧돌 1기가 있다.

경성신사는 1898년 10월 '한양'의 일본 거류민단이 일본 '이세신궁'의 신체 일부를 가져와, 남산대신궁(南山大神宮)으로 창건, 1916년 5월 경성신사로 개칭했다. 이후 조선신궁이 완공되기까지 10여 년간, 식민지정권의 국가제사를 지내던 곳이다.

인근에는 '청일전쟁'의 승리를 기념해 일본인들이 1899년 건립한 갑오역 기념비가 있는데, 이 기념비에서 일본천황(日本天皇)의 생일인 '천장절' 행사를 자주 거행했었다.

다시 남산을 오르는 '소파로'를 따라 조금 올라가면, 남산터널 바로 위쪽에 한양공원(漢陽公園) 비석이 있는데, 한양공원 조성을 기념하는 이 비석의 글씨는 '고종황제'가 직접 쓴 것이라고 한다. 한양공원은 1910년 개장됐다가, 조선신궁이 세워지면서 역사 속으로 사라졌다.

'어린이날'의 창시자 '방정환' 선생을 기리고자 명명된 소파로(小波路)를 조금 더 따라가니, '서울미래유산'으로 지정된 '서울시교육청' '교육연구정보원(옛 어린이회관 건물)' 옆으로, 넓은 돌계단이 나타난다.

이 계단은 2005년 인기드라마 '내 이름은 김삼순'의 엔딩 촬영장소로, 일명 '삼순이 계단(階段)'이라 불린다. 커플들은 드라마틱한 로맨스를 꿈꾸며, 가위바위보 게임에 열중해 있다.

그러나 사실 이 계단은 일제 때 조선신궁으로 오르는, 시련의 역사가 서린 계단의 일부다.

구 남산식물원(南山植物園) 자리에 있던 조선신궁은 일제가 식민지 이 땅에 세운 가장 높은 사격을 가진 신사로, 1918년 조성해 1925년 완공됐다. 조선총독부의 국가의례를 집전하고, 수많은 한국인들에게 신사참배(神社參拜)를 강요한, 피눈물 나는 역사의 현장이다.

계단 위에, 2019년 8월 14일 '일본군 피해자 기림의 날'에 '3.1운동 및 대한민국임시정부(大韓民國臨時政府) 100주년 기념사업'으로 세워진, 서울 일본군 위안부 피해자 기림비가 있다.

우리나라는 물론, 1931년부터 1945년까지 일본제국군의 성노예(性奴隸)가 돼야 했던 '아시아태평양' 13개국, 수십만 여성들의 고통을 증언하는 기념물이다.

연대(連帶)의 의미로 손을 맞잡은 한국, '중국', '필리핀'의 세 소녀를, 고(故) 김학순(金學順) 할머니가 바라보고 있는 모습이다. 위안부 피해를 1991년 8월 14일 사상 처음으로 공개 증언, '20세기 가장 용감한 여성'이란 평가를 들은, 바로 그분이다.

조금 더 올라가면, 바로 옛 조선신궁 및 남산식물원 터다.

'한양도성' 성벽을 허물고 지은 조선신궁 배전(拜殿) 터, 기초구조물이 보전돼 있다. 배전은 일반인들이 참배하던 건물이다. 가로 18.9m, 세로 14.9m 크기로, 콘크리트 기초 위에 16개의 기둥이 세워졌다. 이 배전 터는 현재 유일하게, 조선신궁의 흔적을 확인할 수 있는 곳이다.

그 위에는 일제가 처음 조성한 방공호도 남아 있다.

그 아래에, 발굴된 한양도성 성곽 유구(遺構)가 길게 이어져 있다. 성 돌에 따라, '태조' 때 처음 성벽의 기초를 쌓은 장대석, '세종' 때 성벽, '숙종' 때 성벽 등을 시대별로 구분할 수 있다. 바로 '한양도성 유적전시관(遺蹟展示觀)'이다.

1969년 조성된 남산식물원의 흔적은, 분수대(噴水臺)만 남았다.

당시 서울시민들이 가장 즐겨 찾는 나들이 장소였고, 분수대는 기념사진 '포토 포인트'였다. 2006년 '남산 제 모습 가꾸기 사업'의 하나로 식물원이 철거되면서, 분수대도 가동이 중단됐지만, '추억의 명소'로서 남겨둔 것이다.

그 옆에는 '대한국인(大韓國人) 안중근'의 망토를 걸친 동상과, '안중근 의사 기념관'이 당당히 조선신궁 터를 압도한다.

서울 일본군 위안부 피해자 기림비와 안중근 기념관 사이 광장에는, 의사(義士)의 어록과 글씨, 그리고 특유의 '손바닥 도장'을 새긴 비석들이 줄지어 서 있다.

'국가안위(國家安危) 노심초사(勞心焦思) : 국가의 위기에, 노심초사한다', '견리사의(見利思義) 견위접명(見危接命) : 이로움을 보면 의로움을 생각하고, 위기를 보면 목숨을 바친다', '인무원려(人無遠慮) 난성대업(難成大業) : 사람은 멀리 생각하지 못하면, 큰일을 이루기 어렵다'….

이 광장에는 와룡매(臥龍梅)도 자란다.

'임진왜란' 때 '왜군'이 '창덕궁'에 있던 매화나무를 일본으로 파 갔는데, 남산 와룡매는 그 후계목(後繼木)이다. 일본의 한국침략에 대한 사죄의 뜻을 담아, 400년 만에 환국한 매화나무다.

한쪽에는 '박정희' 전 대통령이 쓴 휘호, "민족정기(民族正氣)의 전당(殿堂)" 비석도 있다.

안중근 의사 기념관은 1970년 10월 이 자리에 처음 건립됐고, 국민성금 모금을 거쳐 총 180억 원을 투입, 신축공사를 통해 2010년 확대 개관했다. 지하 2층, 지상 2층의 구조다.

지하 1층에는 '참배(參拜)홀'과 상징 공간, 안 의사의 가문과 출생 및 성장과정을 보여주는 '제1전시실'이 있다. 지하 2층은 200석 규모의 강당.

1층은 안 의사의 국내·외 활동자료를 모은 '제2전시실'이, 2층은 '하얼빈 의거'와 법정 투쟁, 동양평화론(東洋平和論) 등 옥중 유필, 순국을 다룬 '제3전시실', 기획전시실, 체험전시실과 추모실이 자리한다.

　　기념관 밖, 백범광장을 내려가는 계단 옆에는, 275년 된 느티나무 보호수(保護樹)가 있다.

　　계단 아래 백범광장에서 김구(金九) 선생과 이시영(李始榮) 선생 동상에 인사를 드린 후, 남산공원길 산책로를 따라 '동국대학교'까지 걸었다. '만해 한용운(韓龍龍雲)' 선생의 지도로 3.1운동에 앞장섰던 중앙학림(中央學林)을 계승한 것이, 바로 오늘날의 동국대다.

■ '일본군 위안부 기억의 터

■ '일제'의 '통감관저'가 있던 곳

■ '노기신사' 터에 남은 석물들

■ '서울 일본군 위안부 피해자 기림비'

■ '국치길' 안내판

# 마로니에공원길

—

'일제 잔재' '대학로' 보다 '마로니에공원길' 로 부르자

 

'혜화동' 일대 큰길을 '대학로'라 부르게 된 것은 '일제'가 1923년 이곳에 경성제국대학(京城帝國大學)을 설립하면서부터다.

일제는 '조선' 초부터 국내 유일한 국립대학이었던 '성균관'의 정통성을 무시하고, 따로 관립대학을 신설했다.

특히 '월남 이상재(李李商在)' 선생을 대표로 하는 '조선민립대학기성회'의 발기 총회가 개최되고 거국적인 민립대학 설치운동이 일어나자, 이를 저지하는 한편 여론을 무마하기 위해, '경성제국대학령'을 공포하고 세워진 것이 경성제대이고, 그 후신이 지금의 '서울대학교'다.

따라서 이 동네를 대학로라고 부르는 것은 일제 잔재(日帝殘滓)라는 게, 필자의 생각이다.

사실 국립 의과대학은 경성제대에 한참 앞서 이곳에 생겼다. 바로 '고종황제'의 명으로 1899년 관립으로 설립된 '경성의학교'가 그것 이다. 초대 교장이 바로 종두법(種痘法)을 이 땅에 처음 보급한 '지석 영' 선생이다.

앞서 1885년 개원한 우리나라 최초의 서양식 국립병원인 제중원 (濟衆院)도 여기 있었다.

경성의학교(京城醫學敎)는 '경술국치' 이후 1916년 폐지되고 '경성의 학전문학교'로 흡수됐으며, 다시 해방 후인 1946년 10월 경성제대 의학부와 합쳐져 지금의 서울대 의과대학이 됐다.

서울대 의대와 '서울대병원'은 현재도 구한말(舊韓末) 당시의 자리를 굳게 지키고 있다.

이런 역사적 사실에 근거해, 필자는 대학로란 이름 대신 이 동네를 대표하는 곳인 '마로니에공원길'로 부르기로 했다.

이런저런 생각을 하며, 혜화동(惠化洞) 일대 이 마로니에공원길을 걸 어본다.

지하철 4호선 '혜화역' 3번 출구에서 조금 내려가, 서울대 의대 및 서울대병원 후문으로 들어선다. 병원과 어린이병원 사잇길을 지나 대한외래병원(大韓外來病院)을 돌아가면, 길 오른쪽에 "제중원 뜨락"이 라 쓰인 돌비석이 보인다. 제중원이 있던 곳을 기념하는 비석이다.

조금 더 가면, 붉은 벽돌조의 르네상스식 건물인 대한의원(大韓醫院) 본관이 보인다.

대한의원은 1907년 당시 국립 의료기관이던 광제원(廣濟院)과 의학 교 및 그 부속병원, 그리고 '대한적십자병원'을 통합, '의정부' 직할로 설립됐다. 실제 개원은 1908년 10월이다.

광제원은 위치도 옮기고 '미국' '북장로회'로 경영권이 넘어간 제중원 대신, 1900년 설립됐다.

1908년 건립, 사적으로 지정된 대한의원 본관은 '일제강점기' '조선총독부의원', '경성제대 의학부 부속의원', 해방 후 '서울대 의대 부속병원' 등의 본관이었다가, 지금은 의학박물관(醫學博物館)이다. 네오 바로크풍의 시계탑, 현관 포치, 원형 그대인 목조 계단 등이 인상적이다.

건물 앞에는 지석영(池錫永) 선생의 동상과 〈히포크라테스 선서〉 석비가 있다.

지석영 동상은 본관 건물 안, 의학박물관 입구에도 서 있다. 옆에는 '광무' 4년 고종황제가 그를 경성의학교장으로 임명하는 칙명장이 있는데, 정3품 통정대부(通政大夫)란다.

또 복잡했던 구한말 국립병원들의 계통도, 당시 사용했던 청진기와 현미경, 주사기 등 각종 의료기구, 1940년대 대한의원의 모습이 담긴 영화 '자유만세' 소개 게시물 등이 눈길을 끈다.

대한의원을 나와 서울대 암병원 옥상에 올랐다. 바로 앞 창경궁(昌慶宮)이 속속들이 내려다보이고, 멀리 '인왕산'이 성큼 다가선다.

암병원에서 창경궁 앞으로 나와, '창경궁로'를 따라간다. 간호대학 학생기숙사를 끼고, 골목길로 들어섰다. 골목을 직진해 '성균관대학교' '성균어학원' 별관, 불교원전전문학림 삼학원(三學苑) 앞을 지나면, 골목 왼쪽에 한 눈에도 범상치 않아 보이는 건물이 있다.

"고석공간(古石空間)"이란 팻말이 붙은, 이 외관부터 특이한 건물은

1983년 11월 건축가 '김수근'이 친누이를 위해 설계한 집이다.

고석공간 길 건너에는 근대한옥들이 밀집한 작은 골목이 있다.

한국 현대문화예술사를 새로 쓴 건축가라는 평을 받는 김수근(金壽根)은 1971년 '범 태평양 건축상'을 수상하며 주목받았고, 미국《타임지(Time)》는 1977년 5월 그를 '서울의 로렌초'로 부르며, 국제적 거장(巨匠)이라고 소개했다.

사실 이 근처는 '김수근 타운'이라 할 정도로, 그의 작품들이 많다. 그 작품들을 만나보자.

다시 대로로 나왔다. 바로 길 건너가 흥사단(興士團)이다. '도산 안창호' 선생이 1913년 5월 13일 '미국' '샌프란시스코'에서 유학 중인 청년학생들을 중심으로 조직한 민족운동단체다.

건물 앞에는 도산(島山) 선생의 말씀을 새긴, 큰 돌비석이 서 있다.

김수근은 1972년 붉은 벽돌로 '원서동'의 공간(空間) 사옥을 지었고, 1977년 마로니에공원 옆에 '문예회관'의 전시장과 공연장(현 아르코 미술관과 예술극장), '샘터' 사옥, '해외개발공사' 사옥 등을 연달아 벽돌로 축조했다. 흥사단과 '바탕골소극장', '동성고등학교'도 벽돌건물이다.

구 샘터 사옥(社屋)은 김수근 건축의 정수를 보여준다. 출입구가 따로 없고, 사방 어디로든 나갈 수 있는 개방성이 특징이다. 지금은 1층에 '세븐일레븐', 2층에 '스타벅스' 등이 들어서 옛 모습을 찾을 수 없지만, 그나마《샘터》잡지가 폐간(廢刊) 위기를 넘겼다는 소식이 위안거리다.

마로니에공원 한복판엔 마로니에 나무들이 우뚝하고, 그 왼쪽 '아르코예술극장(서울미래유산)'과 '아르코미술관' 역시 김수근의 심혈이

녹아든 작품이다.

그 앞 '서울대학교 유지 기념비'가 이곳에 있던 옛 서울대 캠퍼스의 모습을 대변해 준다.

공원 한쪽 구석에는 '일제' 종로경찰서(鐘路警察署)에 폭탄을 던지고, 혼자서 일경 400여 명과 시가전을 벌이다 자결, 순국한 '의열단원' 김상옥(金相玉) 의사의 동상이 있는데, 분명 무장투쟁을 한 '의사'를 비무장투쟁의 '열사'로 잘못 새겨놓아 눈살을 찌푸리게 한다.

공원 남쪽 붉은 벽돌조의 위풍당당한 건물이, 바로 구 서울대 본관이다.

사적인 이 건물은 1930~1931년 사이 한국인 최초의 서양식 건축가인 박길룡(朴吉龍)이 설계했다. 벽돌 외벽에 다시 붉은 타일을 붙인 특이한 양식으로, 3층과 중앙 출입구엔 반원형 아치가 있다. 현재 '한국문화예술위원회'가 입주해 있으며, '예술가(藝術家)의 집'으로 불린다.

여기서 '방송통신대학교' 캠퍼스와 '서울사범대학부설 여자중학교'를 지나면, '서울사범대학부설 초등학교'가 있다. 여기는 원래 서울대 법대(法大)가 있던 자리로, 교문 안 소나무 밑에 그 표석이 있다.

1975년 이 자리로 옮겨온 이 초등학교 교문 기둥은 양쪽에 2개씩이다. 원래 '탑골공원' 대문기둥이었는데, 1969년 '3.1절' 50주년을 기념해 '서울시'가 나라사랑의 정신을 엘리트 대학생들에게 심어주고자, 이 기둥 4개를 서울대 법대 교문 기둥으로 기증, 현재에 이른다.

■ 1907년 설립된 '대한의원' 본관 건물. 현재는 '서울대학교병원 부설 병원연구소'

■ '서울대학교병원' 암병원 옥상에서 내려다본 '창경궁'

■ 건축가 '김수근'의 대표작 중 하나인 옛 '샘터'
　사 건물

■ 옛 제중원 터

■ 대한의원 본관 건물 앞에 있는 '지석영' 선생의 동상

# 효창공원길

—

명실상부한 '애국지사 성역'으로 자리매김하길…

서울 용산구에 있는 효창공원(孝昌公園)은 원래 조선 22대 임금 '정조'의 장남 '문효세자'의 묘가 있는 효창원(孝昌園)이었다.

가까운 위치에 문효세자의 생모인 '의빈 성씨' 묘소인 '의빈 묘'가 함께 있었다. 드라마 '옷소매 붉은 끝동'의 실존 모델인, 정조의 연인 성덕임이 바로 그 주인공이다.

이 모자의 묘소를 궁에서 가까운 곳에 두고 싶었던 정조(正祖)는 솔숲이 울창하고 '한강'이 내려다보이는 이곳 언덕이 풍수적으로 좋다고 해서 묘소를 조성하고, '효성스럽고 번성하다'라는 의미로 '효창'이라는 이름을 붙였다.

그러나 경술국치(庚戌國恥) 후 '일제'는 이곳을 유원지로 개발하기로

하고, 우선 1921년 '경성' 최초의 골프장을 조성했다. 또 1924년 효창 원 일부를 공원으로 바꿔 순환도로를 냈고, 1930년대에는 놀이시설과 왕벚나무, 플라타너스 등 외래 식물들을 심어 유원지로 바꿔버렸다.

결국 1944년 왕가의 묘들이 '경기도' '고양시' 서삼릉(西三陵)으로 이전, 이름만 남았다.

효창원이 '2차 변신'을 하게 된 계기는 '백범 김구' 선생과 '삼의사 묘'가 들어서면서부터다.

1946년 박열(朴烈), '이강훈' 등 '아나키스트 계' 독립운동가들이 삼 의사, 즉 '윤봉길', '이봉창', '백정기' 의사의 유골을 '일본'에서 수습, '부산'에서 열차 편으로 '서울역'으로 운구해 왔다. 백정기(白貞基) 의 사는 '중국' '상하이'에서 주중 일본 대사를 저격하려다 실패, 옥사한 분이다.

삼의사의 유골을 맞은 백범(白凡) 선생은 이분들을 옛 효창원 자리 에 모시고, 묘를 조성했다.

효창공원 내 삼의사묘 옆에는 유골이 없는 가묘(假墓)도 하나 있는 데, 바로 '안중근' 의사가 안장될 자리다. 해방된 조국에 묻히기를 염 원했던 안 의사의 유골은 아직 행방도 찾지 못한 상태인데, 백범 선 생은 일단 가묘를 만들어 뒀다가, 나중에 안장토록 했다.

효창공원에는 또 대한민국임시정부(大韓民國臨時政府) 요인이었던 '이 동녕', '조성환', '차이석' 선생의 유해도 안장돼 있다. 1949년에는 백 범이 암살당해, 그 또한 옛 동지들 곁에 묻혔다.

2002년에는 백범의 생애와 항일 업적 등을 기념하는 '백범 김구 기념관'도 설립됐다.

그러나 백범, 윤봉길(尹奉吉) 등 애국지사들을 꺼리는 '이승만', '박정희' 정권 시절, 효창공원은 또다시 크게 훼손됐다.

1960년 공원 앞을 가로막고 '효창운동장'이 들어선 데 이어, 이곳과 아무 연고가 없는 원효대사(元曉大師) 동상을 공원 가장 높은 곳에 세우고, '북한반공투사위령탑'과 '대한노인회관', 한때 '육영수 여사 송덕비'까지 들어서는 등, '정체불명'의 공원이 돼버렸다.

21세기 들어, 효창공원의 정체성 찾기는 크게 세 가지 논의가 있어 왔다.

우선 일제에 의해 서삼릉으로 이장된 문효세자(文孝世子)와 의빈의 묘를 다시 옮겨와, 처음 조성된 원형을 복원하자는 주장이 있다. 또 효창운동장을 이용하는 체육계의 반대론이 있고, 실제 공원을 주로 이용하는 주민들의 의견을 반영해야 한다는 견해도 무시할 수 없다.

하지만 2019년 '대한민국임시정부 수립 100주년'을 맞아, 애국선열들이 모셔져 있는 효창공원을 국립공원화 시켜야 한다는 여론이 형성됐다. '참여정부' 시절 한때 효창운동장(孝昌運動場)을 철거하고 민족공원화 하려다, 체육계의 반대 등으로 실패했던 시도가 부활한 셈이다.

'서울시', '문화재청', '국가보훈처', 용산구(龍山區)는 그해 4월 '효창독립 100년 공원' 계획을 발표, 국가 관리 공원으로 만들겠다고 선언했다. 효창운동장은 다른 곳으로 이전된다.

역사의 부침에 따라 영욕을 거듭했던 효창공원이, 하루빨리 명실상부한 '애국지사들의 성역(聖域)'으로 자리매김하길 기원해 본다.

지하철 6호선과 '경의중앙선' '효창공원역' 1번 출구로 나와, 뒤로 돌아 도로를 따라간다.

'금양초등학교' 앞을 지나 '효창동주민센터'를 끼고 왼쪽 언덕길을 올라가면, 백범 김구 기념관(白凡 金九 記念館)이 보인다. 경내 새빨간 단풍잎이 백범 선생의 절의를 상징하는 듯하다.

기념관 입구를 들어서면, 정면에 백범의 대형 좌상이 태극기를 병풍 삼아 앉아 있다.

2층으로 오르는 계단 벽면에는, 백범이 1946년 환국(還國) 이후 고국의 동포들을 만나기 위해 전국을 이동한 경로를 표현한, 대형 부조가 있다.

2층 오른쪽 전시실로 들어섰다. 임시정부와 백범일지(白凡逸志) 등 전시물들을 일별한 후, 안쪽 구석에 선생의 묘소가 정면으로 보이는 '추모의 공간'으로 간다. 잠시 고인을 추모해 본다.

'충칭' 임시정부청사 모형과 백범이 안창호(安昌浩) 선생 부인에게 보낸 태극기, 중국 '장제스' 총통과 대화하는 그림, '태평양전쟁' 때 '광복군'의 국내진입 작전도, '북한' '김일성'과의 통일정부 수립을 위해 방북하는 백범 모형, 윤봉길(尹奉吉) 의사와 교환했던 시계 등을 둘러봤다.

기념관을 나와 산책로를 조금 오르면, 오른쪽 위에 백범 김구의 묘소가 있다. 그 앞에서 묵념한 다음, 바로 아래 의열사(義烈司)에 들렀다.

의열사는 효창공원 내에 묘역이 있는 독립운동가 7인의 영정과 위패를 모신 사당으로, 1990년 건립됐다. 2011년부터 매년 임시정부 수립일(4월 13일), 환국일(11월 23일) 즈음에 합동 추모 제전을 거행하고 있다. 한쪽에는 안중근(安重根) 의사의 사진과 위패도 모셔져 있다.

산책로를 따라, 의열사 옆 삼의사묘로 향한다.

태극기 석판을 배경으로 삼의사묘와 안중근 의사 가묘가 나란히 가을 햇살을 받고 있다. 이봉창(李奉昌) 의사는 고향이 이 근처로, '용산구' '효창동' 118-1번지에 생가 표지석이 있다고 한다. 안 의사 가묘엔 표지석만 있다가, 정식 묘비가 설치된 지 얼마 되지 않았다.

임정요인묘역에는 초대 '임시의정원' 의장과 '주석'을 역임한 이동녕(李東寧), 국무부장 '조성환', 비서장 '차리석' 선생 등이 잠들어 있다. 차 선생은 부인 '강리성' 여사와의 합장묘다.

정문으로, 효창공원을 나왔다.

정면에 효창운동장이 버티고 있다. 국내 최초의 축구전용 운동장으로서, 축구장(蹴球場) 외곽에 육상경기트랙이 설치돼 있고, 테니스장도 있다. 항상 효창공원의 성역화에 최대 걸림돌인데, 철거 대신 부지만 확보되면 이전키로 했다. '서울미래유산'으로 지정돼 있기도 하다.

효창운동장에서 대로 쪽으로 내려오다가, 국민은행(國民銀行) '효창동 지점'을 끼고 왼쪽 골목으로 들어서서 세 번째 삼거리를 왼쪽으로 돌아가면, '김세중 미술관'이 나온다.

김세중(金世中)은 한국 현대조각의 대표 작가 중 한 사람이다. '서울대학교' 조각과 1회 졸업생으로, '한국미술협회' 이사장, '국립현대미술관장' 등을 지냈으며, 서울대 미술대학 교수였다.

'광화문'의 '충무공(忠武公) 이순신' 장군 동상, '국회의사당' 앞 '애국상', '십자가', '최후의 심판도' 등 많은 작품을 남겼다.

시인 김남조(金南祚)가 부인이었는데, 지금도 근처에 살고 있다고 한다. 김세중 미술관은 그들 부부가 살던 집터에 기념재단이 건축한 것이다.

전시관 입구에선 김세중의 대표작 중 하나인 '복녀 김 골롬바와 아녜스'가 반겨준다. 천주교(天主教) 자매 순교자들을 묘사한 이 작품은 그의 작품세계의 특징 중 하나인 종교적 세계관을 보여준다. 마당의 남녀 부조도 남자는 '십자군' 기사, 여성은 수녀를 묘사한 듯하다.

그러나 김세중의 충무공 동상은 '왜색'이 강하고, '국적불명'이라는 비판에서 자유롭지 못하다.

이어 인근 '선린인터넷고등학교' 교정에 있는 '서울미래유산(未來遺産)'들을 찾기로 했다. 골목길을 따라 올라가 '청파동 성당' 앞을 지난다. 그 옆은 숙명여자대학교(淑明女子大學校) '100주년 기념관'이고, 그 뒤는 숙명여대 캠퍼스다.

길 건너 '선린중학교' 쪽 후문으로 들어가, 선린(善隣)인터넷고로 간다. 고교야구 명문이던 옛 선린상업고등학교가 전신이다. 입구에 거대한 버드나무가 있는데, 그 앞에 산고수장(山高水長)이라 쓰인 작은 돌비석이 앙증맞다. 그 옆에는 학교 동문이 기증한 시계탑이 솟아 있다.

조금 더 가면, 오른쪽에 범상치 않은 향나무 1그루가 있다. 이 나무가 서울미래유산이다.

사실 선린은 '고종황제'의 1895년 '교육입국조사'에 따라, 국내 최초로 1899년 6월 설립된 관립 상공학교(商工學校)다. 실업학교의 효시인 셈이다. 개교 당시 고종황제가 하사한 어사목(御賜木)이 바로 이 향나무다. '명동' '중국대사관' 옆에 있던 학교와 함께, 여기로 옮겨왔다.

조금 더 안쪽에 또 다른 서울미래유산이 있다. 바로 선린인터넷고 강당(講堂)이다.

'일제강점기'인 1920년대에 지어진 이 건물은 당시로선 첨단 기법의 붉은 벽돌건물로, 워낙 튼튼하게 지어져 지금도 강당으로 사용되고 있다. 높이 달린 아치형 창문과 지붕 위로 솟은 굴뚝이 인상적이다. 주변 향나무와 소나무들도 볼만하다.

바로 옆 야구장(野球場)에서, 연습경기를 하는 고교생들의 함성이 우리나라의 미래다.

■ '백범 김구' 선생 묘소

■ '삼의사(윤봉길, 이봉창, 백정기) 묘'와 '안중근' 의사의 '가묘(왼쪽 끝)'

산 따라 강 따라 역사 따라 걷는
수도권 도보여행 50선

■ '청파동' '김세중 미술관'

■ '서울미래유산'으로 지정된 '선린인터넷고등학교' 강당

# 인천대공원

—

산에서 못 본 최고 단풍, 여기 있었네

　늦가을 인천대공원(仁川大公園)은 '수도권'에서 손꼽히는 단풍 명소의 하나다. '인천시' '남동구' 장수동(長壽洞)에 위치한 광역시립 대공원이다.

　듀엣 가수 'UV'의 같은 이름 노래의 주제가 되기도 했던 인천대공원.

　100대 중반의 낮은 산인 '관모산', '상아산'을 끼고 있어 공원 내부에 등산 코스가 포함된 형태다. 등산로가 매우 잘 정비되어 있으므로 남녀노소 부담 없이, 만개한 단풍을 즐기며 올라갔다 내려올 수 있다. 관모산(162m)은 산의 모습이 관모(冠帽)와 같아서 붙여진 이름이다.

　공원 주위가 '개발제한구역'으로 지정돼, 도심 속에서 농촌 풍경을 만끽할 수 있다.

산 따라 강 따라 역사 따라 걷는
수도권 도보여행 50선

대공원 주요시설로는 92과 332종 6,550본의 식물을 보유하고 있는 식물원과 1만 300여 주의 다양한 장미가 심어져 있는 장미원(薔薇園), 58종 231마리를 보유하고 있는 어린이동물원, 23만 ㎡의 수목원, 환경미래관, '너나들이 캠핑장', 자전거광장, 사계절 썰매장 등이 있다.

또 백범광장(白凡廣場)과 전망대, 궁도장, 조각원, 야외음악당, 산림욕장, 인라인스케이트장 등을 갖추고 있으며, 인조 잔디 운동장과 풋살장, 농구장, 족구장을 비롯한 운동시설도 있다.

공원의 상징인 호수(湖水)와 습지원도 빼놓을 수 없다.

등산로를 포함, 상당한 규모의 넓이를 갖추고 있으며, 벚나무가 많아 봄철에는 벚꽃 명소이기도 하다. 공원 내에 장수천(長壽川)도 서해로 흐른다.

자체적으로 '생태도우미' 모임이 있어 식물교실과 자연학습프로그램도 운영한다.

한때 유료였다가 다시 무료가 됐는데, 그 때문에 울타리나 철망이 쳐져 있다. 인근에 군부대가 있어, 때로는 공원 이용 시민들과 행군하는 군 장병들이 뒤섞이기도 한다.

만추(晚秋)의 오후, 인천대공원을 걸어본다.

인천지하철 2호선 인천대공원역 3번 출구에서 조금 가면, 대공원 남문(후문)이 보인다.

매표소 바로 옆이 어린이동물원이고, 그 앞으로 산책로가 넓게 뻗어 있다. 나무들은 온통 붉고 노랗게 물들었다. 길 왼쪽에 TV에 방영됐던 기차왕국박물관(汽車王國博物館)이 있다.

오른편 궁도장 입구에는 남수정(南壽亭)이라고 새겨진 돌비석 아래, '대한궁도협회' '인천시지부'라 새겨져 있다. 조금 더 가면 우측으로 관모산 '무장애(無障碍)나눔길'과 '들꽃정원' 및 '개울 숲' 입구가 있고, '그늘막 쉼터' 간이텐트장도 나타난다.

왼쪽 유아 숲 체험장 내 소로로 접어들었다. 갈대숲 사이로 나무 데크 길이 이어진다. 누런 갈대밭과 듬성듬성 난 억새가 추심(秋心)들을 붙잡는다.

갑자기 푸른 초원이 보이는가 싶더니, 작은 연못들이 옹기종기 모여 있는 습지원이 숨어 있다. 수면 위로 연잎들이 가득하고, 원앙 한 쌍이 한가롭다. 연못 내 작은 섬에는 버드나무가 우뚝하다. 마치 옛 조상들이 조성한 인공정원(人工庭園) 같다.

둑길을 만나자, 왼쪽으로 따라간다. 제방 밑에 흐르는 장수천 물이 제법 맑고, 건너편 캠핑장에는 고기 굽는 냄새가 후각을 자극한다.

소래습지생태공원(蘇來濕地生態公園)으로 이어지는 '인천 물래 길'을 가로질러 작은 다리를 건너자, 메타세쿼이아 가로수길이 반겨준다. 우측으로 캠핑장을 끼고 완만한 곡선을 그리며 뻗어 있는 길, 양쪽의 높고 곧게 자란 나무들이 노란 자태를 뽐내며, 가을 정취를 더해준다.

'한반도(韓半島) 무궁화동산' 앞을 지나자, 오른쪽으로 운동시설들이 줄지어 나타나고, 정면에 인천대공원사업소와 드넓은 주차장이 있다. 그 왼쪽은 반려견 놀이터다.

여기는 대공원 정문 쪽이다. 전통민가원(傳統民家園), 수석공원, 자전거대여소가 있는 자전거광장 등을 차례로 지난다. 왼쪽은 호수가 넓게 펼쳐져 있다.

호수 건너편에는 환경미래관, 또 백범 김구 선생과 그 어머니이신 곽낙원(郭樂園) 여사의 동상이 있는 백범광장이 손님들을 맞는다.

백범광장 옆으로 관모산 등산로가 있다. 피크닉장과 출렁다리를 지나면, 본격적인 숲길이다.

단언컨대 관모산(冠帽山) 길은 인천대공원에서 가장 아름다운 명품 단풍 길이다. '인천대공원 치유 숲'이다. 가을철에 여러 산을 다녀봤지만 제대로 된 단풍을 만나지 못했다면, 도시에서 쉽게 찾을 수 있는 이곳을 권하고 싶다. 정말 화려한 단풍이다.

산길이 조금씩 고도와 경사를 높이기 시작할 무렵, 이정표(里程標)가 있는 삼거리가 나온다.

왼쪽으로 길을 잡아 조금은 가파른 계단 길을 오른다. 숨이 가빠지기 시작하고 땀이 채 나기 전에, 관모산 정상(頂上)을 만날 수 있다. 작은 표지석과 정자가 보인다.

낮은 산이지만, 공원 전체는 물론, 서울외곽순환도로 너머 주변 일대가 대부분 조망된다. 순환도로 건너편에 있는 산이 거마산(210m)이고, 그 아래 동네는 장수촌(長壽村)이다. 오늘의 점심식사 장소다.

그쪽 '밤골약수터' 방향으로 바로 내려가지 않고, 왔던 길을 되짚어 가 상아산을 거쳐 가기로 했다. 삼거리에서 오른쪽으로 오르면, 금방 상아산(151m) 정상이다.

산길을 따라 내려오면, 왼쪽에 사계절썰매장과 야외음악당(野外音樂堂)이 있다.

조금 더 가면 대공원 동문이다. 동문을 나와 외곽순환도로 밑을 지난다. 교각 밑에는 소공원이 있고, 앉아 쉬면서 물을 마시는 나그네상이 보인다.

그 안쪽에 있는 거대한 은행나무가 이 동네의 명물이다. '인천 장수동 은행나무'는 '인천시기념물' 제12호였다가, 2020년 천연기념물(天然記念物)로 승격됐다. 둘레 8.6m, 높이 30m에 나이는 800살이 넘었다.

이 은행나무는 예로부터 집안에 액운이 있거나 마을에 돌림병이 돌 때면, 이 나무에 제물을 차려놓고 치성을 올렸다고 전해지며, 해마다 음력 7월과 10월이 되면, 주민들의 안녕과 풍요를 기원하는 지역 전통 행사인 도당제(都堂祭)가 열린다.

은행나무 옆 맛집에서 보리밥과 수제비, 막걸리로 배를 채우고, 다시 대공원으로 돌아왔다.

동문으로 들어서, 이번에는 맨 오른쪽 길을 따라간다. 하늘로 치솟은 메타세쿼이아 잎들이 노랗게 빛난다. 평화로운 공원을 가로지르는 송전탑은 생경한 느낌이다. 한쪽에 모여 있는 옹기(甕器) 항아리들이 정겹다.

오른쪽으로 거마산(巨馬山) 등산로로 이어지는 산길도 보인다. 단풍이 유난히 붉다.

사람 키를 훌쩍 넘는 은빛 억새밭에 숨은 여인이 환하게 웃는다. 마침 아이들을 태운 인력거가 달려온다. 사람이 페달을 밟아 움직이는 자전차(自轉車)다.

조각원을 지나 조금 더 가니, 마침내 왼쪽으로 호수가 드넓게 펼쳐진다. 건너편 관모산의 우아한 능선 및 화려한 단풍과 어우러져, 한 폭의 풍경화를 연출한다.

오른쪽엔 식물원이 보인다. 온실과 수목정보센터, 향토식물원, 장미원(薔薇園)을 거느렸다.

호수 끝에는 'INCHEON'이라는 조형물이 있고, 붉은 하트를 눕히고 구멍을 뚫은 다음, 구슬을 끼워 넣은듯한 조각품도 보인다.

도로를 따라 직진하면, 대공원 정문이 나온다.

■ 연잎이 가득한 습지원 연못

■ 황금빛으로 빛나는 메타세쿼이아 가로수길

■ 등산로의 화려한 단풍

■ 호수와 관모산 단풍이 어우러져 최고의 풍경화가 된다.

258

■ '인천대공원역' 인근 남문

■ '인천대공원' 갈대와 억새밭

■ 인천대공원 한복판을 흐르는 '장수천'

■ '백범광장' 입구

# 당성~제부도길

---

대륙으로, 섬으로… 열린 바닷길

'경기도' '화성시' '서신면' '상안리' '구봉산' 위에 있는, '삼국시대'
의 석축 산성인 당성(唐城)은 사적으로 지정돼 있다.

둘레 1,200m로, 역사교과서에 나오는 당항성(黨項城)이 바로 이곳이다.

본래 '백제' 영역이었는데, 475년에 '고구려' '장수왕'이 한강 이남
지역을 점령하면서 '당성군'이라 했고, 다시 '신라' 진흥왕(眞興王)이
한강 유역을 차지한 후, 이곳은 신라와 '중국' '당나라'를 잇는, 해상
교통로의 핵심 요충지 역할을 했다. 성의 이름부터 당나라 당 자가
붙었다.

즉 당성은 '나당연합'을 성사시켜 신라의 삼국통일(三國統一)을 가능
케 했던, 역사의 현장이다.

당성은 테뫼식과 포곡식을 결합한 복합식 산성으로, 동문·남문·북문 터와 우물터, 건물지가 남아 있다. 백제 때 테뫼식 산성이 축조된 후, 통일신라 때 산성의 협소함을 보완키 위해 인근 골짜기에 성벽을 두르고 포곡식 성곽을 축조, 복합식 산성이 된 것으로 추정된다.

구봉산 정상에 '조선시대' 망해루(望海樓)로 추정되는 건물 터 초석이 남아 있다.

통일신라(統一新羅) 때에도 많은 사신과 승려들이 당성을 통해 중국에 왕래하며 활발한 교류활동을 전개했고, 불교와 유교 등의 발달된 문화가 신라에 전래되면서 사상적·문화적으로 많은 영향을 받았다. 당성은 중국의 선진문화가 한반도로 들어오는 첫 번째 창구였다.

당성에서 '용인' '할미산성'과 '죽주산성', '청주' '상당산성', '보은' '삼년산성', '상주' '견훤산성', '선산' '팔거산성'을 거쳐 '경주' 월성(月城)으로 이어지는 길이 '신라의 실크로드'였다.

구봉산 위에서 보면, '남양만'과 '전곡항'이 지척이다. 제부도(濟扶島) 역시 마찬가지다.

제부도는 썰물 때면 하루에 두 번 바다가 갈라져 잠겨 있던 길이 드러나는, '한국판 모세의 기적'을 경험해 볼 수 있는, 국내 몇 안 되는 섬이다.

경기도 화성시 서신면 '제부리'에 딸린 섬으로 면적 0.972㎢, 해안선(海岸線) 길이 4.3km다.

제부도는 예로부터 육지에서 멀리 바라보이는 섬이라는 뜻에서 '저비섬' 또는 '접비섬'으로 불렸다. 조선조 중엽부터 갯벌 고랑을 어린아이는 업고, 노인은 부축해서 건넌다는 의미에서 '제약부경(濟弱扶

傾)'이라는 말이 생겼고, 여기서 '제' 자와 '부' 자를 따와 제부도가 됐다고 한다.

이렇게 썰물 때 육지와 오가던 갯벌 고랑에 돌을 쌓아 길을 만들었고, 포장도로가 생겼다. 셔틀버스도 다닌다. 걸어서든, 차를 이용하든, 제부도엘 가려면 물때 시간을 맞춰야 한다. 다행히 2022년 4월 전곡항과 제부도 사이를 오가는 해상 케이블카가 개통돼, 쉽게 오갈 수 있다.

늦가을 어느 날, 당성에서 제부도 입구까지, 화성(華城)의 들판을 걸어본다.

당성엘 가려면 수도권 전철 1호선 '수원역'에서 시내 쪽으로 나와, 길을 건너지 않고 'AK플라자' 왼쪽 끝에 있는 버스정류장에서 1004번이나 1004-1번을 타고 가다가, '상안리 · 한국발효'나 신흥사(新興寺) 입구에서 내려야 한다. 두 정류장의 중간쯤에, 당성 올라가는 길이 있다.

당성 가는 길은 노란 은행잎으로 덮인, 예쁜 길이다.

왼쪽에 지금은 폐쇄된 화성시 공설묘지가 있고, 옛 신라의 본토였던 경상북도(慶尙北道)의 '실크로드 탐험대'가 이곳 당성을 다녀간 것을 기념, 2013년 3월 '김관용' 당시 경북도지사가 심은 소나무와 돌비석도 보인다.

그 앞에 거북이 모양의 받침돌(귀부) 위에 당성사적비(唐城史蹟碑)라 새겨진 석비가 보인다.

마침내 왼쪽 능선 위로 성벽이 보이기 시작하고, 오르는 계단이 나타난다. 성벽 위에 서니, 시야가 확 뚫리면서 주변 일대가 발아래 조망된다. 멀리 서해 바다도 보일듯하다.

여기는 처음 쌓여진 1차성으로, 돌로 쌓은 성벽 자체는 그리 높지

산 따라 강 따라 역사 따라 걷는
수도권 도보여행 50선

않으나 가파른 산정을 둘러싸고 있어, 천혜의 요새(要塞)답다.

등산로를 따라 조금 더 오르면, 구봉산(龜峰山) 정상이다. 여기선 바다가 또렷이 보인다.

망해루 추정지는 원래 성의 장대지였다가, '고려' 때 누각으로 고쳐 지은 것으로 추정된다. 제사와 관련된 토제마(土製馬) 17기와 명문기와, 도기와 토기류 등 삼국시대부터 조선시대까지의 다양한 유물이 출토됐다.

나무줄기에 구봉산 정상 표식, 그리고 조망안내판이 있다.

오른쪽 길을 따라 내려가면 북문 터가 나오고, 다시 성벽이 길게 이어진다. 2차성이다. 우물터와 집수시설이 있던 곳을 지나면, 곧 1차성 오르는 계단이 보인다. 신흥사(新興寺) 쪽으로 가는 길옆에도, 수십 미터의 성벽이 잘 보존돼 있다.

도로로 내려와 조금 걸어, 신흥사로 향한다.

일주문(一株門)에 "구봉산 신흥사"라는 한글 현판이 걸려 있는 신흥사는 1934년 '덕인스님'이 창건한, 그리 오래된 절은 아니지만 규모가 꽤 큰 템플스테이 사찰이다.

아미타전에 "큰 법당"이란 한글 간판이 달렸고 전법륜(轉法輪)상, 스리랑카에서 모셔왔다는 부처님 진신사리탑, 관음전 대신 들어선 '어린이법당' 등이 특이하다. 신흥사 창건 시주자가 옛 절터에서 모셔왔다는 약사여래석불은 서 있는 입불로, 고려(高麗) 때 처음 조성된 것이다.

절 옆에는 '부처님교화공원'이 있는데, 부처의 진신사리 108과가 11개의 불상 복장에 모셔진 적멸보궁(寂滅寶宮)이면서도, 테마공원 같이 꾸며 신도들과 관광객들이 산책하면서 불법을 만날 수 있도록 했다.

다시 도로로 나와, 인도도 없는 편도 1차선 도로를 따라 걷는다.

'상안교회' 앞을 지나 조금 가면 '보림사'와 '용화사' 입구가 있고, 작은 하천을 건너면 '실로암 기도원(祈禱院)'이다. SK주유소 앞 큰 도로에서 우회전했다가, '상안삼거리'에서 다시 오른쪽 좁은 도로로 간다. 계속 직진해 '광평리' 마을회관 앞을 지난다.

여기는 '성 밖' 또는 '성 밖에'라는 마을 이름이 있는데, 신라 남양산성(南陽山城)의 흔적이다.

'광평삼거리'에서 우회전, 도로를 따라간다. 신흥 포도 명산지인 화성의 들판에는 곳곳에 포도농원이 있고, 수확한 포도(葡萄) 직판장이 보인다.

고갯마루를 넘자, '하내테마파크'가 나타난다. 하내테마파크는 '하늘 아래 내일을 준비하기 위한 쉼터'를 표방한다.

10만 5,785㎡의 면적에 식물원과 야외 정원, 산책로와 전시관, 석박물관(石博物館)과 곤충박물관, 소금족탕, 도예원, 다도원, 서바이벌 게임장, 족구장, 인공폭포, 체험공방, 연수원, 숙박시설, 레스토랑, 야외 수영장 등 볼거리, 먹거리, 살거리, 즐길 거리, 체험거리가 다 있다.

학생·기업·단체 연수시설(緣修施設)로 운영하지만, 가족 여행자들도 부담 없이 즐길 수 있다.

다시 길을 걷다가 좀 넓은 도로를 만나면, 왼쪽 길로 간다. 알뜰주유소 앞을 지나 다음 삼거리에서 왼쪽 길을 따라, 전곡해양산업단지(前谷海洋産業團地)로 들어선다. 산단을 관통하는 한적한 도로를 계속 걷다 보면, 바닷가에 이른다.

왼쪽이 제부도 방향이고, 오른쪽은 전곡항(前谷港)이다.

경기도를 대표하는 지방어항인 전곡항은 제부도, '궁평항', '화성호' 등과 연계한 '서해안 관광벨트 개발계획'에 따라, 전국 최초 레저어항(漁港) 시범지역으로 선정된, 국내 '요트의 메카'다.

제부도 쪽으로 발길을 옮긴다.

썰물 때여서 드넓은 갯벌이 펼쳐져 있고, 갯골 사이로 바닷물이 흐른다. 갯벌과 육지가 만나는 곳에는 갈대들이 바람에 흔들린다. 왼쪽을 보니, 야산 절개지는 아찔한 암벽(巖壁)이다.

길 오른쪽에 타고 온 1004번 버스의 '제부여객' 차고지가 있고, 그 너머는 태양광발전소다. '제부 씨월드' 앞을 지나면, 제부도 가는 '바다 갈라짐 도로'가 나타난다.

입구 오른쪽 전망대에 오르니, 좁은 길을 줄지어 차량들이 섬으로 들고 나는데, 그 옆으로 송전탑이 우뚝하다. 서서히 석양(夕陽)이 내리고, 바닷가 식당가에서 바지락칼국수와 소주 한 잔으로 여정을 마무리한다. 어느새 서쪽 하늘이 붉다.

■ 당성 2차성(포곡식 산성)

■ 당성 '구봉산' 정상에선 서해 바다가 지척이다.

■ '전곡항' 인근 갯벌

■ '제부도' 가는 바닷길

■ '당성사적비'

■ '당성' 1차성(테뫼식 산성)

# 수원
# 행리단길

—

화성행궁 복원으로 뜬 '수원 대표 핫 플레이스'

'서울' '용산구'의 '경리단길'을 시작으로, 전국적으로 'ㅇ리단길'이 유행하고 있다. 서울 '마포구'의 '망리단길', '인천' '부평구'의 '평리단길', '부산' '해운대구' '해리단길', '경북' '경주시' '황리단길'과 함께, '경기도' '수원시'의 '행리단(行理團)길'이 대표적이다.

수원의 구도심인 '행궁동', '장안동', '신풍동' 일원인 행리단길은 지난 2010년대 중반부터 사회관계망서비스(SNS)를 중심으로 알려지기 시작했다.

'화성' 성곽 밑, 화성행궁(華城行宮) 주변인 이곳은 항상 관광객들이 꾸준히 모여드는 데다, 주변 골목마다 아기자기한 공방 · 카페 · 식당들도 늘어나기 시작했다. 수원화성(水原華城)을 찾은 방문자들과 소문을 들은 젊은이들이 몰려들자, 경기도와 수원시도 적극적으로 홍보에 나섰다.

수원시 관광자료집에서, 행리단길은 행궁동(行宮洞) '행궁로' 420m와 '신풍로' 1km 인근이다.

또 경기도 관광안내 자료에는 '팔달구' 신풍로, '정조로' 일원으로 소개하고 있다. 행리단길 내에 있는 '수원시립아이파크미술관'에서 펴낸 지도에는 수원화성 장안문(長安門)과 '팔달문' 사이 원도심 전체를 포괄하기도 한다.

행리단길이 지금처럼 '수원 대표 핫 플레이스'가 되기까지는, 두 가지 계기를 빼놓을 수 없다. 바로 '화성행궁 복원사업(復元事業)'과 '생태교통 수원 2013' 축제다.

화성행궁은 576칸에 달해 국내 행궁 중 가장 큰 규모였으나, '일제강점기'에 파괴됐다. 본격적인 복원은 지난 1996년 1단계부터 시작했다. 이곳에 있던 수원경찰서(水原警察署), '경기도여성회관', '경기도립 수원병원' 등을 이전시키고, 2003년 10월 483칸으로 일반에 공개됐다.

이어 신풍초등학교(新豊初等學校)도 이전하고 '우화관' 복원을 추진, '정조' 시절의 완벽한 모습을 복원하기 위한 2단계 사업으로, 2020년 완전한 모습으로 공사가 완료됐다.

2013년 9월 개최된 생태교통(生態交通) 수원 2013 축제는 행궁동 일원에서 '차 없이 사는 미래'를 체험하는 축제였다. 축제를 준비하며, 수원시는 일대 골목길을 벽화와 꽃길이 이어진, 차 없이 걷기 좋은 길로 만들었다.

거리의 상가(商街)도 리모델링, 골목골목 걷기 좋은 지금의 행리단길 인프라가 구축됐다.

행리단길은 인터넷이나 SNS상으로 유명한, 다른 길에서 흔히 볼 수 있는 커피숍과 로드숍, 서양식 레스토랑이 즐비한 모습들과는 다소 다르다. 의아할 만큼, 일상적인 동네 풍경이다.

마치 그 자리에서 20년 이상 영업했을 법한 작은 가게와 공방(工房)들이 성업 중이고, 주인들도 여느 동네의 바로 그 아저씨, 아주머니들이다. 보도블록과 작은 화단 그리고 벽화 등으로 장식된 골목에는, 일상의 풍경이 아직도 많이 남아 있다.

벽화 골목길은 크게 세 코스로, 행궁에서 화서문(華西門)까지의 '화서문 옛길', 신풍초교 터에서 장안문으로 이어지는 '장안문 옛길', 일제강점기 여류화가 '나혜석' 선생의 생가가 있던 곳을 중심으로 한 '나혜석 옛길'이다.

특히 화서문 옛길은 정조(正祖)가 화성행궁에서 화서문까지, 걷던 길로 알려져 있다.

행궁의 감성을 살려주는 한옥들은 또 하나의 재미다.

'노아재'와 '신풍재' 등 한옥 게스트하우스는 한옥숙박(韓屋宿泊)을 체험할 수 있으며, '행궁 아해 꿈 누리'는 한옥을 활용한 관공서의 대표적 케이스 중 하나로, 수원시가 운영하고 있는 어린이 보육시설이다.

서울에서 행리단길로 가기에 가장 편한 방법은 지하철 2·4호선이 지나는 사당역(舍堂驛) 4번 출구에서 7770번 버스를 타고, 수원화성의 서문인 화서문에서 내리는 것이다.

국가문화재 '보물'로 지정된 화서문 옆에 높이 솟아 있는 것은, 역시 보물인 서북공심돈이다.

'돈'이란 성벽의 안팎을 감시하는 높은 망루를 뜻하며, 공심돈(空心墩)은 돈의 가운데가 비어 있는 구조다. 국내엔 수원화성에만 3곳 있고, 내부는 층을 나눠 계단을 통해 오르내릴 수 있으며, 많은 구멍을 뚫어 바깥의 동정을 살피면서, 화살이나 총포로 적을 공격할 수도 있다.

성문 옆 굴다리를 지나면, 왼쪽에 '화서사랑채'가 보이고, 오른쪽엔 아담한 초가집도 있다.

조금 더 가서 행궁식물원(行宮植物園) 앞 사거리에서 우회전하면, 본격적인 행리단길이 시작된다. 예쁜 상점들 가운데 '제일감리교회' 십자가가 우뚝하다. 그 옆 건물 2층에는 흑백사진관 '봄으로'와 '카페 행궁동'이 있고, 길 건너편 행궁 아해 꿈 누리도 보인다.

길 오른쪽 화령전(華寧殿)은 필자가 《배싸메무초 걷기 100선》 책에서, 사적으로 소개했었는데, 2019년 8월 화령전 내부 건물인 '운한각'과 '복도각', '이안청'이 각각 보물로 지정됐다.

화령전 담장 옆에는, "나혜석(羅蕙錫) 생가 터" 표지판도 서 있다.

여기서 행궁으로 바로 가지 않고, 바람개비 가득하고 자전거 조형물이 있는 회전교차로를 통과, 정조로 도로로 간다. 길옆에 옛 '화성유수부' 제2청사인 이아(貳衙)와 일제 때 "수원법원 · 검찰청 터" 표석이 있다. 오른쪽에는 수원시립미술관 후문이 보인다.

정조로 건너편에, '천주교' '수원순교성지'인 북수동성당(北水洞聖堂)이 있다.

2000년 순교성지로 지정된 곳은 당시 '토포청'과 이아가 있던 북수동성당 자리뿐만 아니라, 수원화성 일대 전체다. 1801년 신유박해(辛酉迫害) 당시 체포된 경기, '충청도' 일대 천주교인 78명과 무명 순교자들을 기리는 곳으로, 2014년 방한한 '프란치스코 교황'도 이곳을 찾았다.

성당 경내에는 순교자(殉敎者) 현양비, '한국전쟁' 때 순교한 '심응영(뽈리 데시데라도)' 신부 동상, '등록문화재'인 수원 구 '소화초등학교' 건물(현 뽈리 화랑), 구 성당 복원 터, '십자가의 길'과 '로사리오화단' 등이 볼거리다.

성당 밖 '창룡대로'로 이어지는 삼거리 모퉁이에 있는 수원종로감리교회(水原鐘路監理敎會)도 2019년에 창립 120주년을 맞은, 유서 깊은 교회다.

창룡대로로 잠시 들어서 '수원천'을 건너는 다리를 지나면, 왼쪽에 수원화성박물관(水原華城博物館)이 있다. 박물관 입구에는 '조선시대' 수원 일대 수령들의 송덕비가 즐비하고, 한쪽 구석엔 '다산' '정약용' 선생이 발명한 '거중기' 등, 화성 축성도구 실물크기 모형들을 모아 놓았다.

길 건너편에는 한류드라마로 큰 인기를 모았던 '이상한 변호사 우영우'의 촬영장이 됐던, 작은 가게가 있다.

주인공 우영우의 아버지가 운영하던 김밥집으로 소개된, 드라마 촬영장이다. 아주 비좁은 공간이지만, 제법 많은 사람들이 찾아와 기념사진을 찍는다.

다시 다리를 건너 종로교회 건너편 삼거리 모퉁이에 오니, 여민각(與民閣)이 높이 솟았다.

이 종각은 정조가 화성을 '한양'에 준하는 도시로 만들기 위해, '수원의 보신각'으로 설치한 것이다. 일제강점기에 소실됐다가 수원화성 복원사업의 일환으로, 2008년 10월 중건됐다.

정조로를 건너 행궁 앞 광장 왼쪽 길 수원문화재단(水原文化財團)을 지나면, 왼쪽으로 행리단길의 중심인 행궁로가 시작된다.

공방거리와 맞춘거리, '남문로데오거리'로 이어지는 아름다운 골목 길이다.

문화공간(文化空間) '시현추억박물관', '장금이 한복집', 배우 '봉태규'의 골목음악 페스티벌 '싱스트리트' 우승 기념 거리 표지판, 한옥 연구소 '온돌라이프'와 베이커리카페 '달 보드레', 목공소 '나무아저씨'와 나무 인두화 전문점, '어부네 달고나' 등 예쁜 가게들이 줄지어 보인다.

골목 사거리 광장은 '남문로데오 청소년문화공연장'이고, 그 위가 화성 성곽으로 올라가는 길이다. 반대편 로터리에, 팔달문(八達門)이 있다.

남문로데오거리에 들어서 '한국무용' '평양검무(平壤劍舞) 전수장', '신작로 근대거리' 및 수원의 독립운동가들 안내판 등을 지나, 전통사찰 팔달사(八達寺)를 잠시 둘러봤다. 작지만 화려하게 꾸며진 절이다. 이 골목엔 유서 깊은 '수원장로교회', '대한성공회수원교회'도 보인다.

음식점, 술집 외에 '남문 로데오 아트홀', '수원방송 채널789', 편집 회사 '디자인마을'도 있다.

문득 왼쪽에 육중하고 고풍스러운, 석조건물이 눈에 띈다. 지금은 수원시가족여성회관이지만, 등록문화재 제598호인 '구 수원 시청사(市廳舍)'다. 1956년 준공돼 1987년까지 수원시의 요람이었는데, 한국 모더니즘 건축이 시작되던 시기, 서양 기능주의의 영향을 받았다는 평이다.

그 바로 옆에 있는 '구 수원문화원' 역시, 등록문화재 제597호다.

일제강점기의 대부회사였던 조선중앙무진(朝鮮中央無盡) 건물로 처음 지어졌고, 시청사가 지어지기 전 잠시 청사로도 사용되다가, 1960년 부터 1999년까지 수원문화원(水原文化院)이었다. 규모는 작지만 장식적 요소가 많고 건축기법이 우수, 가치를 인정받고 있다.

그 앞 도로는 '매산로'다. 건너편 '수원 중앙 침례교회'가 웅장하다. 직진하면, 수원역이다.

■ 천주교 '순교성지' 북수동성당

■ 화성박물관 입구

■ 화성행궁 앞 '행궁로'

■ 화성 성곽 올라가는 길

■ '행리단길' 입구 신풍동

# 서울역~마포길

—

조선시대부터 지금까지 '서울의 실크로드'

　남대문(南大門)에서 '서울역'을 거쳐 '애오개', 혹은 '아현'을 지나 '마포'로 가는 길은 '조선시대' 때부터 '한양' 인근의 가장 크고 번화한 길의 하나였다. '서울의 실크로드'라고나 할까?

　'삼남지방'에서 육로 혹은 뱃길로 실려 온 많은 사람과 엄청난 물자들이, '마포나루'를 통해 이 길을 따라 한양도성(漢陽都城)으로 들어왔고, 반대로 도성에서 삼남으로 내려가는 사람과 물자는 거꾸로 이동했다.

　구한말 물밀 듯 밀려들어 온 '서양'의 근대문명도, 이 길을 통해서였다.

　신문물의 상징 전차(電車)가 '마포종점'까지 놓여 '교통혁명'을 일으켰고, '노량진'에 이어 남대문 앞에 서울역이 생기면서, 단숨에 국내 최고의 교통요충지로 도약하게 된다. 서울역은 오늘날에도 국내 최고, 최대 역의 위상에 흔들림이 없다.

이렇게 '마포길'은 '조선왕조' 개창 이래 지금까지, 역사의 흔적들이 켜켜이 쌓인 곳이다.

마포(麻浦)라는 지명은 우리말 '삼개'로 불렸던 포구 이름을 한자명으로 옮겨, 마포라고 한 데서 유래됐다. 삼개의 '삼'을 삼(三)이 아니라, 삼(麻)으로 잘못 옮긴 것이다.

오늘은 서울역에서 마포로 가는, 이 길을 걸어보기로 했다.

지하철 4호선 회현역(會賢驛) 4 · 5번 출구로 나오면 바로 '서울로 7017'이 보인다. 서울로 7017은 노후한 '옛 서울역 고가차도'를 개 · 보수해 만들어진, 일종의 도시 공중공원 산책로다.

서울로라는 명칭은 서울을 대표하는 사람 길과 서울로 향하는 길이라는 중의적 의미를 담고 있으며, 7017의 '70'은 서울역 고가가 만들어진 1970년을, '17'은 공원화 사업이 완료된 2017년과 17개의 사람 길, 고가차도(高架車道)의 높이인 17m 등, 복합적인 의미를 지닌다.

쌀쌀한 날씨지만, 꽤 많은 사람들이 하늘 길을 걷고 있다.

아직은 가는 나뭇가지라, 더 앙상하게 느껴진다. 계절축제(季節祝祭) "서울로 화이트크리스마스"를 알리는 표지가 곳곳에 보이고, 구석에 놓인 피아노엔 여자아이가 앉아 건반을 두드린다.

서울역 상공에 이르니, '꿈꾸는 평화열차(平和列車)'와 'PEACE TRAIN STATION' 모형이 눈길을 끈다. 발밑으로 철길들이 복잡하게 만나고, 흩어진다.

장미무대(薔薇舞臺) 앞에서 왼쪽 길로 가면, 곧 서울로가 끝난다.

오른쪽에 오피스텔 '디오빌 서울역'이 보인다. 1970년대까지 인쇄소가 있던 곳이다.

1961년 5월 당시, 군사쿠데타 주역이던 김종필(金鍾泌) 대령이 다급하게 이곳을 찾았다. 정변의 정당성을 강변하는 유인물을 인쇄, 전국의 군부대에 뿌리기 위해서다. 너무 위험한 작업이라 모두 손사래를 쳤는데, 여기서 겨우 인쇄할 수 있었고, 그 후 이곳은 승승장구했다고.

'KCC파크타운'을 지나 두 번째 골목에서 우회전, 쭉 따라 올라가면 '손기정체육공원'이다.

'일제' 치하인 1936년 '베를린올림픽' 마라톤에서 세계신기록으로 금메달을 획득한, 고 손기정(孫基禎) 선생을 기리기 위한 이 공원의 하이라이트는 역시 '손기정 기념관'이다.

범상치 않은, 고색창연한 이 붉은 벽돌건물은 당시 손 선생이 다니던 '양정고등보통학교'였다.

1905년 '엄주익'이 '도렴동'에 처음 설립한 양정의숙(養正義塾)은 일제에 국권 피탈 후 양정고보로 바뀌고, 1918년 이곳으로 이전했다. 이후 1938년 '양정중학교'가 됐다가, 해방 후 '양정고등학교'와 양정중으로 분리됐고, 1988년 '목동'으로 다시 옮겼다.

여기 남겨진 건물은 일제하 양정의 '육상(陸上) 민족주의'를 대변하는, '서울미래유산'이다.

기념관 안에는 손 선생의 생애와 그가 신었던 육상화, 머리에 썼던 '월계관', 부상으로 받은 청동투구(靑銅鬪具) 모형, '88서울올림픽' 성화 봉송 때 들었던 '성화봉' 등을 볼 수 있다.

왼쪽에는 〈오오 조선의 남아여!〉 시비가 있다. 〈상록수〉의 작가이자 시인인 심훈(沈熏) 선생이 손기정의 우승 소식에 감격해 쓴 즉흥시로, 그의 마지막 작품이기도 하다.

그 오른쪽에는 우승 후 받은 월계수(月桂樹) 가지를 심은 나무가 우뚝한데, 진짜 월계수가 아니라, 미국 원산의 '대왕참나무'다. '미국참나무'라고도 한다.

그 사이, 조금 위쪽에 손기정 선생의 동상이 있다.

이 동상은 손 선생이 실제 올림픽 시상대에 섰던 모습과, 세 가지가 다르다. 가슴에 '일장기' 대신 태극기(太極旗)가 선명하고, 손에는 당시 받았던 월계수 가지 대신 뒤늦게 수령한 청동투구가 들렸으며, 나라 잃은 설움에 고개를 푹 숙이고 있던 선생은 이제 당당히 정면을 응시한다.

왼쪽 길을 따라 체육공원을 빠져나와 '경기여자상업학교'를 끼고 도는 주택가 골목길을 따라 내려오면, 파출소 건너편 골목에 '중림동' 약현성당(藥峴聖堂)이 있다.

약현성당은 1892년 건립된 우리나라 최초의 근대식 벽돌건물이자 서양식 교회로, 사적으로 지정돼 있다. 약현(藥峴)이란, 이 고개에 약초가 많이 재배됐다고 해서 붙은 이름이란다.

성당 앞 '청파로'에 우뚝 솟은 '한국경제신문' 빌딩은, 원래 '관세청 터'였다고 한다.

'중림동 삼거리'에선 염천교(鹽川橋) '수제화 거리'가 보인다. 조선시대 화약을 만들던 관청인 '염초청'이 있던 곳이라 이런 이름이 붙었다. 해방 후 미군 군화로 수제 구두를 만들어 번영하던 이 거리는 지금 쇠락했는데, 서울시는 서울로 7017과 연계, 부활을 추진 중이다.

길모퉁이에는 '대동여지도'를 만든 김정호(金正浩) 선생이 이 동네에 살았다는 비석도 있다.

약현을 뒤로하고, 건너편 '서소문역사공원'으로 들어선다.

조선시대 '서소문', 즉 소의문(昭義門) 밖은 한양의 주요 형장이었다. 이곳에서 1801년 '신유박해'를 시작으로 1871년까지 수많은 천주교 신자들이 '형장의 이슬'이 됐고, 이 중 44명의 순교자는 1984년 5월 선포된 103인의 성인에 포함됐다.

서소문공원 내 우뚝 솟은 순교자현양탑(殉敎者顯揚塔)이 이를 대변한다.

사실 서소문공원도 필자의 전작에 소개됐지만, 이후 성역화 작업을 거쳐 모습이 대폭 바뀌었다. 전에 있던 '윤관 장군' 동상은 없어진 반면, '서소문성지역사박물관'이 새로 문을 열었다. 지상 1층, 지하 3층의 특이한 구조로, 신자 아닌 일반인도 편하게 관람할 수 있는 분위기다.

공원 앞으로 나와 '상수도사업본부 삼거리'를 지나, 충정로(忠正路) 쪽으로 향한다.

충정로는 '을사늑약' 체결에 자결로 저항한 '충정공 민영환' 선생의 시호를 딴 거리다. 그래서인지, 이곳은 아직도 낡고 칙칙한 노포(老鋪)들의 잔해들이 많아, 쓸쓸한 느낌이다.

길 건너에 가장 높은 '종근당' 빌딩도 오래된 건물로, 1층 로비에 창업자 '고촌 이종근(李鍾根)'의 유품들이 전시돼 있다. '약업보국'의 정신으로 1941년 이 회사를 창업한 고촌이다. 인근에 다른 역사적인 제약사가 있었다. '충남' '아산'에서 상경한 '이명래' 고약(膏藥) 회사다.

이제 본격적으로 '마포대로'다.

아현(阿峴)은 고갯길 근처에 아이들의 무덤이 많아 생긴 이름이다. '애고개'에서 '애오개'로, 다시 한자로 아현이 됐다. 대로 건너편에 '아현동 가구단지'가 보인다.

'애오개역'을 지나면, 오른쪽에 있는 '혜성아파트'는 서울에서 가장 오래된 아파트의 하나다. 94세대짜리 단 1개의 동만 있다.

길 왼쪽 'NH농협은행' 옆 골목 안에는, 한국정교회(韓國正敎會) '성니콜라스 대성당'이 있다.

이 성당은 기독교 3대 교파의 하나인 '그리스정교회(러시아정교회)' 한국 대교구의 본산이다. 정교회답게, '비잔틴양식'으로 1968년 완공된 '서울미래유산'이다. 19세기 초 정교회 국내 초기 유물들이 보존돼있다. 독특한 외관 때문에, '대머리 성당(聖堂)'이라는 애칭을 갖고 있다.

이윽고 '서울서부지방법원'과 '서부지방검찰청'이 보인다. 이 자리는 1912년 일제가 경성형무소(京城刑務所)를 설치, 수많은 항일 독립운동가들이 옥고를 치렀던 유적지이기도 하다.

곧 '공덕역'이다. 지하철 5·6호선과 '경의중앙선' 및 '공항철도'가 교차하는, '왕십리'와 함께 서울에서 가장 복잡한 지하철역이다. 역시 서울의 실크로드다.

■ '서울역' 상공의 '꿈꾸는 평화열차'

■ 기념관 옆에 세워진 손기정 동상

■ 중림동 '약현성당' 입구

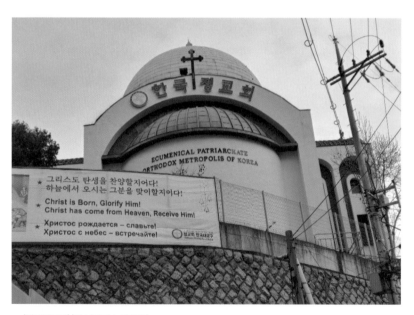

■ '한국정교회' '성 니콜라스 대성당'

■ '서울로 7017'

■ '손기정 기념관' 입구 전시물

**39**

# 종묘~청계천~을지로

일제치하, 산업화시대… 아픈 역사의 현장들

'유네스코 세계문화유산'인 종묘(宗廟)는 '조선왕조'의 뿌리다.

영화나 TV 드라마 사극에서 신하들이 왕에게 "전하, 종사를 살피소서!"라고 간하는 말을 흔히 들을 수 있다. 종사(宗社)란 '종묘사직'을 줄인 말이다.

조선은 '유교'를 기본 국가이념으로 한 나라다.

유교국가의 수도에는 반드시 3곳의 공간을 마련해야 한다. 왕이 머무는 궁궐과 왕실 조상에게 제사를 올리는 종묘, 그리고 토지 · 곡식의 신을 모시는 사직(社稷)이다. 종묘는 조선의 역대 왕과 왕비의 신주(神主)를 모시고 제사를 지내는 곳으로, 왕실의 제례 문화를 잘 보여준다.

필자는 결코 종묘를 소개하려는 것이 아니다. 유네스코 세계문화유산으로, 이미 널리 알려진 곳이기 때문이다. 여기서 '청계천'을 거쳐 '을지로입구역'에 이르는 코스를 추천하려 한다.

지하철 1호선 '종로3가역' 11번 출구에서 조금 가면, 종묘광장공원(宗廟廣場公園) 입구다. 이곳을 흐르는 '제생동천'과 다리 '종묘전교'는 '현실 및 세속의 공간'인 종로거리와, '역사 및 제향의 공간'인 종묘를 가르는 경계다.

종묘전교(宗廟前橋)는 처음 나무다리였던 것을 '세종' 때 돌다리로 개축한 것이다.

역대 왕들이 제사 등 각종 행사 때 이용하던 중요한 다리로, 오른쪽에는 하마비(下馬碑)가 서 있다. 말이나 가마에서 내려야 하는 것은, 왕도 예외가 아니었다.

종묘를 찾는 사람들은 입구인 '외대문' 왼쪽 구석에 있는 '월남' 이상재(李商在) 선생의 동상을 놓치기 십상이다.

월남 선생은 '구한말' 독립협회(獨立協會)의 중심인물 중 하나이자, '애국계몽운동' 계열의 독립운동가다. 3.1운동을 배후에서 도왔고, 1927년 민족의 '단일대오'로 전무후무한 최대 독립운동단체였던, 신간회(新幹會)의 초대 회장을 지냈으며, '건국훈장 대통령장'에 추서됐다.

그러나 지난 1986년 세워진 선생의 동상이 왜 여기 있는지, 안내판도 설명해 주지 않는다.

종묘 반대쪽으로 '종로'를 건너면, 세운상가(世運商街)가 우뚝하다.

세운상가는 '종로3가'와 '충무로' 사이 약 1km의 초대형 주상복합 상가 건물군이며, 국내 최초 주상복합(宙商複合) 아파트이기도 하다.

세운상가라는 이름은 1966년 당시 서울의 건설 붐을 주도한 '불도저' '김현옥' 전 '서울시장'이 '세계의 기운이 이곳으로 모이라'고 지었다고 한다.

총 설계는 건축가 '김수근'이 디자인했지만, 시공사들이 설계를 다 바꿔버려 완전히 엉뚱한 건물이 돼버린, 김수근의 흑역사(黑歷史)란다.

처음에는 고급주거아파트와 상가가 함께 존재한 건물이었으나, 1960년대부터 이 부근은 '미군부대'에서 빼내온 각종 고물들을 고쳐서 판매하는 작업장들이 모인 동네였고, 주민은 빠져나간 대신 주변의 작업장들과 결합, 가전(家電)을 비롯한 각종 '전자제품의 메카'로 탈바꿈한다.

그러나 '용산전자상가'가 생기면서 상권이 빠르게 쇠락하고, 건물도 슬럼화돼 버렸다.

이에 오세훈(吳世勳) 당시 서울시장은 모든 건물을 철거해 종묘와 '남산'을 잇는 녹지축으로 조성할 계획을 세웠으나, 상인들의 반발과 현실적인 보상비용 문제로 사실상 폐기됐다.

박원순 전 시장 때는 '다시·세운 프로젝트'를 통해, 건물과 상가를 재생하는 것으로 바뀌었다.

이에 따라 '세운-청계-대림상가'를 연결하는 보행데크를 도시재생(都市再生)했으며, '진양상가'까지 보행데크를 완성, 종묘부터 충무로(忠武路)까지 연결되는 도심보행 축을 구축기로 했다.

그러나 오세훈이 다시 서울시장으로 돌아오면서, 이 계획도 다시 바뀌게 됐다. 오 시장은 '용산정비창' 부지에 이어 이곳 '세운재정비촉진지구'도 용도·용적률 제한 없이, 고밀 초고층으로 복합 개발하는 방안을 구상하고 있다.

상가 입구엔 2층에 상징적인 로봇이 서 있고, 내부엔 리모델링된 점포들이 빼곡하다. 주변을 정비하며 발굴된, 조선시대 유적과 유물도 전시 중이다.

세운상가 옥상 위에 오르니, 종묘 전체는 물론 멀리 북한산(北漢山)까지 선명하게 조망된다.

상가 좌측 보행로 주변에는 깔끔하게 정비된 점포들이 줄지어 있다. 하지만 주변 일대는 낡고 허름한 건물들이 다닥다닥 붙어 있다.

청계상가(淸溪商街) 앞에서 '청계천'으로 내려와, 복원된 도심하천을 따라 올라간다.

'청계3가사거리'를 지나, 곧 수표교(水標橋)다. 수표교는 조선 전기에 청계천에 놓인 돌다리로, '수표'가 설치돼 있어 강우 시 수량 측정이 가능했다. 서울시유형문화재 제18호로, 1958년 청계천 복개공사 때 '장충단공원'에 옮겨졌고, 원래 자리에는 청계천 복원 시 새 다리가 놓였다.

수표교에는 '이벽(李蘗) 집터' 안내판이 눈길을 끈다.

이벽은 조선 최초의 '천주교' 신자 중 한 사람이다. 선교사가 없던 조선에서 독학(獨學)으로 천주교를 받아들이고, '이승훈'이 '중국' '베이징'에서 세례를 받고 귀국하자, '정조' 때인 1784년 자신의 집에서 '권일신', 정약용(丁若鏞) 선생과 함께 세례를 받았다.

국내 최초의 세례이자, '천주교회' 창설이다.

1785년 순교한 그가 살던 집터는 청계천 건너, 다음 블록이다. "한국천주교회(韓國天主敎會) 창립 터" 표석이 있다.

표석 바로 맞은편에는, '아름다운 청년 전태일 기념관'이 있다.

전태일(全泰壹), 우리나라 노동운동사를 대표하는 '노동열사'가 바로 그다. '평화시장' 봉제노동자들의 엄혹한 노동현실을 고발하고 개선하려 분투하다, 1970년 11월 "노동자는 기계가 아니다… '근로기준법' 준수하라!"고 외치며 분신자살, 한국 노동운동(勞動運動)의 '신화'가 됐다.

'한국전쟁' 후 청계천 변에서는 실향민들이 미군부대에서 나온 군복과 담요를 수선해 팔면서, 생계를 이어갔다. 청계천이 복개되면서 이들은 서울시에서 땅을 제공받아 1962년 상가를 짓고, 평화통일의 염원을 담아 평화시장(平和市場)이라 불렀다.

곧 이곳 일대는 한국 의류산업을 대표하는 복합단지로, 전국 기성복 수요의 70%를 감당했다.

그러나 일대 550개 공장 2만여 봉제 노동자들의 근로조건은 열악(劣惡) 그 자체였다. 더럽고 비위생적인 작업장에서 하루 평균 14~15시간씩 밤낮없이 일하며, 임금은 많이 주는 곳도 숙련 미싱사 월급이 3만 원, 실밥 뜯기 등 잡일을 하는 '시다(미싱 보조)'는 8,000원일 정도였다.

시다는 평균 15세의 어린, 시골에서 '무작정 상경(上京)', 박봉을 집에 부쳐야 했던 소녀들.

기념관에는, 당시 작업장을 재현해 놓았다.

좁은 공간에 나무침대로 1~2층을 나눠, 1층에는 미싱사가 재봉틀을 돌리고, 2층에선 재단사(裁斷師)가 옷을 만든다. 시다들은 그 옆에 아무렇게나 주저앉아, 일을 도왔다. 실내는 실밥과 먼지, 유독약품 냄새가 가득하다. 여기서 밤새 일하다, 새벽이면 현장에서 그냥 잠들

곤 했다.

1980년대 초 대학생 때, 평화시장 시다 일을 경험해 본 필자는 당시의 '참상'을 잘 안다. 노동운동을 위해 위장취업(僞裝就業)한 게 아니다. 한 푼이라도 벌려는 '초단기 알바'였을 뿐….

전태일은 재단사로 일하며, 불쌍한 어린 시다들에게 풀빵을 사 먹이다, 노동운동에 눈을 떴다.

청계천 하류 평화시장 인근에는 '전태일 다리(버들다리)'도 있고, 전태일 열사의 흉상(胸像)과 시비도 만날 수 있다.

무거운 마음으로 기념관을 나서, '삼일교'를 건넌다.

다리 바로 옆에 있는 '삼일(三一) 빌딩'은 건축가 '김중업'의 설계로 1970년 완공된, 당시에는 '대한민국'에서 가장 높은 빌딩이었다. 31층이라 이런 이름이 붙었는데, '3.1운동'을 상징하기도 했다. '삼미그룹' 본사 건물이었고, 한때 한국산업은행(韓國産業銀行) 본점이 있던 곳이다.

삼일교 너머 '한화그룹' 본사인 '한화빌딩' 앞에, '청계천베를린광장'이라는 작은 광장이 있다.

비석 같기도 하고 콘크리트 건물 벽 잔해 같기도 한, 이상한 건조물이 서 있다. 바로 1989년 독일통일(獨逸統一) 당시 철거된 '베를린 장벽'의 유산이다. 베를린의 한 공원에 있던 동 · 서독 분단의 상징물을 남북통일의 염원을 담아, 2005년 이곳에 옮겨 설치한 것이다.

한쪽 벽면에는 베를린의 상징인 곰의 상이, 반대쪽에는 독일인들의 이산가족상봉(離散家族相逢)과 통일 염원 글들이 쓰여 있고, 양쪽에 '브란덴부르크문'과 서울 '남대문'도 그려놓았다.

그 옆엔 독일 전통 가로등(街路燈)과 보도 포장, 의자도 함께 배치했다.

다시 '삼일대로'를 따라 '서울지방고용노동청'과 'IBK기업은행' 본점을 지나, '을지로2가 사거리'에서 길을 건너고, 을지로입구역으로 향한다.

한때 'KEB하나은행'의 본점이기도 했던 옛 외환은행(外換銀行) 본점 건물 직전, '전국은행연합회'가 있는 '은행회관' 올라가는 길 입구에는, '우당 이회영 길' 안내판이 눈길을 사로잡는다.

'우당 이회영(李會榮)' 선생은 가장 대표적인 독립운동가 중 한 분이다.

일제에 나라가 망하자, 6형제 전 가족을 리드해 '중국' '간도'로 망명, 신흥무관학교(新興武官學校)를 세우고 '독립전쟁'을 주도했으며, '상하이' '대한민국임시정부' 수립에 참여하고, 1932년 일제에 검거돼 '뤼순감옥'에서 순국하신, 한국의 '노블리스 오블리제'를 대표하는 분이다.

서울 '명동' 출신이어서, 중구청이 2017년 선생 탄생 150주년을 맞아, 이 길을 명예 도로로 지정했다고 한다.

하나은행 건물 앞 도로변에는 장악원(掌樂院) 터 표석이 있다. 조선시대 음악 관련 교육과 서적편찬 및 교육을 맡았던 관아, 장악원이 있던 곳이다.

은행 바로 왼쪽 옆에는, 또 한 분의 독립운동가가 기다린다. 나석주(羅錫疇) 의사 동상이다.

상하이 임시정부에 참여하기도 했던 나 의사는 '의열단' 단원으로서, 1926년 12월 일제 경제침탈의 총본산인 동양척식주식회사(東洋拓植株式會社)와 '조선식산은행'에 폭탄을 던지고, 혼자서 수백 명의 일경들과 시가전을 벌이다, 장렬히 순국하신 분이다.

동양척식이 있던 자리에 동상을 세웠는데, 분명 무기를 사용해 항전한 의사(義士)지만 '열사'라고 잘못 표기, 씁쓸한 마음이 든다.

지척에 지하철 2호선 을지로입구역이 있다.

■ '유네스코 세계문화유산'인 '종묘'

■ 겨울 '청계천'

■ 세운상가 옥상에서 본 종묘와 '북한산'

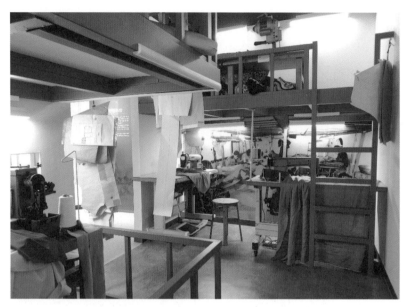

■ 1970년대 당시의 숙소를 겸한 봉제 노동자들의 작업장

■ 리모델링으로 다시 태어난 '세운상가'

■ '아름다운 청년 전태일 기념관'

■ '베를린 장벽'의 잔해로 세운 구조물

# 궁평항
# 가는 길

———

염전지대, '궁들' 벌판 지나 경기 대표 어항으로

'경기도' '화성시' '서신면'에 있는 '궁평항'은, 경기도 내에서 유일한 국가어항(國家漁港)이다.

지난 2004년에 '어촌정주어항'으로 지정됐다가, 2008년 국가어항으로 승격된 궁평항은 200여 척의 어선들이 드나들 수 있는 선착장과, 약 1.5km 길이의 방파제를 갖추고 있다.

인근 전곡항(前谷港)이 '레저어항'이라면, 이곳은 '어업전진기지'이자 경기 대표 관광어항(觀光漁港)으로 볼 수 있다. 특히 궁평항에서 과거 미군 사격장이 있던 '매향리'까지, 바닷물을 막아 만든 '화옹 방조제'와 '화성호', '화옹지구' 간척지(干拓地)가 유명하다.

2017년 '궁평 해송 군락지'의 군 해안선 철조망을 제거하고, 궁평항과 인근 해수욕장을 연결하는 보행교도 설치됐다.

항구가 있는 '궁평리'는 '고려시대' 초부터 궁궐에서 관리하던 들판이 많았던 곳이기 때문에, '궁들'이라고 불리다가, 궁평(宮坪)이라는 한자 지명이 붙었다고 한다.

특히 '화성8경' 중 하나로 꼽히는 궁평항 낙조(落照)가 유명하다.

또 바닷물을 방조제로 막아 조성한 화성호와 화옹지구는 간척지 개발이 멈춘 사이, 수많은 철새들이 찾아오는 서해안의 대표적 철새 도래지로 떠올랐다. '시베리아'와 '열대지방'을 오가는 겨울 철새들이 단 한 번 중간에 쉬어가면서, 먹이로 체력을 보충하는 곳이 이곳 일대 갯벌이다.

영종도(永宗島)와 '시화호' 갯벌의 훼손으로 철새들이 떠난 것을 지켜본 화성시와 주민들은, 이제 개발보다 환경과 관광자원의 가치에 눈을 돌리고 있다.

궁평항 남쪽 방파제에는 나무 데크 잔교(棧橋) 바다낚시터가 설치돼 있는데, '피싱 피어'라 불리는 이 바다 위 낚시터는 누구나 안전하게 바다 풍광을 즐길 수 있는, 전망대 겸 쉼터다.

아울러 궁평항 내 궁평어촌체험(宮坪漁村體驗) 마을은 갯벌체험과 낚시체험이 가능한 마을이고, 수산물직판장은 화성시 최대 수산시장으로, 현장에서 바로 회를 뜨고 매운탕을 즐길 수 있다. 항구 건너편 '궁평 유원지'와 100년 넘은 해송 숲도 빼놓을 수 없다.

매년 4월이면 궁평항 풍어제(豊漁祭)도 열려, 특별한 볼거리를 제공한다.

넓고 고운 모래해변과 생명들이 살아 숨 쉬는 갯벌, 싱싱한 수산물이 수도권 내 지척에 있어, 일상에 지친 도시민들을 이 바다로 불러 모은다.

오늘은 화성 서신면 '장외리'에서 궁들 벌판을 가로질러, '궁평항 가는 길'을 걸어본다.

화성시 서신면은 당성(唐城)이 있는 내륙 '구봉산'에서부터 궁평항과 전곡항은 물론, '제부도'까지 넓은 지역을 품고 있다. 면사무소는 '매화리'에 있다.

수도권 전철 1호선 '수원역'에서 하차, 대로변 '노보텔 엠버서더' 앞 버스정류장에서 1004번 버스를 타고, 1시간 30분쯤 가다가 '큰말입구'에서 내렸다. 이 마을의 '랜드마크'는 도로변 언덕 위 장외감리교회(樟外監理敎會)의 빨간 첨탑이다.

큰말입구에는 검은 토종닭을 방사한 닭장이 있고, 콘크리트 기둥 위에 큰 바위를 올려놓은 앞에 작은 부처님 입상도 보인다. 화성의 특산물 포도(葡萄)가 비닐하우스 골조 안에서 자란다.

길 건너편에 '염전 해안로'가 대각선으로 뻗어 있다.

길 양쪽 군데군데 보이는, 논 같기도 하고 호수 같기도 한 것들이 염전(鹽田)이다. 이 일대는 장기간에 걸쳐 지반이 침하 중이란다. 간척을 하다 중단된 곳인 듯하다. 습지와 갈대밭, 빈 축사가 어우러져 겨울 들판의 정취를 더한다.

왼쪽 들판 너머 조금 높은 대지에는, 공장 건물들이 늘어서 있다.

조금 더 가니, 오른쪽으로 '서신 바다낚시터' 가는 샛길이 보인다. 낚싯대와 강태공(姜太公)들이 좁은 낚시터를 한 바퀴 둘러싸 있고, 차단기와 승용차들이 벽처럼 앞을 가로막는다.

곧 바다 갯벌이 드넓게 펼쳐진다.

반대편 풍광은 비로소 이곳이 염전임을 실감케 한다. 파란 지붕의 허름한 소금창고와 염수(鹽水)가 지나는 수로, 수확한 소금을 실어 나르는 노란 손수레들이 반겨준다.

육지로 올라와 조금 더 걸으니, 조그만 다리가 보인다. 소형 배수갑문(配水閘門)을 여닫아, 해수의 흐름을 조절하는 곳이다.

그 너머로, 수평선인지 지평선인지 분간하기 힘든 갯벌이 끝없이 뻗어 있다.

이 갯벌과 도로를 가르는 것은 해안선 철조망(鐵條網)이다. 군데군데 초소와 우뚝 솟은 망루도 보인다. 아직도 저런 것들이 필요할까.

염전 해안로에서 이어지는 '백미길'을 따라, 들판을 지난다.

여전히 왼쪽은 갯벌, 오른쪽은 염전지대다. '백사포 삼거리'에서 우회전, 계속 백미(百味) 길을 간다. 버스정류장을 지나니, 오른쪽은 공단, 왼쪽은 '방죽들'이란다.

작은 삼거리 두 군데를 지나, 세 번째 삼거리에서 오른쪽 길을 계속 따라가면, 이 길 이름이 유래한 '백미리'가 나온다.

백미리에도 작은 어항과 방파제, '백미리 영어조합법인(營漁組合法人)'이 있다. 바닷가에 있는 '백미리 희망캠핑장', 예쁜 '민재네 펜션'도 빼놓을 수 없다. 백미리는 어촌체험마을로 유명한 곳이다. 해양수산부(海洋水産府)의 '어촌뉴딜 300 사업'으로, 최신 시설들을 갖췄다.

한적한 어항에선, 썰물에 갯벌 위로 올라앉은 고깃배들이 반겨준다.

바닷가 소로를 하염없이 걷는다. 약간 지루해 질 무렵이면, '야자수마을 캠핑장'이 보인다. 다시 조그만 다리를 건너면, 궁평유원지(宮坪

遊園地)와 솔밭야영장으로 이어진다.

이 동네 이름이 '수문개'인 걸 보면, 옛날엔 여기에 해수가 드나드는 수문이 있었나 보다.

'수문개들'을 가로질러 '솔향기 펜션'을 지나고, 삼거리에서 왼쪽 길을 따라가면 곧 '궁평리 해수욕장(海水浴場)'이다. 고운 은빛 모래사장이다.

'궁평 바다 펜션''궁평 아일랜드 펜션''궁평 펜션&리조트''해마루 펜션''궁평 솔밭 펜션''궁평 아라 펜션''H하우스 펜션''바람의 언덕 펜션' 등이 줄줄이 늘어서 손님들을 기다린다.

바다를 가로지르는 길 위에, 드디어 궁평항이 보인다.

양쪽으로 길게 늘어선 방파제가, 아늑하게 항구를 감싼다. 그 끝에는 등대(燈臺) 2개가 서 있고, 북쪽 방파제 중간에는 정자도 있다.

바닷바람이 매우 차다. 추운 날이다. 궁평항 '전망대(展望臺) 카페'를 찾았다. 바람이 찬 날씨 탓인지 바닷가엔 사람이 별로 없고, 카페 안에는 빈자리를 찾기 어렵다. 무명의 뮤지션들이 돌아가면서 라이브 공연을 들려주고, 한 곳에선 군고구마도 익어간다.

남쪽 방파제(防波堤)를 걷는다. 왼쪽으로 방조제와 갑문이 보인다. 그 너머는 화성호고, 화옹지구와 철새도래지가 있다.

오른쪽 항구엔 정박한 어선들이 즐비하다. 자갈밭에도 많은 배들이 올려져 있다.

마침내 피싱 피어다. 방파제 옆으로 튀어나온 잔도 길에선 화옹방조제와 항구 북쪽 방파제가 더 잘 보인다. 그 끝 전망대에서, 일망무제(一望無際)의 서해 바다를 배경으로 사진을 찍는다.

부두로 돌아오는 길, '새우깡'으로 갈매기들을 몰고 다니는 것도 큰 즐거움이다.

궁평항에서 400번이나 400-2번, 혹은 990번 버스를 타면, 전철 1 호선 수원역(水原驛)으로 되돌아올 수 있다.

■ 해안가 제방의 배수갑문

■ 해안 군 철조망 길

■ '경기도' 유일 국가어항이자 대표 관광어항인 '궁평항'

■ 방파제 위의 갈매기들

■ '장외감리교회'

■ '염전 해안로', 바다와 땅 사이 저습지대

■ 염전 작업장과 소금창고

■ '피싱 피어'에서 바라본 '화성호' 방조제

# 파주
# 마장호수

—

봄이 오는 아름다운 호수와 출렁다리, 전흔(戰痕)도…

'경기도' 파주시(坡州市)의 새로운 명소로 떠오른 곳이, '광탄면' '기산리' '마장호수'다.

지난 2000년에 농업용 저수지로 처음 조성됐으나, 파주시가 일대 20만㎡를 '마장호수공원'으로 조성, 산책로와 트래킹 코스, 둘레길, 캠핑장, 물놀이 체험시설, 출렁다리, 전망대, 카페 등을 두루 갖춘 도심형 테마파크로, 2018년 3월 다시 태어났다.

높이 15m의 전망대와 호수(湖水)를 산책할 수 있는 총 3.3km 둘레길도 조성됐다.

마장호수는 사계절 모두 아름답다. 호수 수변을 따라 조성된 둘레길을 걷다 보면, 바위틈에 피어난 들꽃들이 반겨주며, 해 질 무렵에는 붉은 저녁노을이 호수에 내려앉는다.

특히 마장호수가 유명해진 것은 220m 길이의 출렁다리 덕분이다.

마장호수 출렁다리의 폭은 1.5m이며, 돌풍과 지진(地震)에도 안전하게 견딜 수 있게 설계됐다. 입장료도 없고 낮에는 출입시간 제한도 하지 않는다. 단 안전사고 예방을 위해 흔들다리에서 뛰거나 점프, 케이블을 흔드는 행위는 금지되고, 휠체어 이용도 제한될 수 있다.

다리 중간에는 방탄유리(防彈琉璃)가 설치되어 있어 스릴도 느낄 수 있다. 이 방탄유리는 18m 구간에만 설치돼 있으며, 무서운 사람은 반대편 목제발판이나 철망 위를 걸으면 된다.

야생화가 가득한 하늘계단, 호수 둘레길이 낭만적인 곳으로, 주말 가족이나 연인(戀人)들의 나들이 장소로 제격이다.

산과 호수를 끼고 있어 물빛과 낙조(落潮)가 주변 산림과 조화를 이루고 있는 모습이 아름다워, 답답한 도시의 일상에서 벗어나 자연의 품속에 파묻힌 듯한 편안한 휴식을 즐길 수 있는, 파주의 대표적인 자연관광지다.

입장료와 주차비가 없고, 파주시 동남단에 위치해 '서울' '구파발' 이나 '도봉구', 의정부(議政府) 쪽에서도 불과 30분이면 닿을 수 있는 곳이어서, 접근성이 좋다.

지하철 3호선 '구파발역'에서 333번 버스를 타면, 한 번에 갈 수 있다. 주말엔 '경의중앙선' 운정역(雲井驛)에서 7500번 '2층 버스'를 이용해도 된다.

버스정류장과 이어진 주차장을 나오면, 맞은편에 '마장호수 힐링마을' 안내판이 있다. 여기는 '광탄 아우트로 테마파크'라는데, 아우트로는 '아웃도어'와 '메트로'의 합성어로, 수도권(首都圈) 근교에서 생태 자연을 느낄 수 있는 관광지란다. 인근 9개 마을이 여기에 포함된다.

오른쪽은 메타세쿼이아 숲을 이용한 캠핑장 '반디캠프'다.

왼쪽에 있는 다리 '중산교'를 건너 도로를 따라가면, 마장호수의 높은 제방(堤防)이 시선을 사로잡는다. 조금 더 올라가니, 마침내 호수를 굽어볼 수 있다.

수문을 건너는 아치형 다리를 지나면, 제방길이다. 버스정류장에서 제방 위로 바로 오르는 나무 계단도 있다.

제방 끝, 왼쪽 위는 감사교육원(監査教育院)이다. '감사원'이 감사 대상 기관의 감사 또는 회계업무 종사자에 대한 교육을 관장하는 곳이다. 산책로는 그 안으로도 뻗어 있다.

하지만 첫 선택은, 당연히 호숫가 둘레길이다.

봄을 눈앞에 둔 햇볕이 따스한 오후, 많은 사람들이 데크 길을 걷고 있다.

호수에 드리운 푸른 하늘과 뭉게구름, 그리고 살랑살랑 부는 미풍(微風)이 사람들을 반긴다. 호수에 봄이 오고 있음을 느낄 수 있다. 멀리 유명한 출렁다리와 전망대가 점점 가까워진다.

일단 이 길로 들어서면, 왼쪽엔 산 혹은 감사교육원 철담이 가로막고 있어, 그대로 출렁다리까지 가야 한다.

출렁다리가 시작되는 곳으로 오르는 나무 계단(階段)이 보인다. 그 너머엔 둘레길이 없다. 출렁다리는 반대편 전망대와 일직선으로 연결된다. 계단 위에서의 조망도 그만이다.

드디어 출렁다리로 들어선다.

바닥은 목제발판이 깔려 있고, 가운데는 물이 내려다보이는 철망으로 덮었다. 양쪽에는 안전 난간(欄干)이 있고, 그 밖은 안전펜스다.

갈수록 출렁거림이 조금씩 심해진다. 사람들은 조심조심 건넌다. 반대쪽에서도 사람들 무리가 오고 있어, 우측통행(右側通行)은 필수. 방탄유리 구간에선 한쪽 목제발판이 투명해지면서, 더욱 조심스럽다.

다리 위에 본 호수 물빛이 더욱 푸르다. 반대편 수면에는 햇빛이 반사돼, 눈이 부실 정도다.

마침내 건너편에 도착했다.

왼쪽으로 둘레길이 이어지고, 정면에는 전망대가 우뚝 솟아 있다. 1층은 매점(賣店), 화장실 등이고, 꼭대기에 오르려면 엘리베이터를 타야 하는데, 도착해 보면 카페다. 호수의 전망을 제대로 즐기려면, 비용을 지불해야 한다.

전망대를 지나 조금 가면 주차장이 나오고, 매점과 화장실이 있는 관리동이 보인다.

주차장 옆 '6.25전쟁 전투현장(戰鬪現場) 알림판'이 눈에 띄었다.

이 일대는 '한국전쟁' 때, '중공군'의 '제5차 공세'로 1951년 4월 25~27일 사이, 이른바 '델타방어선' 전투가 치열했던 곳이다. 당시 국군 '제1사단'은 이곳에 이어, 지금의 '고양시' 봉일천(奉日川) 일대 '캔자스 방어선'에서, 5월 초 다시 '동거리 전투'를 치렀다.

10여 년의 발굴조사 결과 근처 '영평산', '금파리', '영장리', '박달산' 및 '분수리' 등에서 국군 총 171구의 유해가 발굴됐다. 철모, 계급장, 전투화, 탄약류 등 4,000여 점의 유품도 나왔다.

호국영령들의 영전에, 삼가 고개 숙여 명복(冥福)을 빌 일이다.

다시 왼쪽 호숫가로 내려와, 둘레길을 따라 올라간다. 제법 너른 광장이 있는가 싶더니, 다시 좁은 사유지 데크 길이다. 소유자는 오른쪽 위 카페 사장님인가보다.

이 구간을 지나자 좀, 넓은 자연산책로(自然散策路)다. 호수에 뿌리를 박은 나무와, 반대로 가지를 물속으로 드리운 나무가 이채롭다.

이윽고 나무다리를 건너면, 음식점들과 편의점, 카페 등이 있는 작은 동네가 나온다. 버스도 다니는 모양이다. 작은 주차장과 매점과 화장실을 갖춘 '물 댄 동산 쉼터'도 있다.

이곳의 호수 양쪽에는 봄에는 이팝나무, 가을에는 억새가 장관(壯觀)이라고 한다. 직진해 '억새길'을 따라간다.

데크 길 종점에 조그만 정자가 있고, 오른쪽 위로 산길이 있다. 파주 이웃 양주시(楊州市)가 조성한 숲길이다. 그 길로 오르면, 무덤들 앞을 지나 좀 높은 곳에서 호수를 내려다볼 수 있다.

감사교육원을 끼고 호수를 한 바퀴 도는 순환형 산책로는 2022년 11월 개통됐다.

하지만 반대편으로 호수를 따라 돌아와, 관리동 밑을 지난다. 바로 옆에 수상레저시설과 오토캠핑장도 있다.

조금 높은 곳에, '포토 포인트'가 있다. 바로 호수가 한눈에 조망되는 곳에 있는, '마장호수' 네 글자를 각각 따로 새긴 석제 조형물(造形物)이 그것이다.

호수 가운데에선, 분수대가 힘차게 물을 내뿜는다.

둘레길 왼쪽에, 싸리나무 울타리를 두른 아담한 '너와집'과 물레방아가 참 정겹다. 그 너머에 청둥오리 집도 있는데, 아마 부상당했다가 구조된 녀석을 임시로 돌보는 곳인가 보다.

좀 더 가니, 길 왼쪽에 다른 작은 호수가 있고, 역시 분수(噴水)가 치솟는다. 그 왼쪽 위에 작은 '오줌 싸는 소년' 상이 웃음을 자아낸다.

호수로 하천물이 흘러들어오는 수문 옆, 버들강아지들이 손짓한다. 봄이 지척(咫尺)이다.

데크 길 한쪽에 사람들이 모여, 무언가를 보고 있다. 청둥오리와 원앙 1쌍씩이다. 노는 것일까, 먹이다툼을 벌이는 중일까?

갑자기 둘레길이 끝나고, 도로 위로 올라가는 나무 계단이 나온다. 주차장과 카페, 그리고 호숫가의 유일한 식당(食堂)인 '출렁다리국수'가 나타난다.

길을 따라 버스정류장으로 내려와, 운정역으로 가는 7500번 2층 버스에 몸을 실었다.

■ '파주' '마장호수'

■ 파주 마장호수 전경

■ 제방 위에서 본 마장호수

310

■ 출렁다리 전망대

■ '6.25전쟁 전투현장 알림판'

# 이천
# 설봉산길

─

이천의 진산 설봉산, '이천9경' 중 3경을 보다

'경기도' 이천시(利川市)는 예로부터 큰 고을로서, 두 가지가 특히 유명하다. 하나는 '이천 쌀'이고, 다른 하나는 도자기다.

쌀은 '여주 쌀'과 함께 경기미(京畿米) 중 으뜸으로 치며, 도자기는 '청동기시대' 이래 우리나라 도자문화의 '메카' 중 하나로 이천을 꼽는다. 특히 조선백자(朝鮮白磁)가 이름을 날렸었다.

이천의 진산은 설봉산(雪峯山)이다.

설봉산은 이천시 '관고동'에 있는 산으로, 높이는 394.3m다. 이천 시가지를 둘러싸고 있으며, '부악산', '무학산', '부학산'이라고도 불린다. 산세가 오밀조밀하며 운치가 있고, 기암괴석이 많다. 주위에 높은 산이 없어, 이천 시내는 물론 '중부고속도로' 주변 일대가 한눈에 조망된다.

특히 봄철에 흐드러지게 피어나는 진달래 군락(群落)은, 전국적으로 널리 알려져 있다.

산 중턱에는 여름철 피서지와 소풍지로 유명한 폭포와 약수터가 있고, 산 전체가 삼림욕장이다. 등산로도 잘 정비되어 있다.

설봉산은 또 역사와 문화예술의 요람(搖籃)이기도 하다.

'삼국시대'에 이 일대가 전략적 요충지였던 탓에, 산성 터가 여러 군데 있는데, '칼바위'를 중심으로 한 고원지대 포곡식(包谷式) 산성인 이천 '설봉산성(사적)'이 대표적이다.

산기슭에는 '고려' 초 건립된 고찰인 '영월암', 설봉서원지(雪峰書院址) 등과 '이천시립박물관'과 시립미술관, 농업용 저수지인 '설봉호', '이천국제조각심포지엄' 참가 작품들을 전시해 놓은 '설봉국제조각공원', 이천의 도자문화를 엿볼 수 있는 '이천세라피아' 등, 이색 볼거리도 많다.

특히 '이천9경' 중 2경 설봉호(雪峰湖), 3경 '삼형제바위', 4경 설봉산성이 주위에 모여 있다.

이 설봉산과 주변을 돌아보기 위해, 작심하고 길을 나선다.

지하철 '분당선'과 '신분당선'에서 갈라지는 지선 전철이 경강선(京江線)이다. 분당선 '이매역', 신분당선 '판교역'에서 각각 갈아타면, '여주'까지 한 번에 갈 수 있다.

경강선에 몸을 싣고, '이천역'에서 내렸다. 역 광장의 조형물이 멋지다.

역 앞 삼거리에서 왼쪽 도로를 따라가면, 아기자기한 볼거리들이 있다. 1972년 폐선(廢線)된 협궤열차(挾軌列車) '수여선(수원~여주)'에 대해 알려주는 앙증맞은 안내판, 가로수로 플라타너스가 즐비해 '플라타너스 길'이라고 불렸다는 안내판들이다.

사거리에서 왼쪽으로 방향을 틀었다. 작은 개천 변을 따라 좀 걸으면, 다시 삼거리에서 오른쪽 길로 가야 한다.

곧 '이천시청'이 보인다. 이곳은 시청(市廳)과 시의회, 경찰서, 세무서 등이 모여 있는 이천의 '행정타운'이며, 시청 왼쪽에는 '이천 아트홀'도 있다.

계속 도로를 따라가다가 사거리에서 좌회전, 인도를 쭉 따라 계속 올라가면, 왼쪽으로 저수지의 높다란 제방이 보인다. 바로 이천9경 중 제2경인 설봉호다.

설봉호는 '설봉공원' 내에 있는 저수지로 설봉저수지(雪峰貯水池), '관고저수지'로도 불린다. 면적은 9만 9,174㎡이며 둘레 1.05km, 수심은 깊은 곳이 12m 정도다.

이천시의 관광명소 중 하나로 손꼽히는 곳이다.

관개 및 관광개발을 목적으로, 지난 1970년 완공됐다. 80m의 고사분수(高射噴水)가 시원하게 물줄기를 쏘아 올려 주변으로 무지개가 아름답게 펼쳐지며, 호수를 따라 빙 둘러 이어진 둘레길은 아름다운 산책코스로, 항상 사람들로 붐빈다.

화창한 봄날 산수유, 개나리, 진달래, 목련(木蓮)은 물론, 벚꽃도 흐드러지게 피었다.

설봉공원(雪峰公園) 도로를 따라가다가 왼쪽 제방 위에 오르니, 넓은 호수가 눈앞에 펼쳐져 시원하다. 제법 사람들이 많다. 중간에 제방

밑으로 연결되는 계단이 보이고, 그 아래는 '벚꽃터널'이 있다.

오른쪽 호숫가 둘레길로 들어섰다. 호수 반대쪽 산 능선이 매우 완만하다.

백자교(白磁橋)라는 작은 아치형 나무다리가 나타났다. 조금 더 가면 청자교(靑磁橋)도 있다. 이천이 '도자기의 고장'이요, 이곳이 이천세라피아 입구임을 실감케 한다.

설봉국제조각공원 비석이 우뚝하고, 아담한 정자 '설봉정'이 날렵한 자태를 뽐낸다. 정자 옆에는 '성지원' 계관시인의 〈삶 속의 찬가〉 시비가 있고, 설봉정 앞에 있는 '이육사'의 〈광야(廣野)〉 시비가 눈길을 끈다.

조각공원 안팎은 국내·외 다수 작가들의 작품들이 즐비하다.

이곳은 지난 2001년 '세계 도자기(陶瓷器) 엑스포'가 열렸던 곳이기도 하다. '세계도자센터', '이천도자전시판매관', '세라믹스창조공방', '곰방 대가마'와 전통가마 등이 모여 있다. 문학동산(文學童山), 다례시연장, '토락정', 별빛무대 등도 볼 수 있다.

안쪽 깊숙한 곳에는 이천시립박물관이 숨어 있다.

조각품들을 대강 훑어보면서 오른쪽으로 가니, 청자 모형이 인상적인 이천도자전시판매관이 보인다. 그 뒤쪽에는 세라피아 재단사무실이 있다.

오른쪽 '이천도자기사업협동조합'이 운영하는 '프라이빗 도자관(陶瓷館)'에서는 '나만의 도자기 만들기' 체험을 해볼 수 있다. 전통가마에서 '장작 가마 불 지피기' 체험이 이뤄진다.

호숫가 도로변엔 '이천 시민의 탑'이 우뚝하다.

하지만 필자의 관심은 바로 옆, '관고리(官庫里) 오층석탑'에 쏠렸다. 고려 때 탑이라는데, 상륜부는 모두 사라지고 기단부의 훼손도 심하지만, 참 정겹고 소박한 아름다움을 지녔다.

다시 호숫가로 내려왔다. 봄꽃과 어우러진 호수가 말 그대로 '힐링로드'다.

제방을 지나면, 왼쪽으로 설봉산 오르는 등산로 입구가 있다. 설봉서원 터이기도 하다. 한쪽에 있는 하마비(下馬碑)가 그 증거다.

산길을 조금 오르니, 놀라운 풍경이 펼쳐졌다. 능선에서 설봉호 전체가 한눈에 조망된다.

완만한 산길이 이어진다. 꽃길이다. 개나리 군락이 이어지는가 싶더니, 곧 이 산의 진수(眞髓)인 진달래가 만발하다. 진달래 꽃잎을 하나 따서, 올해 처음으로 입 속에 넣어본다.

호암약수(虎岩藥水) 앞을 지나, 설봉산 정상을 향해 계속 오른다. 진달래 꽃길이 실로 '명불허전'이라 할만하다.

숨이 가빠지고 땀이 흐를 즈음, 갑자기 성벽이 나타났다. 설봉산성(雪峯山城)이다.

설봉산성은 이천시 '사음동'에 위치한 삼국시대 산성으로, 사적으로 지정됐다. '부학산성', '무학산성', '관고리성'이라고도 부른다. 계곡을 감싸면서 쌓은 포곡식 산성으로, 설봉산의 7~8부 능선 칼바위를 중심으로 3만여 평의 고원지대에 있다.

산성 위에선 이천 시내는 물론 '장호원', '양평', 안성(安城) 등 주변 지역이 한눈에 들어온다.

'백제'가 처음 쌓은 석성으로 추정되며, '고구려' 점령기를 거쳐,

'신라'의 '한강유역' 진출 및 '삼국통일 전쟁' 때 요충지였던 곳이다. 인근 '남천정'도 신라의 주요 군사거점이었다.

삼국시대로서는 드문 대형 성채인 설봉산성은 백제, 신라, 통일신라(統一新羅)의 토기문화 흔적들이 뒤섞여 나타난다. 기와, 토기, 자기, 철제 무기류 등 유물이 다수 출토됐다. 건물터임을 알 수 있는 인공 주춧돌과 장대지, 제사 터, 군기(軍旗)를 꽂았던 바위 등도 발견됐다.

성문 터로 들어가 잠시 시내를 내려다보며 땀을 식힌 후, 정상을 향해 간다.

등산로 오른쪽 위 '성화봉'에는 봉화대가 있다. 그 옆에 토지와 곡물의 신을 제사하는 사직단(社稷壇)도 보이고, 뒤쪽에는 '남장대' 건물터도 있다.

그 너머에 성문 터가 있는데, 정상으로 가려면 성 밖으로 나가 계속 올라야 한다.

진달래 꽃길은 계속 이어지고, 〈진달래꽃〉의 시인 김소월(金素月)의 작품 〈가는 길〉을 적은 글 판이 반겨준다. '연자봉'을 지나면 나타나는 가파른 계단은 마지막 고비다.

마침내 설봉산 정상인 희망봉(希望峯)이다. 듣던 대로, 이천 주변 일대가 광활하게 조망된다.

반대쪽 길로 하산을 시작한다. 솔숲 울창한 데크 길이다. 부학봉과 삼거리를 지나 조금 더 내려가면, 설봉산의 또 다른 명물 삼형제바위가 있다.

삼형제(三兄弟) 바위는 3개의 바위가 나란히 모여 있는 형상이다.

옛날 효심 깊은 삼 형제가 늙은 어머니를 모시고 살았는데, 산으로 나무를 하러 간 형제가 돌아오지 않자 어머니가 산으로 갔다가, 그만 호랑이에게 쫓기게 됐다. 삼 형제가 어머니를 구하기 위해 절벽 아래로 뛰어내렸는데, 세 덩어리의 바위로 변했다는 전설(傳說)이 전해진다.

삼형제바위 뒤에서 내려다본 조망은, 정상보다 훨씬 뛰어나다. 거침없는 시원함이 일품이다.

다시 삼거리로 올라가, 오른쪽 영월암(映月岩)에 들르기로 했다.

영월암은 이천의 대표적 고찰이다. 신라 '문무왕' 때 '의상조사'가 창건했다는 설이 있으나 믿기 어렵고, 통일신라 말에서 고려 초에 창건된 것으로 추정된다. 절 입구의 수령 650여 년 은행나무는 고려 말 고승 '나옹 선사'가 꽂아놓은 지팡이가 자란 것이라는 설이 있다.

영월암의 '하이라이트'는 보물로 지정된 마애조사입상(磨崖祖師立像)이다.

고려 전기 작품으로 여겨지는 이 입상은 바위 위에 머리와 두 손만 얕게 부조하고, 옷 주름 등은 선각(線刻)으로 처리한 9.6m다. 처음 '마애여래'로 알려졌으나, '나한상'이나 '조사상'으로 확인됐다. 유례가 드문 마애조사상으로, 고려 조각의 특징이 잘 나타나 있다는 평이다.

조금 더 내려가면, 오른쪽에 복원된 '설봉서원'이 나타난다.

설봉서원은 '조선' '명종' 19년(1564년) '이천부사' '정현'이 세운 서원이다. 처음 고려 때 문신이자 외교가인 이천 출신 서희(徐熙)를 모시다가, '이관의', '김안국', '최숙정'을 함께 배향했다. 설봉산 입구에 있던 것이 1871년 흥선대원군의 서원 철폐 때 사라졌다가, 2006년 복원됐다.

다시 도로를 따라 내려간다.

오른쪽에 '이천시 현충탑(顯忠塔)'과 '무공 수훈자 공적비', 왼쪽에는 '이천시립 월전미술관'이 나타난다.

월전미술관은 '한국화의 거장' '월전(月田) 장우성(1912~2005년)' 화백을 기리는 기념관적 성격의 미술관으로, 월전의 작품뿐만 아니라 다양한 한국 근 · 현대 작품들을 연중 만나볼 수 있다.

주차장과 인공암벽(人工岩壁) 앞을 지나면, 다시 설봉호다. 온 길을 되짚어 이천역으로 되돌아가, 경강선을 타고 돌아오면 된다.

■ 고즈넉한 '고려' 초 고찰 '영월암'

■ '백제'가 처음 쌓은 '설봉산성' 성문터

■ 봄꽃이 만발한 설봉호 둘레길

■ '이천도자전시판매관'

■ '설봉호' 제방 아래 벚꽃터널

■ '이천시립 월전미술관' 입구

■ '설봉서원' 정문

# 수원천길

---

수원화성을 관통하는 아름다운 자연형 하천

수원천은 '경기도' '수원시'의 진산인 광교산(光橋山, 582m)에서 발원, 수원의 남북을 가로질러 '광교저수지'를 거쳐, '대황교동'에서 '황구지천'으로 흘러드는 지방 2급 하천이다.

길이 2.72km, 유역면적은 25.80㎢다.

'유네스코 세계문화유산' '화성'을 끼고 있는데, 화성 성역 때는 광교대천(光敎大川)이라 했다. 당시만 해도 매년 장마 때의 범람이 문제여서, 1794년(정조 18년) 3월 개천 바닥을 파는 준천 작업이 먼저 시행됐고, 성곽을 통과하는 북수문인 화홍문(華虹門)과 남수문이 조성됐다.

7칸의 홍예를 가진 화홍문을 지난 대천은 성곽 내 하수가 더해지면서 수량이 증가, 남수문에서는 9칸의 홍예를 통과한다. 이때부터는 구천(龜川)이라는 이름으로 성 밖으로 배출됐다.

화홍문 옆에는 수원화성에서 가장 아름다운 건축물인 방화수류정(訪花隨柳亭, 보물)이 있다. 또, 대천의 한가운데 교차로에서 동쪽으로 통하는 도로가 건너는 구간에는 '오교'라는 나무다리를 놓았는데, 후에 매향교(梅香橋)로 이름이 바뀐다.

'정조'가 화성 축성을 할 때 수원천 변에 버드나무를 심는 등, 수원천의 자연경관을 적극적으로 활용하고자 한 흔적이 뚜렷하다. 실제 '세류동'에 정조 때 세운 "상류천", "하류천"이라는 도로 표지석과 버드나무들이 있다. 이를 통해 옛 이름은 유천(柳川)임을 알 수 있다.

1990년대 초 '매교', '지동교' 사이 하천 구간이 복개돼 도로로 이용되는 바람에 수질이 악화됐다가, 1990년 복개(覆蓋)가 중단되고 복원됐다. 이에 따라 수초가 자라고 물이 굽이굽이 흐르는 자연형 하천으로 탈바꿈됐다.

둔치 공간의 조성과 나무심기를 통해, 아름다운 하천 경관이 조성되고 있다.

전철 1호선 '수원역' 앞에서 로터리를 건너면, 화성의 남문인 팔달문(八達門) 가는 버스가 많다. 10분이면 도착한다.

팔달문 옆에서 수원천 건너편까지는 남문시장(南門市場)으로 흔히 통칭되는, 수원의 전통시장들이 밀집해 있다. '팔달문 시장', '지동시장', '영동시장', '미나리광 시장', '못골 종합시장', '시민상가시장', '남문로데오 시장', '남문 패션1번가 시장' 및 '구천동 공구시장' 등이다.

시장들 사이로, 수원천(水原川)이 남수문을 통과해 흘러간다.

천변으로 내려섰다. 시장은 왁자지껄하지만 물길은 고즈넉하고,

산책을 하거나 자전거를 타는 사람들이 한가롭다. 수면에 떠 있는 오리들이 먹이활동에 바쁘다.

영동시장 안에 수원시 '향토유적 제2호'인 거북 산당(山堂)이 있다. 화성 축성 때 전국에서 많은 인부들이 몰려들어 자연스레 시장이 형성되고, 거북바위 옆에 상가의 번영을 비는 당집이 생겼다는 것인데, 음력 10월에 거행되는 '거북신당 도당 굿'은 '무형문화재 제98호'다.

하천 건너편 '매교다리' 밑 교각에는 수원천으로 돌아온 버들치 떼를 표현한 '김경환' 작가의 '모천회귀' 작품이 있고, 다리를 지나면, 김 작가의 '빨래터의 향수(鄕愁)' 조각품이 기다린다.

빨래터는 옛날 그 시절, 어머니들의 일터이자, 이웃들과 만나는 소통의 공간이었다.

천변을 따라가다 보니, 발밑에 '한하운' 시인의 대표 시 〈보리피리〉를 새긴 석판이 보인다.

한하운(韓何雲. 1919.3.20~1975.3.2) 시인은 '함경남도' '함주' 출생으로 1948년 월남, 1949년 세류동 수원천 변에 살았다. 다시 1950년 '부평' 나환자촌(癩患者村)으로 옮겨 살면서, 왕성한 작품 활동과 나환자들의 권익을 위한 운동에 여생을 바쳤다.

세류동 주민들은 그를 영원히 기억하기 위해, 지난 2011년 5월 이 시비를 세웠다.

이 동네는 예로부터 '버드내'라고 불렸다. 즉 유천이다. 하천 건너편에는 정조(正祖) 때 심었던 큰 버드나무 몇 그루가 볼만하다.

봄이 바짝 다가온 겨울 하천에는, 갈대가 무성하다.

'세류대교' 밑을 지난다. 이어 경부선(京釜線) 전철 선로 밑도 통과했다.

머지않아 산책로가 끝난다. 다시 복개구간이고, 오른쪽에는 '수원 공군비행장'이 있어 군사보호구역이다. 이후 서호천(西湖川)과 만나는 구간이 돼서야, 다시 수원천을 볼 수 있다.

반대편 천변을 따라 돌아온다.

길옆에 이상한 조형물이 있다. 분명 의자인데, 재료가 아주 특이하다. 지역 내 소방서(消防署)들로부터 오래되고 낡은 소방호스를 지원받아, 미술가들이 벤치로 재탄생시킨 '가다가'라는 작품이다. 자연과 환경을 소중히 여기는 이들이, 잠시 쉬어가는 공간이다.

오른쪽 위 매교성당(梅香聖堂)이 우뚝하다. 옛 매교다리가 있던 곳이다. 여기서 왼쪽 도로 위로 올라가면, 구천동 공구시장이다.

시장 입구엔 '체험나들이 대장간'이 있다. 야장(冶匠)이라 불리는 대장장이들이 일하는 대장간이 곧 오늘날의 공구상가가 아니겠는가. 그 옆에는 '체험나들이 목공소'도 보인다. 건너편 천변 벽에는 대장장이들의 작업광경을 표현한 부조가 있다.

드디어 처음 출발했던 남문시장(南門市場) 앞이다.

시장 입구에는 수원 출신의 여성 사회사업가인 백선행(白善行) 선생의 흉상이 서 있다.

백 선생은 1848년 수원에서 출생, 어린 나이에 과부가 된 후 평양으로 이주, 큰 부자가 됐다. 하지만 3.1운동을 목격하고 큰 충격을 받아, 전 재산을 사회사업에 바치기로 결심하고, 민족교육에 헌신했다.

조선총독부(朝鮮總督府)가 주는 상은 거들떠보지도 않던 선생이 1933년 세상을 떠나자, 1만여 명의 조문객들이 운집했고, 여성 최초로 사회장이 엄수됐다고 한다.

그 옆에는 정조대왕이 소반 앞에 앉아 잔에 술을 따르는 동상이 있어, 과객들의 사랑을 받고 있다. 그 소반 앞이 '포토존'이다.

정조는 화성 축성 당시, 기술자들을 격려하기 위한 회식 자리에서, 불취무귀(不醉無歸)라고 했다고 한다. '취하지 않으면 돌아가지 못한다'는 뜻이다. 그만큼 백성들이 풍요롭게 술과 음식을 즐길 수 있는, 부강한 나라를 만들겠다는 임금의 의지가 담긴 표현이다.

두 동상 사이에는 엽전(葉錢) '소원나무' 모형 2그루가 있다. 주렁주렁 달린 엽전들이 부자가 되고 싶은 상인들의 염원을 상징한다.

다시 천변으로 내려와 걷는다.

이 길은 '수원8색 길'의 하나인 '모수길'이다. 남수문을 통과해 조금 더 가면, 오른쪽 위로 현대 사찰인 '수원사'와 수원화성박물관(水原華城博物館), 수원의 명문학교인 '매향여자고등학교'와 '매향여자정보고등학교'가 차례로 나타난다.

드디어 정면에 북수문인 화홍문이 멋들어진 자태를 드러낸다. 수원천 물이 홍예(虹霓) 수문들에서 쏟아져 내린다. 화홍문을 통과하면, 하천을 건널 수 있는 아담한 징검다리가 있다.

화홍문 오른쪽 방화수류정과 그 앞 연못인 용연(龍淵)은 사진작가들이 몰려드는 곳이다. 그만큼 언제나 아름답다.

방화수류정은 화성 군사지휘소의 하나인 '동북각루'의 별칭이기도 하다.

화홍문에서 왼쪽 성벽을 조금 따라가면, 화성의 북문이자 정문인 장안문(長安門)이 웅장한 자태를 뽐내면서, 우뚝 서 있다.

건너편 버스정류장에서는, 대부분 버스들이 수원역으로 간다.

■ '김경환' 작가의 조각 작품 '빨래터의 향수'

■ '남문시장' 입구에 있는 여성 자선사업가 '백선행'의 흉상

■ '정조'가 막걸리를 따르는 좌상

■ 수원화성의 북수문인 '화홍문'과 '방화수류정'(보물)

■ 수원 시내를 남북으로 관통하는 '수원천'

■ '한하운' 시인의 대표작 〈보리피리〉를 새긴 석판

■ 버드내(細柳川) 천변의 수양버드나무들

# 44

# 인천의
# 길(1)

---

기찻길, 물길, 바닷길, 그리고 역사의 길

인천(仁川)은 길이 시작되는 곳이자, 끝이기도 한 도시다.

예로부터 이곳의 포구에서 국내 다른 포구, 혹은 머나먼 외국으로 나가는 배들이 떠나고, 또 들어왔다. 수도권에서 가장 큰 항구다. 옛 제물포(濟物浦) 시절은 물론, 멀리 삼국시대부터다.

바닷길을 떠나는 배에는 물길을 통해 이동해 온 사람과 물자들이 실리고, 해로로 들어온 배에서 내린 사람과 부려진 물자들이, 육로로 다른 도시나 고장으로 갔다.

요즘은 하늘길이 특히 주목된다. 대한민국 대표 국제공항이 인천 영종도(永宗島)에 있다.

기찻길도 빼놓을 수 없다.

인천은 우리나라 최초의 철도가 놓인 곳이다. 인천에서 출발한 기찻길이 서울로 이어지고, 다시 전국으로 뻗어 나갔다. 바로 경인선(京仁線)이다.

이렇게 인천의 기찻길, 뭍길, 바닷길, 그리고 하늘길에서 이 나라의 역사도 만들어졌다. 인천의 길은 역사의 길인 것이다.

오늘은 이 역사의 길을 만나기 위해, 인천으로 향한다.

경인선, 즉 전철 1호선 인천역 앞 광장에는 '한국철도(韓國鐵道) 탄생역' 기념조형물이 있다.

우리나라 최초의 철도는 1897년 3월 착공해 1899년 9월 18일 개통된 '노량진~인천' 간 33.81km의 경인철도로, 도보로 12시간 걸리던 거리를 당시의 증기기관차(蒸氣機關車)로도 1시간 30분 만에 주파, 서울과 인천을 일일생활권으로 변화시켰다.

이 조형물은 경인선 개통 시 사용된 첫 열차를 견인한 증기기관차 '모갈1호'를 본뜬 것으로, 모갈1호는 미국 '브룩스사'에서 제작돼, 인천에서 조립된 것이라고 한다.

지척에 있는 송월동(松月洞) '동화마을'을 먼저 들러보기로 했다. 옆동네 '차이나타운'은 몇 번 가봤지만, 동화마을은 처음이다.

동화마을은 송월동 2가~3가에 조성된 벽화마을이다.

송월동은 마을이 노후화되며 젊은 사람들은 떠나, 빈집이 늘고 고령층만 남았다. 그러다 2013년 4월 열악한 주거환경을 개선하기 위해, 고전동화(古典童話)를 테마로 해서 낡은 담장에 벽화를 그리고, 곳곳에 조형물을 세웠다. 몇몇 주택은 개조돼, 카페나 음식점이 들어섰다.

동화마을 조성 이후, 관광객들이 차이나타운과 함께 많이 방문하는 유명 관광지로 변신, 벽화마을 성공사례 중 하나가 됐다.

벽화(壁畵) 및 조형물의 모티브가 된 동화로는 〈신데렐라〉, 〈이상한 나라의 앨리스〉, 〈오즈의 마법사〉, 〈피노키오〉, 〈알라딘〉, 〈잠자는 숲 속의 공주〉, 〈백설공주〉, 〈라푼젤〉, 〈밤비〉, 〈엄지공주〉, 〈빨간 모자〉, 〈미녀와 야수〉, 〈피터팬〉, 〈헨젤과 그레텔〉, 〈브레멘 음악대〉, 〈노아의 방주〉, 〈선녀와 나무꾼〉, 〈도깨비방망이〉, 〈혹부리 영감〉, 〈흥부전〉, 〈별주부전(鼈主簿傳)〉, 〈리틀 프린세스 소피아〉 등, 동서양의 이야기들 이 망라돼 있다.

이 외에도 마을에는 못난이인형, 무지개다리 포토존 등이 설치돼 있다.

인천역(仁川驛)에서 길을 건너, 오른쪽 도로를 따라간다. 곧 동화마을 입구임을 상징하듯, 낡은 담벼락에 앙증맞은 캐릭터들을 그려놓은 벽 화들이 보이기 시작한다. '알짜마트'를 지나 다음 골목으로 올라가면, 송월동 동화마을 입구임을 알려주는 대형 철제 아치가 보인다.

직진 방향이 동화마을이다. 골목 모퉁이 중식당 연경대반점(燕京大 飯店)은 MBC 드라마 '가화만사성'의 메인 촬영지란다. 오른쪽은 차이 나타운 방향이다.

동화마을답게 아이들에게는 흥미를, 어른들에겐 어릴 적 추억을 자극하는 재미난 가게들이 많다. '꽝 없는 추억의 뽑기', '꽃 봉자', '풍선다트인형', 가상현실 체험관 'Funny Cafe', 달고나와 뽑기 등 '추억 만들기' 등등….

다시 대로로 내려와 왼쪽 인천역 건너편, 차이나타운 입구임을 알 리는 대형 패루(牌樓) 앞을 지나 조금 더 가면, '해안성당'이 있다.

이곳은 제물포의 나루터였던 제물진두(濟物津頭)이자, '천주교 순교 성지'다.

제물진두는 1868년 4명, 1871년에는 6명 등, 10명의 천주교인이 처형된 곳이다. 또 한국인 첫 사제인 김대건(金大建) 신부가 서품을 받기 위해 중국을 드나들던 장소며, 1888년 프랑스와 중국 수녀 4명이 입국한, 한국천주교사에서 중요한 장소다.

성당 입구, 이를 상징하는 대형 십자가에 매달린 예수상이, 마음을 숙연하게 한다.

계속 도로를 따라 '한중문화관' 앞을 지나면, '인천아트플랫폼'이다. 인천시가 구도심 재생사업의 일환으로, '중구' '해안동'의 개항기(開港期) 근대건축물 및 인근 건물을 매입, 조성한 복합문화예술 공간이다.

일제 때의 공장을 리모델링한 듯한 이 건물 앞에는, 옛날 강을 건너다니던 나룻배 한 척이 있고, 인천 중구에서 촬영된 수많은 영화들의 연대기가 그려진 안내판이 눈길을 끈다.

이 도로는 '제물량로'다.

길 건너 '인천문화재단'과 '인천음악플랫폼', 구한말 대한천일은행(大韓天一銀行) 터에 이어, '신포사거리 우체국'도 남달리 고풍스럽다. 이쪽엔 '광창양행 터'와 '선광미술관'이 볼만하다.

조금 후 보이는 '신포동 행정복지센터'를 끼고, 골목으로 들어서 쭉 올라가면, 유명한 신포국제시장(新浦國際市場)이 있다.

신포국제시장은 개항 이후 형성된 전통시장으로, 인천에서 가장 오래된 상설시장이다. 개항기 외국인이 살았던 조계지(租界地) 인근에 위치해 외국 문물이 수입되는 창구 역할을 했던, 말 그대로 국제시장 이었다. 지금도 다양한 먹을거리와 생활에 필요한 상품들을 판매하고 있다.

닭강정, 순대, 쫄면, 공갈빵, 만두 등 저렴한 먹거리로도 유명한 곳이다.

시장 안을 조금 걷다 보니, 오른쪽에 '추억의 신포옛길'이란 건물 입구가 있다. 낡은 주상복합 건물 복도를 벽화와 사진으로 시장의 역사와 추억을 돌아볼 수 있는 곳으로 꾸며, 참신(斬新)해 보인다. '한 줄 골목'은 말 그대로, 한 줄로만 다녀야 할 정도로 좁다.

시장 입구에 있는 '신포○○만두'는 '쫄면의 원조'로 알려진 점포 인데, 필자는 상호대로 만두를 시켰다. 먹고 나니, '쫄면을 주문할 걸 그랬나' 하는 생각이 든다.

신포시장 옆을 지나면, '우현로'다.

길가에 있는 내리감리교회(內里監理敎會)는 한국 최초의 감리교회이다. 1891년 내한 주재 선교사 헨리 아펜젤러 부부가 세웠다. 최초의 개신교회(改新敎會)인 까닭에, '한국의 어머니교회'라고도 불린다. 내리교회는 곧 한국 근대사와 그 맥을 같이 한다.

내리교회 앞에서 길을 건너면, 역시 인천의 오래된 먹자골목인 '용동(龍洞) 큰 우물 먹거리촌'이다. 이곳의 대표 음식은 '서민의 벗'인 칼국수.

동네의 랜드마크는 '용동 큰 우물'이다.

큰 우물은 개항 무렵 조성된 것이다. 인천시 민속문화재 제2호로 지정된, 폭 2.15m에 깊이 10m의 우물로, 맛 좋고 수량이 풍부, 서민들의 식수로 사랑받았다. 우물 보호를 위해 기와지붕 육각형 정자를 지었고, 현판은 인천 대표 서예가 박세림(朴世霖)이 썼다.

그 옆에는 미술사학자 우현(又玄) 고유섭(高裕燮)의 비석이 있다.

고유섭 선생은 '경성제국대학'에서 미학과 미술사를 전공한 뒤 경성제대 연구실 조수, '개성박물관장', '연희전문학교', '이화여자전문학교' 교수를 역임하면서, 각지의 명승·고적·사찰을 답사·연구한 '한국 미학의 선구자'로 평가된다. 그의 생가 터가 큰 우물 뒷골목에 있다.

또 그 왼쪽에는 '가천 이길여 산부인과 기념관'이 있다.

지금의 '가천대 길병원'의 모태가 된, '이길여(李吉女) 산부인과'가 1958년 처음 들어선 곳이다. 이길여 산부인과는 병원 문턱을 낮추기 위해 '보증금 없는 병원'이라는 팻말을 내걸고, 환자가 청진기의 찬 느낌에 놀라지 않도록, '가슴에 품은 청진기'로 진료했다고 한다.

기념관 옆에 '가천의과대학' 부속 '동인천 길병원'도 있다.

이곳 용동에는 '일제강점기' 때 용동권번(龍洞券番), 즉 대형 기생집이 성업이었을 정도로 흥청거리던 곳이었다. 지금은 계단 몇 칸만 남아 당시의 영화를 짐작케 하는데, 한때 '중구청'이 통째로 시멘트로 덮어 버렸다가, 뒤늦게 용동권번 글자가 새겨진 부분을 복원해 놓았다.

지금도 모텔 몇 개가 보이지만, 어디 과거만 할까?

용동 골목을 벗어나 다시 우현로를 따라 조금 더 내려가면, 1호선 동인천역(東仁川驛) 앞 삼거리가 나온다. 역 뒤편 '송현동' 순대골목을 들렀다 가는 것도 좋다.

■ '송월동' '동화마을' 입구

■ '제물진두' 순교성지 '해안성당' 입구

■ '한국철도 탄생역' 기념조형물

■ 용동(龍洞) 큰 우물

# 인천의
# 길(2)

---

바닷길에 새겨진 외세와 전쟁의 비극

인천(仁川)은 항구도시다. 당연히 인천의 길을 찾는 발걸음에 바닷가를 빼놓을 수 없다. 앞에서는 뭍길을 걸었으니, 이젠 바다를 찾을 차례다.

'동인천역' 4번 출구로 나와 회전교차로를 지나고, 사거리에서 길을 건너 왼쪽 '화도진로'를 따라 걷는다. 사거리를 세 번 지나 계속 가면, 오른쪽에 화도진공원(花島鎭公園)이 있다.

인천시 기념물 제2호로 지정된 화도진 터는, '조선' '고종' 때 서해안 방어를 위한 진영인 화도진이 있던 곳이다.

화도진은 1878년(고종 15년) 8월 당시 '어영대장'이던 신정희(申正熙)가 공사 책임을 맡아, 이듬해 7월 완공됐다. 화도라는 지명은 이곳이 멀리서 보면 마치 섬처럼 보여 '곳섬'이라 했다가 '꽃섬'으로 바뀌었고, 이를 한자로 써서 화도라 했다고 한다.

화도진은 1884년 '친위전영'이 되고, 1885년 '좌영'으로 이속됐다가, 1894년 갑오개혁(甲午改革)으로 군제가 바뀌면서 폐지됐다.

특히 이곳에서는 1882년 5월 22일 고종의 전권대신 '신헌(신정희의 부친)'과 '미국'의 '로버트 슈펠트' 제독 사이에 조미수호통상조약(朝美修好通商條約)이 체결된, 역사적인 장소다.

1982년 5월 '한미수교 100주년'을 기념, 인근 '자유공원'에 비를 세우고, 1988년 9월 '화도진도'를 기본으로 인천시에서 복원, 현재에 이른다. 공원은 철쭉 등 꽃과 나무들로 잘 꾸며져 있고, 한옥 병영 11동과 유물전시관, '한미수호조약 기념비'가 있다.

중심 건물인 동헌(東軒) 한쪽에는, 한미수교 당시 양측 대표들이 마주 앉아 대화하는 모습을 재현해 놓았다.

유물전시관에는 신헌과 슈펠트의 흉상, 신헌(申櫶) 부자의 영정, 그리고 당시의 대포인 '불랑기포'와 '대완구'를 비롯한 무기류와 집기류 등, 50여 종의 군사 장비들이 전시돼 있다. 동헌 뒤 아담한 초가 정자가 기품이 있어 보이고, 옆에는 여성들의 공간인 내사(內舍)도 있다.

화도진공원을 나와, 오던 길을 계속 따라간다. 이 길은 '인천둘레길' 14코스이기도 하다.

'S-오일' 주유소 앞에서 왼쪽 길로 접어든다. 이제 본격적인 해안인데, 건물들과 고가도로에 가려 바다는 보이지 않는다. 단조로운 도로 인도를 흙으로 덮고 나무와 꽃을 심어, 자연 산책로처럼 꾸민 '만석동 산책로'가 참 반갑다.

오른쪽으로 거대한 공장들이 나타난다. 대한제분(大韓製粉), '대한사료' 등인데, 해안가를 점거하고 있어 행인의 접근이 어렵다. 대한제분 담을 끼고 돌아가야 비로소 바다를 만날 수 있다.

이곳은 월미도(月尾島) 들어가는 입구이기도 하다.

월미도 입구 삼거리에, 뜻밖의 볼거리가 있다.

이곳은 1950년 9월 15일 '한국전쟁'의 향방을 바꾼 인천상륙작전(仁川上陸作戰) 당시, 3곳의 상륙지점 중 하나인 '적색해안'이다. 다른 2지점은 '청색해안'과 '녹색해안'이다.

삼거리 모퉁이에 이를 기념하는 기념비가 있다.

그 옆에는 '제2차 인천상륙작전' 전승비도 있었다. 1951년 2월 10일 '대한민국' 해군과 해병대 단독으로 2차 상륙작전을 감행, 승리한 것을 기념하고자 2017년 역시 그 당시 상륙지점에 건립됐다.

2차 인천상륙작전은 필자도 미처 몰랐던 일이다. '1.4후퇴(後退)' 후 미군 철수까지 검토되는 위기에서, 인천을 수복해 반격의 교두보를 마련한, 귀중한 승리의 역사다.

아! 이런 사실을 이제야 알았다니…. 호국영령들께 죄송할 따름이다.

한쪽에는 '맥아더길' 표석도 있다. 맥아더길은 '월미공원'에서 자유공원(自由公園) '맥아더 장군 동상'까지 이어지는 트래킹 코스다.

대한제분과 바다 사이 해안 산책로가 있다. 인천둘레길의 일부다.

길옆으로 대한제분의 거대한 곡물창고(穀物倉庫), 즉 사일로들이 원통기둥처럼 우뚝 서 있다. 월미도 가는 길목에는 대한제당 곡물창고에 초대형 그림을 그린, '기네스북'에 오른 '세계 최대 벽화'가 있다는데, 여긴 그저 단조로운 한 가지 색깔뿐이다.

바다 건너편에는 대형 원목들이 잔뜩 쌓인, 합판공장 같은 곳이 보인다.

그 사이 둘레길은 북성포구(北城浦口)까지 나 있다.

예로부터 어선들이 많이 드나들며 번창하던 북성포구는, 지금은 주변 공장지대와 어울리지 않게, 한적하고 조그만 어항이 됐다. 공장과 부두에 포위돼, 포구도 어시장도 확장될 공간이 부족해 보인다.

하지만 여전히 야경과 일몰이 아름답기로 소문 난 곳이다.

고기잡이 나간 배들이 아직 돌아오기 한참 전인 오후 시간, 부둣가엔 그물을 손질하는 어부들의 손길이 한가롭다. 고깃배들이 들어오기 전이라 그런지, 어시장(魚市場)엔 생물은 없고 온통 건어물들뿐이다.

북성포구에서 둘레길은 끝난다. 더 갈 수가 없어 오던 길을 되돌아 나가야 한다. 쇠락하는 어항(漁港)의 신세를 대변해 주는 듯하다.

다시 월미도 입구로 나와 반대쪽 방향으로 가면, '인천항 제8부두' 출입문이 나온다. 대형 닻과 조타기 모양을 본뜬 조형물이 인상적이다. 출구 쪽 옆 건물 지붕도 형형색색 멋지다.

특별한 용무가 없는 일반인은 부두 입구 주차장까지만 들어갈 수 있다. 철조망 안으로 인천항(仁川港)에 정박한 덩치 큰 배들이 보인다.

항만 구내와 옆 도로 사이 좁고 긴 공간에, 만국야생화정원(萬國野生花庭園)을 조성해 놓았다.

소나무와 관목들을 심고 사이사이 꽃밭에 금낭화, 기린초, 맥문동, 수호초, 원추리, 꽃범의 꼬리, 동의나물, 에키네시아 등 야생화를 심었다. 사실 별로 볼 건 없지만, 삭막한 도시 가로변에 신록의 길이 있는 것이 또 어딘가?

정원길이 끝나면, 폐(廢)철길을 지나야 한다. 철로 변에서 어린 시절을 보낸 필자에게는 추억이 새록새록 하다.

철길 건너 고가도로 및 사거리를 지나 좌회전하면, 바로 인천역이 있다.

■ '북성포구'의 한가로운 오후

■ '인천상륙작전' 당시 상륙지점 중 한 곳인 '적색해안' 기념비

■ '화도진'의 복원된 동헌(東軒)

산 따라 강 따라 역사 따라 걷는
수도권 도보여행 50선

■ '인천둘레길' 부둣가 구간

■ '인천항 제 8부두' 출입문

# 반월호수길

---

사라진 옛 지명 '반달' 간직한 수리산 밑 물길

과거 26년 전만 해도, '경기도' 서남부지역에 반월(半月)이라는 제법 큰 고을이 있었다. 독립된 지방행정단위는 아니고 경기도 '수원군', 1950년대 이후엔 '화성군'에 속했던 면이었다.

반월이라는 지명은 각각 지금의 '안산시' '팔곡동'과 '본오동'에 있던, '큰 반월' 및 '작은 반월'이라는, 두 마을 이름에서 따온 것이다. 예전 이 일대의 진산인 수리산(修理山) 정상에서 내려다본 마을의 모양이 마치 반달과 같다고 해서, 반월이라 했다고 전해진다.

그런데 반달의 이미지가 상징하는 것처럼, 점차 이웃 고을들이 '반월면'의 땅을 야금야금 갉아먹기 시작했다.

1983년 2월 일부 지역이 당시 '시흥군' '의왕면(현 의왕시)'에 편입됐고, 1986년 1월에는 반월면의 상당 부분이 지금의 안산시(安山市)로 독립했다.

마침내 1994년 12월 26일 반월면의 남은 땅이 각각 안산시와 '군포시', 수원시로 다 분할되면서, 반월면은 역사의 뒤안길로 사라졌다. 더욱 아이러니한 것은 당시는 안산시 반월동(半月洞)이 있었으나, 지금은 그마저도 없어졌다는 점이다.

반달이 그믐달을 거쳐, 완전히 암흑(暗黑)의 하늘이 되고 만 셈이다.

그 반월의 이름이 아직 남아 있는 곳은 몇 군데 있다. 우선 '화성시' 반월동이 있는데, 사실은 옛 반월면과 아무 관계가 없다. 반대 방향인 '용인시' '기흥구'와 붙어 있는 곳이다.

반월면의 정통성을 계승한 곳은 지하철 4호선 반월역(半月驛)이다. 바로 옛 안산시의 '반월동사무소'가 있던 '건건동'에 위치해 있다.

또 '반월호수'와 '반월천'이 있다. 옛 반월면 땅을 흐르는 물길과, 이를 활용한 저수지다.

'반월저수지'로도 불리는 반월호수(半月湖水)는 농업용수를 공급하기 위해 1957년 조성한 저수지로, '시흥시' '대야동'의 맨 안쪽 부분에 아늑하게 자리하고 있다. 군포시(軍浦市) '둔대동'의 자연마을인 '집예골', '셈골', '지방바위골'에서 남동방향으로 흐르는 물이 유입된다.

유역면적은 12$km^2$, 수혜면적은 3.63$km^2$, 총저수량은 118만 6,800$m^3$이며 휠 댐 형식으로 건설된 제방의 높이는 11.4m, 길이는 352m이다.

호수를 둘러싸고 있는 낮은 산등성이가 듬직한 물그림자를 만들어 주고, 저녁 어스름 무렵이면 물가에 바짝 다가앉은 카페의 넓은 통유리 너머로, 주홍빛 저녁노을의 황홀한 풍광에 취할 수 있는 곳이다.

특히 '군포8경' 중 제4경이 바로 '반월낙조(半月落照)'다.

호숫가에 3.4km의 둘레길 산책로가 있어 인근의 수리산, '갈치저수지'와 더불어 군포시민의 휴식처로 이름난 곳으로, 주변에 카페와 음식점들이 많다.

그리고 반월천(半月川)은 수리산 품 안에 안긴 골짜기인 군포시 '속달동'에서 발원, 반월호수와 '팔곡동' 및 '본오동'을 거쳐, 화성시 '매송면' '야목리'에서 서해 바다로 흘러드는 지방하천이다. 지류는 '죽암천', '건건천', '송라천'이 있으며 총연장 10.63km, 유역면적은 40.9㎢다.

지하철 4호선 '대야미역'에서 죽암천(竹岩川)을 따라가면 나오는 반월호수를 한 바퀴 돌고, 반월천을 따라 수리산 임도까지 올라가는 코스를 걸어본다.

대야미(大夜味)라는 역 이름의 유래도 재미있다.

주변은 산간지역으로 논밭이 협소하나, 이곳엔 1정보 크기의 논이 있어 '큰 논배미(논두렁으로 둘러싸인 논 하나하나의 구역)', '한 배미'라는 뜻으로 대야미, '대야미리'로 불렸다는 것.

대야미역에서 내려 2번 출구로 나오면, '반월호수길' 안내판이 보인다. 그 앞 도로를 따라 왼쪽으로 간다.

곧 시원한 물줄기가 쏟아져 내린다. 갑자기 없던 물이 인공 돌벽에 쏟아지는 모습이, '서울' '청계광장'의 청계천(淸溪川) 시작지점과 흡사하다. 반월천 지류인 죽암천이 시작되는 곳이다.

'죽암천 누리길' 안내판이 반갑다.

'둔대초등학교' 앞을 지나 갈치저수지 가는 길이 갈라지는 삼거리에서, 죽암천 제방길이 시작된다. 삶의 여유와 편안함이 느껴지는, 자연과 어우러진 흙길과 보행 데크, 쉼터 공간, 목교 등이 설치돼 있다.

특히 5월 초에는 양쪽으로 산철쭉들이 길게 늘어서, 화려한 자태를 뽐낸다.

제방길을 조금 걸으니 쉼터가 보이고, 곧 죽암천 생태습지(生態濕地)다. 양쪽을 건너다닐 수 있는 나무다리가 놓여 있다. 죽암천 위로 '영동고속도로'가 지난다. 누리길은 굴다리로 고속도로 밑을 통과하게 돼 있다.

굴다리를 지나니, 오른쪽에 '군포대야 물 말끔터'가 보인다.

군포대야(軍浦大夜) 물 말끔터는 군포시의 생활하수가 어떻게 처리되고 있는지를 보여주는 곳이다. 지난 2010년 완공된 이곳에선, 하루 5,000톤의 하수를 처리할 수 있다.

1층에는 군포8경 갤러리와 수족관(水族館)이 있고, 2층은 아이들이 다양한 체험과 관람을 할 수 있는 '물누리 체험관'이다. 하수도 물이 정화돼 호수로 흘러가는 과정이 알기 쉽게 설명돼 있고, 수족관은 정수된 물로 채워져 있다. 3층은 '책 읽는 군포'답게 '미니문고' 14호점이다.

여기부턴 본격적인 습지다. 아직 호수는 아니고, 죽암천의 정화된 물이 호수로 흘러드는 배수지(配水池)다. 길게 데크 길이 이어지고, 양쪽을 건너다닐 수 있는 제방 길과 데크도 보인다.

그 너머에, 반월호수가 드넓게 펼쳐져 있다.

데크를 따라 호숫가를 걷는다. 왼쪽 '퇴마산' 무성한 숲에 핀 봄꽃들이 물빛에 비쳐 흔들린다.

머지않아 반대쪽 끝 제방이 나온다. 건너편으로 길게 이어진 댐 밑에는 레미콘 공장이 있고, 호수 반대쪽으로 수리산 제2봉인 '슬기봉' 정상의 레이더기지가 아스라하다.

둑길 끝 배수 갑문(閘門)을 지나, 반대쪽 데크 길로 간다.

곧 전망 데크가 보인다. 별로 높지는 않다. 그 위 도로변엔 매점도 있다. 도로변을 따라가면, 왼쪽에 유명한 카페들이 있다.

호숫가에 반월호수공원(半月湖水公園)이 있다. 호수 둘레길의 하이라이트다.

공원은 예쁜 꽃들과 조형물로 아기자기하게 잘 꾸며져 있다. 호수변 '포토존'에 이어 나타나는, 빨간 풍차가 이곳의 상징이다. 풍차 앞에는 빨간 우체통도 앙증맞게 서 있다.

그 옆 반월호수 표석도 빼놓을 수 없다. '군포수릿길' 말뚝에 붙은 나무판에는, 이곳 풍경을 노래한 시들로 빼곡하다.

호수 끝 영동고속도로(嶺東高速道路) 교각 밑으로, 또 다른 하천길이 숲속으로 뻗어 있다. 이게 바로 반월천이다. 속달동에서 흘러내려 온 물길이다.

왼쪽으로 카페와 음식점을 끼고, 데크 길을 계속 걷는다. 여기는 '쌈지공원'이다.

이곳은 연인과 친구들의 사진 배경이 돼주는, 가슴 따뜻한 글귀들이 난간에 붙어 있어 눈길을 끈다. "그래 우리 함께", "토닥토닥" 등, 함께 글귀를 읽다 보면 절로 사랑이 싹틀 것 같다.

다시 군포대야 물 맑음터다. 따라 왔던 길을 되짚어, 대야미역으로 돌아오면 된다. 도로변 패랭이꽃밭이 특히 아름답다.

■ '죽암천 누리길'

■ 반월호수 표석

■ '쌈지공원' 힐링 길

■ 반월호수공원의 상징, 빨간 풍차모형

■ '군포대야 물 말끔터'　　　　　　　■ 데크 길이 잘 정비된 호숫가

■ '반월호수' 제방에서
　본 '수리산'

■ '반월호수공원'
　포토 포인트

# 양평길

한강의 본류와 최대 지류가 만나는 '물의 길'

'경기도' 양평군(楊平郡)은 1읍 11면으로 구성된 877.65㎢, '서울특별시' 면적의 1.45배에 이르는, 경기도에서 가장 넓은 기초 지방자치단체다. '고구려' 때부터 내려온 고을인 양근군(楊根郡)과 지평군(砥平郡)이 1908년 9월 합병, 양평군이 생겼다.

양평은 '한강'의 두 물줄기, 북한강과 남한강이 서로 만나는 곳이다. '양서면'의 양수리(兩水里), 곧 '두물머리'에서 두 강이 하나로 합쳐져 서해 바다로 흘러간다.

일부에선 '남한강'이 본래 한강이고, 북한강(北漢江)은 최대 지류일 뿐이라고 반박하는데, 남한강이 더 길다는 점에서 일리 있는 말이다.

양평군은 이런 천혜의 자연을 자랑하는 지역으로 땅과 산, 물 그리

산 따라 강 따라 역사 따라 걷는
수도권 도보여행 50선

고 사람이 건강하게 살아가는 힐링 특구며, 도심을 떠나 가까운 자연을 찾을 수 있는 살맛 나는 친환경 도시다.

양평군이 조성한 남한강(南漢江) 변 트래킹 코스 '양평물소리길' 중 4코스, '버드나무나루께길'의 일부와, '양평읍내'를 이어 걸어본다.

'경의중앙선' '양평역' 1번 출구로 나오면 작은 광장이 있다. 양평읍 시내 안내지도와 주요 명소 안내판이 반긴다. 커다란 시계가 달린 무병장수문(無病長壽門)이라는, 단순하면서도 특이한 구조물과 같이 붙어 있다. 조금 왼쪽에 버드나무나루께길 안내판도 보인다.

무병장수문을 통과해 오른쪽 도로를 따라간다. 길 건너편에는 '양평 자전거길' 안내판이 보인다. 왕복 2차선 도로를 계속 따라가면, 삼거리가 나온다.

모퉁이에 해장국집이 있다. '어무이 맛 양평해장국' 본점이란다.

양평해장국(解 湯. 해장탕)은 '조선시대'부터 유명했던 양평을 대표하는 음식이다. 양평 한우는 당시부터 유명했고, 자연스럽게 소의 내장과 선지를 주재료로 한 해장국이 '한양' 장안에까지 유명했다고 한다.

양평해장국은 매운 고추기름과 고추씨 등으로 얼큰하게 만든 국물에, 선지와 각종 내장, 콩나물 등을 넣어 끓여내는데, 오늘날에도 전국적으로 유명하다.

원래 버드나무나루께길 도중에 '양평해장국 골목'이 있었다고 하는데, 지금은 길이 바뀌었다.

삼거리에서 좌회전, 좀 더 넓은 도로로 들어섰다. 길 오른쪽에는 양평군보건소(楊平郡保健所)와 '양평문화원', '물 맑은 양평체육관', '이천세무서' 양평민원실 등이 모여 있는 관공서 타운이 있다.

그 끝에 양평 군립미술관(郡立美術館)이 있다.

좀 전에 본 양평읍 시내 안내도에도 두 번째로 소개된 명소다. 양평은 12만 명 인구 대비 예술인이 가장 많이 살고 있는 대표적 문화예술의 고장이기도 한데, 이 고장 문화예술을 대표하는 곳이 이 미술관이다.

지난 2011년 12월 16일 개관, 다양한 프로그램과 수준 높은 현대미술기획 및 창의교육프로그램을 진행, '글로컬 양평문화(楊平文化)'를 리드하고 있다. 특히 경기도 '박물관·미술관 지원사업', '문화체육관광부' '문화가 있는 날' 지역특화프로그램에 2년 연속 선정되기도 했다.

특히 시즌별, 특별기획과 야외전시를 포함한 다양한 기획전, '별별아트마켓' 및 창의교육프로그램을 통해, 지역민들과 미술관 관람객들이 문화를 향유하는 커뮤니티 공간이다.

미술관 뒤편에는 '4대강 자전거길' 인증센터도 숨어 있다.

미술관 앞에 양근리 사거리에는 남한강을 건널 수 있는 양근대교(楊根大橋)가 놓여 있다. 강 건너는 강상면(江上面)이다.

다리 오른쪽 밑에는, 강 위로 '양강섬'이 그림 같이 떠 있다. 강기슭과 외줄기 도로로 연결돼 있는 이 섬은 천주교(天主敎) 순교지와 무궁화동산, 한강1공구 야외무대 등이 있다. 다리 위에서도 조형물이 내려다보인다.

드넓은 강을 바라보며 다리 위를 걸으면, 가슴 속까지 시원해진다.

강을 건너 왼쪽 마을길로 들어서, 강변으로 나간다. '양평현대성우1단지아파트' 뒤쪽이다. 방금 건너왔던 양근대교가 강 너머로 뻗어 있고, 양평읍내 저 멀리, 양평의 진산인 용문산(龍門山)이 우뚝 솟아 있다.

'양평나루께 축제공원'으로 가는 수변 곳곳에 쉬어갈 수 있는 원두 막과 벤치, 그리고 너른 풀밭이 보인다. 양지꽃, 애기똥풀 등 여름을 앞둔 꽃들을 발견하는 재미가 쏠쏠하다.

강으로 흘러드는 작은 개천을 건너면, '양평파크 골프장'이다. 골프 장이라기보다는 공원 같은 곳으로, 인공적으로 가꾸지 않은 초원 같 은 곳 여기저기에, 골퍼들을 골탕 먹이는 '러프'들이 있다. 그 안쪽 강변에는 억새 숲이 있어, 찾는 이들의 눈을 즐겁게 한다.

곧 축구장과 야구장 등 체육시설들이 보인다. 그 위로 양평대교(楊 平大橋)가 지나간다. 다리 저편은 양평나루께 축제공원이다.

다리 밑 군 초소를 지나, 둑길로 올라선다.

제방 길은 아스팔트로 포장돼, 중앙선까지 있다. 사람과 자전거가 섞여 다녀야 하는 길이 곧게 직선으로 뻗어 있다. 왼쪽 방향으로 그 길을 따라간다.

양쪽으로 벚나무들이 터널을 이룬 길이다. 봄철에는 화려한 벚꽃 길이겠지만, 5월 지금은 채 익지 않은 버찌들이 잔뜩 달렸다. 대신 길가엔 샛노란 '큰 금계국(金鷄菊)'들이 흐드러지게 피어, 길손들을 반 겨준다.

축제공원에는 축구장과 야구장, 캠핑장들이 즐비하고, 이어지는 '교평지구공원'은 산책로 양쪽에 나무가 듬성듬성한 초원이다. 그 너 머 흘러가는 남한강이 유장하다.

머지않아 길이 활처럼 휘어 돌아가는 삼거리가 나오고, 그 위쪽에 작은 마을이 보인다. 마을길 한 대문 옆에 끈끈이대나물 꽃이 화려하고, 앵두나무엔 벌써 앵두(櫻桃, 앵도)가 열렸다.

마을을 둘러본 후, 다시 뚝 길로 나와 읍내 방향으로 오던 길을 되짚어갔다. 양평대교로 돌아와, 다리를 건넌다.

다리 오른쪽 고수부지 공원에는 새 1마리를 머리에 이고 있는 조형물이 우뚝 솟아 있다. 모양으로 보아, 양평군의 군조(郡鳥) 비둘기가 아닐까 하는 생각이다.

군 홈페이지에는 사랑과 평화를 상징하며, 온순하고 사람을 잘 따르는 비둘기는 화합과 평화를 사랑하는 지역주민의 친근하고 온화한 심성과 부합하며, 한곳에서 무리를 지어 생활하므로 서로 간에 협동심이 강하고, 모양이 담백하며 고결해 군민의 안정과 번영을 상징한다고 한다.

드넓은 강물 위로 모터보트 한 척이 질주하며, 시원한 물보라를 뿜어낸다.

강 건너 우측에는 '칼산'이란 언덕이 있고, 그 기슭에 양평읍사무소(楊平邑事務所)와 '양평군립도서관', '영호정'과 '반공지사 변중식 충혼비'가 있다.

영호정(暎湖亭)은 양평읍 양근리 산 40-2에 있는 아담한 정자다. 본래 조선시대 때 관에서 세워 풍류를 즐기던 '영호대'가 있었으나, 세월이 지나 폐허가 되자, 1930년 마을사람들이 뜻을 모아 그 자리에 건립했다.

양평대교를 건너면 바로 마주치는 사거리를 직진, 회전로터리에서 왼쪽으로 간다. 양평읍의 '다운타운' 격인 도로다. 계속 따라가면, 사거리 건너에 양평군청(楊平郡廳)이 보인다.

군청건물 앞에는 정자 2개가 나란히 서 있다.

앞에서 보면, 오른쪽에 있는 것이 경민정(敬民亭)이다. 백성(군민)을 공경하는 정자란 뜻이니, 지방자치의 정신에 잘 어울린다. 왼쪽은 신복정(幸福亭)으로, 말 그대로 행복해 좋은 곳이다.

군청사거리에서 오른쪽 대로를 따라, 양평역으로 향한다.

오른쪽에 전통시장이 보인다. 바로 '양평 물 맑은 시장'이다.

이 시장은 오래전부터 '경기 3대장'으로 유명했다. '강원도'와 '충청도'의 산나물과 임산물, 서해안에서 올라온 해산물이 모여 성시를 이뤘다. 강원도에서 수도 한양(漢陽)으로 가는 물품들은 '양평나루'를 거쳐야 했으며, 자연히 큰 장이 섰고 많은 사람들로 북적거렸다.

지금도 400여 개의 점포의 상설시장을 중심으로, 오일장이 열리는 날이면 시장 안에 200여 개의 노점(露店)이 펼쳐진다. 교통편이 물길에서 육로와 경의중앙선 전철로 바뀌었지만, 여전히 많은 이들이 이 시장에 모여든다.

양평에서 생산되는 채소와 과일, 용문에서 채취한 산나물 등의 농산물 판매가 활발하고, 양평해장국과 국수와 전, 수수부꾸미 등 시장의 흥겨움을 더하는 즉석 먹을거리도 풍부하다.

다시 길을 따라 남한강의 작은 지천인 양근천(楊根川) 다리를 건너면, 곧 양평역이다.

■ '양강섬'과 '남한강'

■ 남한강 둑길

산 따라 강 따라 역사 따라 걷는
수도권 도보여행 50선

■ 우아한 곡선을 그리는 제방 길 삼거리

■ 남한강으로 흘러드는 '양근천'

■ '양평군립미술관'

■ '양근대교' 건너, 우뚝 솟아 있는 '용문산'

■ 마치 공원 같은 '양평파크골프장'

# 양평
# 사나사 계곡

함왕(咸王)이 살던 이끼계곡과 아담한 절집

　‘양평’의 진산 용문산(龍門山)은 높이 1,157m로, ‘경기도’에서 ‘화악산’, ‘명지산’, ‘국망봉’에 이어 네 번째로 높고, 험준한 바위산이다.

　예로부터 산세가 험하고 웅장하면서 아름다워, ‘경기의 금강산’이라 불릴 정도였다.

　원래 이름은 미지산(彌智山)이었는데, ‘조선’ ‘태조’ ‘이성계’가 용이 날개를 달고 드나드는 산이라 했다고 해서, 용문산이란 이름이 생겼다는 설이 있다. 또 미지는 ‘미리’의 완성형이며, 미리는 용의 새끼라고 한다. 따라서 미지산이나 용문산이나, 뜻에는 별 차이가 없는 셈이다.

　용문산 남쪽 산록 계곡에는 용문사(龍門寺), ‘상원사’, ‘윤필사’, ‘사나사’ 등 고찰들이 있다. ‘죽장암’, ‘보리사’도 있었다고 하나, 지금은 자취도 없다.

일반에 가장 널리 알려진 용문산 대표 사찰 용문사는 경내의 은행나무가 천연기념물(天然記念物)로 유명하다. 또 보물로 지정된 '정지국사부도 및 비' 2기가 있다.

사나사(舍那寺)는 '옥천면' 용문산 기슭에 있는, '고려' 초기 승려 '대경'이 제자 '융천' 등과 창건한, '대한불교조계종' 제25교구 본사인 '봉선사'의 말사다.

1367년(공민왕 16년)에 '보우대사'가 중창하였으며, '정유재란' 때 모두 불타버린 것이 1698년(숙종 24년)에 소규모로 재건됐다. 다시 1907년 의병과 일본군의 충돌로 완전 소실됐다가, 1909년과 1937년 두 차례에 걸쳐 중건됐다.

현존하는 당우로는 본전인 대적광전(大寂光殿)을 비롯, 극락전·산신각·함씨각·대방 등이 있다.

문화재로는 정도전(鄭道傳)이 글을 짓고 '의문'이 글씨를 써서 1386년(우왕 12년)에 세운 경기도 유형문화재 제72호 원증국사탑(圓證國師塔), 경기도 유형문화재 제73호 '원증국사 석종비', 고려 중기에 세운 높이 2.7m의 경기도 문화재자료 제21호 '용천리 삼층석탑'이 있다.

특히 구한말 의병들이 일제와 전투를 벌인, 국가보훈처 지정 현충시설이기도 하다.

양평의병(楊平義兵)은 이곳 사나사를 중심으로 용문사, 상원사를 근거지로 활발한 항일투쟁을 전개했다. 이를 탄압하기 위해, 일제는 1907년 10월 27일 일본군 보병 제13사단 제51연대 11중대로 습격해 왔다.

격전의 현장이 된 사나사는 당시 일본군에 의해 불타버렸는데, 복원된 대적광전 옆에 이런 역사를 알려주는 안내판이 있다.

무엇보다 사나사는 바로 옆 계곡이 백미(白眉)다.

이 계곡은 사나사를 지나 함왕봉, 장군봉을 거쳐 용문산 정상인 가섭봉(迦葉峰), 혹은 '백운봉'으로 오르는 등산로 옆으로 흘러내린다. 바로 '함왕골'이다.

수량이 사계절 내내 풍부하고, 한여름에도 발을 담그면 금방 시릴 정도로 찬 계곡물이 옥처럼 맑다. 곳곳의 바위들이 시퍼런 이끼에 뒤덮여 있는 원시계곡이다.

장맛비가 넉넉하게 내린 다음 날, 이 수려한 '비밀의 정원'을 찾아 나섰다.

수도권 전철 경의중앙선(京義中央線) '양평역'에서 내려 1번 출구로 나오면, 길 건너 왼쪽으로 농협이 보인다. 그 앞에 사나사 가는 버스가 있다. 약 20분 정도 걸린다. 버스를 오래 기다리기 힘들다면, 역 앞에서 택시를 이용하면 된다. 사나사까지 정액요금 1만 원이다.

용천리 마을회관 앞이나, 절 입구 공영주차장에서 내린다. 용천리(龍川里)는《조선왕조실록》1426년(세종 6년)에 지명이 나오며, 용문산과 '사천'의 두 지명을 합쳐 지은 이름이라고 전한다.

사나사 가는 길에 들어서자마자, 맑고 넘치는 수량의 계곡 물소리가 청량하고, 더위를 식히려는 피서객들로 붐빈다.

계곡을 끼고 용문산 품에 안겨 조금 올라가다 보면, 우측에 함왕혈(咸王穴)이란 샘이 있다.

안내판을 읽어보니, 이런 전설이 쓰여 있다.

옛날 용문산에 함씨족 마을이 있었는데, 어느 날 아침 하늘에 일곱 색깔 무지개가 뜨고, 이곳 샘 주변에 학과 까치, 사슴들이 모여 춤추고 노래를 불렀다. 그때 샘에서 튼튼하고 총명한 눈동자의 옥동자가 태어났다고 한다.

함씨족들은 이 옥동자를 왕으로 추대, 나라를 이루고 '함왕성'을 세웠다는 것이다. 조금 위쪽에 실제 함왕성 터(咸王城址)가 있다.

안내판에는 없는 얘기지만, 역사적 사실과 전설을 비교해 보면, 함왕은 고려의 개국공신이며 호족세력인 함규(咸規) 장군을 말하는 것이 아닐까, 향토사가들은 추정한다.

함규는 함왕성의 성주였다. 나말여초(羅末麗初) 당시 그는 양평지역에서 이름을 떨치던 호족으로, '견훤'과 '궁예'가 첨예하게 대립하고 있던 경계지역의 지배자였는데, 실리와 때를 기다려 고려 태조 왕건(王建)에게 귀의한다.

함규와 함씨 세력이 웅거하던 곳이 '함공성', 또는 '함씨대왕성'이라 한다. 함공성은 당시 2만 9,058척이었으나, 지금은 정문과 그 좌우로 이어지는 석축만 남아 있다고 전해진다.

정말 도로변에 석축 일부가 있는데, 돌들이 바위 수준으로 거대하다.

사나사 위쪽에도 함왕산성(咸王山城)이 있고, 용문산 '함왕봉'과 함왕골 등의 지명도 함씨 세력들의 유산이다.

작은 다리로 계곡을 건너, 계속 오른다. 사나사가 양평의병 전투지임을 알리는 안내판이 보인다. 용문산 함왕골에서 흘러내리는 용천(龍川)은 옥같이 맑고 투명하니, 용의 '미르내'다.

사나사는 지금은 작은 절에 불과하지만, 옛날에는 아주 큰 대찰이었고, 마을에 전해오는 얘기로는 사나사 이전에 대월사(大月寺)가 있었다고 한다.

푸른 숲속 고즈넉한 길을 좀 더 오르니, "용문산 사나사"란 현판이 걸린 일주문이 있다.

예전 승가고시가 치러지던 '서울' '봉은사'의 일주문을 옮겨온 것이라는데, 키가 훤칠하게 커서, 맞배지붕이 더욱 견고해 보인다. 뒤편 처마 밑에는 부서진 제비집이 눈길을 끈다.

일주문을 지나 산중에선 보기 드문 평평하고 넓은 분지를 지나면, 왼쪽으로 절집들이 모여 있다. 아담하고 조촐한 데다, 한적하다.

정면에 비로자나불(毘盧遮那佛)을 모신 대적광전이 있는데, 협시불인 '노사나불 불사 권선문'이 절 입구에 붙어 있다. 그 뒤로 가파르게 치솟은 산봉이, 마치 부처의 광배(光背) 같다.

왼쪽 위에 있는 아미타불을 모신 극락전은 대적광전보다 훨씬 소박하다.

대적광전 앞 오른쪽 아래엔, 절 규모에 어울리는 2.7m 높이의 예쁘장한 용천리 삼층석탑, '원증국사 석종부도탑' 및 석종비가 있다. 군데군데 깨지고 파손된 석종비(石鐘碑)가 안쓰럽다.

그 밑에 서 있는 석조미륵여래입상은 넉넉한 미소를 지녔다.

대적광전 우측 양옆에 산신각, 함씨각(咸氏閣)도 있다. 함씨각은 다른 절에는 없는 것이다.

이 절에 함씨각이 있는 것으로 보아, 사나사는 함규의 원찰이 아니었을까 하는 추정도 있다. 함규가 고려의 개국공신이었고, 사나사는 고려 건국 초기인 923년(태조 6년)에 창건됐다.

등산로 옆 나무 밑에는 식수를 담았던 대형 석조(돌 그릇)가 있고, 달마상(達磨像)이 그 앞에 기대앉아 있다. 배불뚝이 익살스러운 모습이다.

내처 산길을 오른다.

징검다리로 계곡을 넘나드는 울창한 숲길이다. 오른쪽에 함왕성지 가는 길이 있지만, 정상 쪽으로 직진한다. 수풀이 우거져 하늘이 잘 보이지 않고, 한 사람이 겨우 지날 수 있는 길이다.

초록싸리, 닭의장풀 등 여름 풀꽃들에 카메라를 들이대 본다. 길옆에는 예전에 화전민(火田民)들이 살던 집터 같은 곳들이 여럿 보인다.

계곡의 바위들은 온통 푸른 이끼를 뒤집어썼다. 유명한 가리왕산(加里王山) '이끼계곡' 못지않다. 가리왕산에는 '갈왕'이, 용문산에는 함왕이 살았다. 용문산이 가리왕산보다 못할 게 없다.

삼거리 왼쪽에 제법 큰 폭포가 숨어 있다.

이 정도 규모의 폭포면 이름이 있을법하지만, 안내판을 찾지 못했다. 폭포 물줄기도 큰 바위 왼쪽에 가려져 있어, 왼쪽 절벽으로 바짝 다가서야 전체를 볼 수 있다. 신비감마저 드는 폭포 밑 푸른 소(沼)가 꽤 깊어 보인다.

발을 담그니, 금방 시려 참기 힘들다. 사진도 찍고 즐거운 시간을 보내며 더위를 날려 보낸 후 하산, 양평역으로 돌아왔다.

■ '함왕'이 쌓았다는 성터

■ '용천리 삼층석탑'

■ 신비감마저 드는 폭포

■ '가리왕산' 못지않은 용문산 이끼계곡

■ '양평' '용문산' '사나사' 계곡

산 따라 강 따라 역사 따라 걷는
수도권 도보여행 50선

■ 옛날 함씨들의 왕이 샘에서 나왔다는 곳

■ '함왕골'에서 '용천'이 흘러내리는 계곡

# 아차산
# '긴고랑길'

---

계곡에 발 담그고 내려오면, 벽화와 명품 소나무

'서울특별시' '광진구'과 '경기도' 구리시 사이에 솟아 있는 아차산(峨嵯山)은 295.7m의 낮은 산이지만, 높이에 비해 무게감은 아주 큰 산이다.

아차산의 한자 표기는 옛 기록을 보면 《삼국사기》에는 '아차(阿且)'와 '아단(阿旦)' 두 가지가 있으며, '조선시대'에 쓰인 고려역사책인 《고려사》에 지금의 한자 명칭 아차가 처음 나타난다.

특히 이 산은 한양도성을 연결하는 내사산(북악산, 낙산, 인왕산, 남산)과 그 외곽을 넓게 둘러싸고 있는 외사산(북한산, 아차산, 덕양산, 관악산)의 하나였다. 그 안쪽, 특히 '한강' 이북지역을 한양도성(漢陽都城)의 주변부, 요즘 식으로는 수도권으로 보고, 조정에서 관리했다.

외사산을 선으로 이으면 대체로 지금의 서울시 경계와 일치하니, 예나 지금이나 사람들의 생각은 비슷한 것 같다.

당연히 외사산 중 '관악산'을 제외한 3곳은 국방상으로도 요충지였다. 북한산에는 '북한산성', 덕양산에 '행주산성'이 있다면, 아차산에는 '백제'가 처음 쌓은 아차산성(峨嵯山城)이 있다. 또 남한 내 최대의 '고구려' 유적이라는 보루(堡壘, 소규모 성채) 유적들이 다수 분포한다.

산줄기 측면에서도, 아차산의 지위는 특별하다.

아차산은 '백두대간'에서 갈라져 나온 한북정맥(漢北正脈) 중, '도봉산'에서 동남쪽으로 가지를 친 한 지맥이 '수락산'과 '불암산'을 일으키고, 다시 '망우리 고개'를 넘어 달려, 가장 끝에서 '한강'을 만나 누운 곳이다.

그 산줄기를 오르면, 서쪽으로 서울 시내, 동쪽으로 경기도 땅과 유장한 한강 물줄기가 한눈에 조망되니, 과연 명불허전(名不虛傳)의 명산이라 할만하다.

아차산 바로 옆에 있는 '용마산'의 해발 348m 정상인 용마봉(龍馬峰)은 옛날 용마가 튀어나와, 날아갔다는 전설이 있다.

이 용마봉과 아차산 사이에서, 중곡동(中谷洞) 쪽으로 내려오는 골짜기가 '긴 고랑골'이다.

골짜기가 길어서 '긴 골', '진골'이라 부른 데서 이름이 유래됐다고 하는데, 이 계곡은 이 주변에서 거의 유일하게, 발을 담글만한 물이 있는 곳이다. 여름이면 물놀이하기에 충분할 정도로, 계곡물이 넘치게 흘러내린다.

계곡을 따라 계속 내려오면, '긴고랑길 아트투어' 거리가 있다.

지하철 5호선 아차산역(峨嵯山驛) 1번 출구에서 도보로 15분 거리인, '중곡4동 주민센터' 인근 '긴고랑 공원'부터 계곡 입구까지, 약 1km의 골목 담벼락과 계단을 온통 벽화로 장식했다.

'중곡4동 주민자치위원회' 주관으로 청소년 미술동아리 학생들이 참여, 2010년부터 이듬해까지, 지역정체성과 테마형 디자인을 담은 풍경을 재현했다.

대표 작품은 35점이지만, 작고 앙증맞은 벽화들을 훨씬 많이 만날 수 있는 예쁜 거리다.

긴고랑 공원시설(公園施設) 벽에는 꽃과 나무, 나비가 가득하고, 언덕길 위주의 동네라 계단이 많은데, 그 계단들을 하나도 빠뜨리지 않고 예술(藝術)로 승화시켰다. 산과 들과 실제 나무들도, 한 폭의 그림으로 여겨질 정도다.

계곡 중간쯤에는 아차산을 돌아가는 둘레길도 있다.

둘레길을 따라 오르내리는 데크가 유독 많은 길이다. 문득문득 시야가 트이며 서울 시내가 내려다보이고, 위로는 용마봉이 손에 잡힐 듯하다.

그 길의 끝에 기원정사(祇園精舍)가 있다.

기원정사는 아차산 서남쪽 초입에 있는 아담한 비구니사찰로, 1978년 '설봉스님'이 창건했다. '신라' '문무왕' 때 '의상대사'가 창건한 고찰 영화사(永華寺)와는 약 100m 거리다.

기원정사는 본래 옛 '인도' '마갈타국'의 '기타태자' 소유의 동산을 '수달장자'가 구입, '석가모니'에게 보시한 데서 비롯된 승원을 뜻한다.

이곳 기원정사에는 이런 얘기가 전해진다.

설봉스님이 도심 포교를 위해 가람을 세울 곳을 찾다가, 아차산 중턱이 아름답게 보여 무작정 올라와 발길이 머문 곳이, 지금의 기원정사 대웅전 터였다고 한다.

　하지만 예부터 이 자리는 명당이라고 알려져 있어, 땅값도 비싸고 매입하기가 무척 어려웠다. 그런데 어느 날 땅 주인의 꿈에 어떤 스님이 길을 닦고 부처님을 모시고 기도드리는 모습이 나타났고, 같은 날 그의 남동생은 방안에 스님들이 가득 앉아 있는 꿈을 꾸었다고 한다.

　결국 땅 주인은 이 터를 설봉스님께 보시(普施), 기원정사를 창건하게 됐다는 것이다.

　전각이라곤 스님의 거처를 겸하고 있는듯한 대웅전 달랑 하나뿐인 이 절에서, 가장 볼만한 것은 앞뜰에 있는 멋진 소나무다. 우산처럼 넓게 가지를 펼친 그 넉넉한 품 안에, 족히 열댓 명은 품을듯한, 명품(名品) 소나무다.

　그 옆에 있는 소나무 2그루도 봐줄 만하다.

　소나무들 아래 앙증맞은 3층 석탑과 석조가 예쁘고, 대웅전 옆에 있는 약사여래불(藥師如來佛)은 새빨간 여인의 입술을 하고, 중생의 질병과 번뇌, 무지까지 치료하는 부처님이다.

　기원정사를 나와 골목을 쭉 내려오면, 지하철 아차산역이 나온다.

■ '아차산'에서 본 '한강'. '롯데타워'가 우뚝하다.

■ 수량이 풍부한 '긴고랑' 계곡

■ 아차산 둘레길 데크

■ 초기 '백제' 때 처음 쌓은 요새 '아차산성'

■ '용마산' '용마봉' 정상

■ '기원정사' 대웅전

# 연천
# 한탄강길

유구한 자연과 인류의 역사, 그리고 고구려

한탄강(漢灘江)은 '임진강'의 가장 큰 지류다.

'강원도' '평강'의 '추가령' 골짜기에서 발원, '철원'과 연천(漣川)을 거쳐 '전곡'에서 임진강과 합류하는 한탄강은 분단의 상징인 휴전선(休戰線)을 가로질러 흐르기에, 이름조차 한탄일까?

그건 아니다. 한탄이란 '한 여울', 곧 큰 여울을 뜻하는 말이다.

바닥이 얕거나 폭이 좁아, 물살이 급한 개울을 '여울'이라 한다. 한자어로 쓴다면 천탄(淺灘)이 되겠으나, 고유어 '한'을 섞어 한탄이 되었다. 지명이 주는 어감 때문인지, '이 강 이름은 한탄(恨歎)이 아닐까' 하는 오해를 받으면서, 오늘날 '한민족' 비극의 대명사가 된 느낌이다.

그러나 한탄강은 우리나라 어느 강보다 변화무쌍하고, 풍광이 수려하기로 이름난 강이다.

발원지에서 임진강의 합류지점까지 현무암으로 된 용암지대(鎔巖地帶)를 흐르기 때문에, 곳곳에 '주상절리' 수직절벽과 협곡이 형성돼 절경을 이룬다.

한탄강과 임진강 지역은 약 54만~12만 년 전 화산폭발로 인해 형성됐으며, 그 당시 흐른 용암으로 인해, 검은색으로 구멍이 숭숭 뚫린 '곰보 돌' 현무암(玄武巖)으로 이뤄진 절벽, 주상절리와 폭포 등 다양하고 아름다운 지형과 경관을 갖게 됐다.

주상절리(柱狀節理)란, 마그마 또는 용암 등이 급격히 식을 때 수축 현상에 의해 생기는, 기둥모양의 절리(joint)라는 뜻으로, 지형 용어로 암석에 생기는 갈라진 틈 또는 결을 의미한다.

과거 화산활동이 활발했던 곳에서 볼 수 있는데, 우리나라에선 제주도 여러 해안, 울릉도, 광주 무등산, 한탄강 일대, 경주, 포항 등의 주상절리가 유명하다.

연천에는 또, 한탄강의 지류인 차탄천(車灘川)이 흐른다.

냇물이 수레바퀴처럼 빙빙 돈다 하여 '수레여울', 곧 차탄이라 부르게 된 것으로 추정된다.

전하는 말에 의하면, 옛날 이 고을 원님이 수레를 타고 민정을 살피다가, 이곳 넓은 여울에서 수레와 함께 빠져 죽은 일이 있었다고 한다. 이후 선정을 베풀던 원님의 덕을 기려, 고을 이름조차 '차탄리'라 불렀다는 설도 있다.

특히 이 한탄강과 차탄천, 임진강 일대는 지난 2020년 7월 '유네스코' 세계지질공원(世界地質公園)으로 지정된, 대한민국의 자랑이자, 희귀하고 소중한 자연 문화재다.

지질공원이란, 특별한 과학적 중요성과 희귀성, 또는 아름다움을 지닌 지질현장으로서, 지질학적 중요성뿐만 아니라 생태학적, 고고학적, 역사적, 문화적 가치도 함께 지니고 있는 지역으로 보전, 교육 및 관광을 통하여 지역경제 발전을 도모하자는 의미다.

우리나라에서는 제주도(濟州道)가 2010년 처음 지정된 바 있다.

'한탄강 지질공원'은 국내 최초로 강을 중심으로 형성된 지질공원으로, 한탄강과 그 하류에 위치한 임진강과의 합수(合水) 지점을 포함하고 있다.

'한탄강 국가지질공원(제7호)'은 면적이 1164.74㎢(포천 493.3㎢, 연천 273.3㎢, 철원 398.06㎢)로 24개소의 지질명소(地質名所, 포천 11개소, 연천 9개소, 철원 4개소)가 있다. 지질시대는 '선캄브리아기', '고생대', '중생대(트라이아스기, 쥐라기, 백악기)', '신생대' 제4기 등이다.

2015년 12월 '환경부' 고시로 처음 인증됐고, '한탄강 지오페스티벌'이 개최되며, '한탄강 지질공원센터'가 있다. 또 여러 곳이 국가명승(國家名勝), 천연기념물 등으로 지정돼 있다.

한탄강에는 또, 전곡리(全谷里) '구석기 유적'을 빼놓을 수 없다.

'경기도' '연천군' '전곡읍' '전곡리'에 있는 사적으로, 한반도에서 발견된 구석기(舊石器)시대 유적지 중, 가장 오래된 곳이다.

1977년 '그렉 보웬'이라는 '주한미군' 공군 상병이 '동두천' 미군부대의 가수였던 한국인 애인과 한탄강 변에서 데이트하던 중, 커피를 마시려고 물을 끓이기 위해 돌들을 모았다. 그때 '이상한 돌'들을 보고 뭔가를 알아차려, 그 돌을 챙겨와 '프랑스'의 고고학 권위자에게 보냈다.

돌이 바로 약 30만 년 전 것으로 추정되는, 전기 구석기시대의 '전곡리 주먹도끼'다.

'서울대학교박물관'은 전곡리 일대에서 구석기 유물 약 4,500여 점을 획득했다. 우연히 나간 데이트 장소가 구석기 유적지였고, 여자친구가 수많은 돌 중 하필 주먹도끼를 주워왔으며, 남자친구가 고고학(考古學) 전공자였다는 점이라는 점에서, 거의 '기적적'인 일이었다.

전곡리 구석기는 '아슐리안형 주먹도끼'라 부른다. 발견되기 전까지는 '인도' 동쪽에는 아슐리안형 구석기문화가 존재하지 않았고, '유럽'이나 '아프리카'와 달리 주먹도끼 문화도 없었다는 게 세계 고고학계의 정설이었으나, 이 대 발견으로 전 세계의 모든 교과서가 다시 쓰였다.

덕분에 연천은 '구석기 마케팅'에 열심이다.

연천군의 '마스코트'도 구석기인이고, 전곡리 구석기축제(舊石器祝祭)는 지방자치단체의 지원 속에 큰 규모를 자랑하며, 경기도의 도움으로 2011년 4월 25일 '전곡선사박물관'이 개관했다.

국내에서 유일하게 화석인골 모형을 전시해 놓은 박물관이며, 내부 컨셉은 동굴인데 프랑스의 유명 디자이너 '니콜라스 데마르지에르'가 설계했다고 한다. 전곡선사박물관(全谷先史博物館)은 2017년 9월 무료 개방됐다. 2021년 4월 성인 1,000원이던 유적지 입장료도 없어졌다.

이게 다가 아니다. 전곡리 한탄강 변에는 '고구려'의 '은대리성'도 있다.

사적으로 지정된 은대리성(隱垈里城)은 역시 연천에 있는 '호로고루성', '당포성'과 함께 '남한'에 남아 있는 '고구려 3대 성'의 하나다. 이 성들은 소규모 진지인 '서울' 근교 '아차산', '용마산', '망우산' 등에 있는 보루(堡壘) 수준이 아니다. 그보다 규모가 훨씬 큰, 대규모 요새인 것.

은대리성은 한탄강의 북쪽 기슭, 차탄천 합류지점에 형성된 삼각형의 하안단구 위에 축조된, 강안평지성(江岸平地城)이다. 형태는 삼각형으로, 내성과 외성의 이중구조로 이뤄져 있다.

성곽의 전체 길이는 약 1,005m이고 동서 400m, 남북 130m다. 내부 면적은 약 7,000평 정도인데, 일부는 경작지로 이용되고, 나머지 부분에는 울창한 소나무 숲이 조성돼 있다. 성벽은 흙과 돌을 섞어 쌓았는데, 양쪽 기단부만 돌이고 안쪽과 기단 윗부분은 흙을 다져 쌓았다.

동쪽과 북쪽 성벽이 상당 부분 훼손된 상태이나, 성 내부의 보존 상태는 비교적 양호한 편이다. 성의 남쪽과 북쪽은 한탄강에 접한 수직 낭떠러지로, 동쪽 외에는 접근이 불가능한, 천혜의 자연요새(自然要塞)다.

성안에는 문지 3개소, 건물지 1개소, 치성(치 2개소)이 확인됐고 철기 조각과 '백제'의 것으로 보이는 토기 조각, 그리고 회식 연질(軟質)의 고구려 토기 조각이 수습됐다.

오늘은 이 한탄강을 중심으로, 한탄강 유원지(遊園地)와 구석기 유적지, 그리고 은대리성을 돌아보는 일정을 짰다.

연천으로 가는 대중교통은 아직 불편하다. 수도권 전철 1호선이 연천까지 연장되는 공사가 진행 중이지만, 아직 개통되지 않았다. 가장 좋은 교통편은 1호선과 지하철 7호선 환승역인 '도봉산역' 1번 출구에서 대로를 건너, 환승(換乘)센터에서 39번 버스를 타는 것이다.

연천에서 '잠실역'을 거쳐 '분당'으로 가는 3300번 버스도 좋은데, 배차간격이 1시간이다. 39번 버스 편으로, 한탄강에서 내렸다. 그 앞에 '한탄강역'도 있는데, 전철이 개통되면 편해질 것이다.

연천군 대형 관광지도가 반겨준다.

'한탄강 유원지'로 들어가기 전, 먼저 한탄강 다리를 건넌다. 한탄강에는 새로 놓인 큰 다리와, 편도 1차선짜리 구 다리, 또 열차가 지나는 철교(鐵橋) 등, 3개의 다리가 나란히 있다.

한탄강을 건너 조금 걸으면, 옛 '38도선'임을 알리는 돌비석이 있다. 연천은 대부분 지역이 '한국전쟁' 이전에는, '38선' 북쪽의 '북한' 땅이었다.

여긴 '청산면' '초성리' 땅이다. 가장 먼저 보이는 것은 '6.25 참전 기념탑(參戰記念塔)'과 '6.25 참전용사상'. 연천군 출신 참전용사 665명의 애국 혼을 기리는 조형물들이다.

이어 '38선 돌파기념비'가 있다. 한국전쟁 당시인 1951년 5월 28일 '미군' '제1기갑사단'이 세 번째로 38선을 돌파한 것을 기념하는 탑이다. 그 옆에는 '찰스 엘 배저 중령 충혼비(忠魂碑)', 그 너머엔 2011년 구제역 방역작전 중 순직한 '고 권인환 일병 추모비'가 있다.

그 왼쪽에 38선이라 쓰인, 크고 낡은 돌비석이 눈길을 끈다. 비석 하부엔 '박희진'의 시 〈애향가(愛鄕歌)〉가 새겨져 있는데, 생뚱맞은 느낌이다.

그 앞 초성리에서 전곡읍으로 진입하는 3번 국도 구간에는 '구석기의 고장' 입구를 알리는 상징물로, 대전차방호벽(對戰車防護壁) 위에다 선사시대 원시인, 매머드 입상 등을 올려놓았다.

다시 한탄강을 건너와, 유원지 입구로 들어섰다.

캠핑카들이 즐비한 주차장 옆 시멘트 블록담장에 "한탄강유원지"라 쓰여 있고, 도로 건너편에는 커다란 풍차(風車) 3개가 시선을 사로잡는다. 오리배 타는 곳도 있는데, 낚시가 가능하고 견지낚시는 무료이며, 물총장난감도 증정한단다.

길 건너편엔 '인디언' 텐트 모양의 글램핑장 숙소들이 보인다.

강이 전체적으로 잘 조망되는 지점, 주차장 입구에 자리를 잡고 점심을 해결한다. 강은 유유히 흐르고, 제법 넓은 백사장(白沙場)이 펼쳐져 있다. 왼쪽에 한탄강 다리들이 달려간다.

이곳에는 '연천 세계 캠핑 체험존'도 있어, 모바일 예약과 결제가 가능하다. 방갈로와도 같은 숙소들이 즐비하다. '한탄강관광지 관리사무소'를 지나 도로를 따라 조금 가면, 고가도로 밑 우측에 구석기 유적지 가는 길이 보인다.

얼마 안 가니, 구석기 유적이 있다. 차량은 출입금지다.

유적지 안에는 원시인(原始人)을 표현한, 앙증맞은 조형물들이 보인다. 사람들이 꽤 많다. 전곡리유적 구석기 바비큐 체험장 앞, 구석기인들이 사냥하는 모습을 재현해 놓았다. 나무열매를 채집(採集)하는 여인들, 구석기 발굴 체험장도 있다.

'선사인의 집짓기' 체험장에는 원뿔형 움집의 틀만 몇 개 설치됐다. 원형의 체험장 건물 벽에는 구석기시대의 동굴벽화 복원도가 보인다.

전곡리 토층전시관(土層展示館) 입구, 지붕 위에는 이곳에서 발견된 주먹도끼 모형이 세워져 있다. 전시관 내부엔 유적에 대한 설명, 주먹도끼를 만드는 방법 그림, 실제 발굴된 유적 토층 등이 전시돼 있다.

그 반대쪽에는 구석기인들의 움집을 재현해 놓았다. 내부는 텅 비어 있다.

아래쪽 넓은 공터에는 거대한 매머드 모형, 야생(野生) 동물들, 짐승을 사냥하고 잡은 것을 운반하는 구석기인들, 이런저런 작업을 하는 모습 등, 볼거리들이 제법 많다. 특히 매머드 상아와 뼈 등으로 만든 동굴집이 이색적이다.

잡은 짐승 한쪽 다리를 드는 모형 옆, 아이들이 구석기인과 기념사진을 찍는다.

구릉 위 삼거리에서 직진하면 전곡선사박물관과 '구석기 체험 숲'이, 오른쪽엔 선사체험(先史體驗) 마을과 음식 체험장, 왼쪽에는 유적지 입구가 나온다.

입구로 향한다.

여기도 구석기인들의 생활, 매머드 사냥모습 등을 재현한 조형물들이 즐비하다. 입구 근처 '생각쉼터'엔, 그 이후 문명시대(文明時代) 유물들이 전시돼 있고, 유적 안내도도 보인다. '유적 방문자센터' 앞에는 큰 나무 형상의 조형물 아래, 남녀 구석기 아이들이 인사를 건넨다.

대형 유적지 안내도 앞으로 지나, 유적을 완전히 벗어났다. 강변을 따라 북동쪽으로 걷는다.

한탄강을 가로지르는 작은 다리를 건너 반대쪽으로 700여 미터 가면, 오른쪽 위 언덕이 국사봉(國思峰)이다.

국사봉은 '고려' 말의 충신 김양남(金楊南)에서 유래했다. 그는 '우왕' 때 문과에 급제했고, 과거 동기였던 '태종' '이방원'과 우정이 두터웠다. 그러나 나라가 망하자, 전곡읍 '은대3리'에서 숨어 지내며, 매일 이 봉우리에 올라 '개성'을 향해 통곡하며 재배를 했다.

그래서 국사봉이란 이름이 생겼다.

그는 집 근처에 학소정(鶴巢亭)을 짓고, 평생을 '고려의 신하'로 절의를 지키며 생을 마쳤다. 태종이 그 인품에 감동해 여러 번 벼슬을 내리며 불렀으나, 모두 응하지 않았다.

현재 고려 말의 다섯 충신을 모시는, '의정부' 소재 송산사(悚山祠)에 배향돼 있다고 한다.

하지만 은대리성으로 가기 위해 오른쪽 길을 따라가다가, 선사유적지 삼거리에서 왼쪽의 '은대성로'를 택했다.

길 왼쪽 절벽 아래, 한탄강이 유유히 흐른다. 강 한쪽은 수직 낭떠러지고, 다른 한쪽은 백사장이다. 국궁(國弓) 활터도 내려다보인다. 궁사들이 화살을 줍고자 가고 있다. '쌍용아파트' 앞과 삼거리를 지나면, '연천군 보건의료원(保健醫療院)'이 있다.

그 앞을 지나면, 오른쪽 언덕 위가 은대리성이다.

한탄강과 차탄천의 합류지점에 형성된 여울은 수심이 낮아, 강을 쉽게 건널 수 있다. 은대리성은 이 군사적 요충지를 통제하는 고구려 성이다.

북벽과 남벽은 자연절벽을 그대로 활용했고, 동벽은 동쪽의 개활지를 가로질러 축조했다. 삼각형의 대지 위에 조성된 성으로, 고구려의 남진정책(南進政策)과 관련된 중요한 요새다. 동벽에 2개의 성문터가 있는데, 문과 성벽은 많이 허물어졌지만 원형은 뚜렷이 남아 있다.

성안으로 들어가면, 한탄강의 주변 지형이 잘 굽어 보인다.

전망대 밑 절벽 아래, 한탄강과 차탄천이 만나는 여울에는 '삼형제 바위'가 있다.

옛날 한 과부가 아들 삼 형제를 길렀는데, 여름에 더워 강에서 목욕을 했다. 그런데 아들 셋 모두 한꺼번에 물에 빠져 죽고 말았다. 과부가 울부짖으면서 강가를 헤맨 지 3달 만에 삼 형제가 나타나, 바위가 됐다는 전설이 있다.

차탄천은 한탄강과 달리 제법 넓은 하상평지(河床平地)가 있지만, 조금 거슬러 올라가면 비슷한 모습이다. 작은 다리가 초라하다. 전망대 아래 급경사 계단이 있는데, 서벽 이 성문터는 흔적을 찾아보기 어렵다.

성을 반대쪽으로 돌아간다. 군데군데, 한탄강의 상징인 현무암 곰보 돌들이 모여 있다. 한쪽에는 육각형 정자도 있다. 이 성 내에는 고인돌도 2기 있다. 은대리 고인돌(隱垈里支石墓)다.

서문 터 계단을 내려와, 차탄천 변 제방 길에 섰다. 이 길은 '차탄천 에움길'이다.

'지오 트레일' 차탄천은 '서울'과 '원산' 사이, 좁고 긴 골짜기인 추가령지구대(楸哥嶺地溝帶)를 따라 북에서 남으로 흐르는, 주민들의 '젖줄'이다. 그 차탄천을 따라가는 약 9.9km의 길이 에움길이며, 주상절리 등 다양한 암석과 지질을 만날 수 있는 암석박물관(巖石博物館)이다.

돌아보니, 한탄강과의 합류지점에 삼형제바위가 보인다.

에움길을 따라간다. 곧 하천 건너편에 우뚝 솟은, 검은 주상절리가 이리 오라 손짓한다.

차도를 만나, 오른쪽 도로를 따라간다. 길옆에도 하천 변이 아닌 육지임에도, 주상절리 절벽이 솟아 있고, 그 위에 아파트가 있다. 저 위는 평지(平地)라는 얘기다.

길을 따라 전곡읍내 쪽으로 걷다 보면, 오른쪽 위로 조금 높은 언덕이 있다. 주민들의 쉼터인 은대공원(隱垈公園)이다. 공원 오른쪽은 '전곡읍 행정복지센터'다. 야외공연장 같은 곳도 있다.

공원 입구 우측 언덕은 '유아 숲 체험관'이다.

공원을 나와 대로 밑을 통과하는 터널 속에는, 연천을 상징하는 구석기인들 벽화가 그려져 있다. 호로고루성 등, 다른 유적지 사진도 전시해놓았다. 터널을 지나니, 길옆 축대(築臺)가 대형 현무암 바위들로 쌓은 것이다. 연천에서만 볼 수 있는, 독특한 풍경이다.

읍내로 나와, 부대찌개로 배를 채우고, 버스터미널로 향한다. 마침 3300번 버스시간이 멀지 않다. 잠실까지 쉽고 편하게 돌아왔다.

■ 북위 '38도선'이 지나는 지점

■ '전곡리 구석기 유적' '토층전시관'

■ 굽이쳐 흘러가는 '한탄강'

■ 한탄강의 지류인 '차탄천'

■ 은대리성 성벽과 성문터

■ '한탄강 유원지'

■ 구석기인들의 움집을 재현

산 따라 강 따라 역사 따라 걷는
수도권 도보여행 50선

■ 매머드 상아 등 동물 뼈로 만든 집

■ 구석기인들의 생활모습

■ '고구려' '은대리성'

산 따라 강 따라
역사 따라 걷는

# 수도권
# 도보여행
# 50선

초판 1쇄 발행   2023. 6. 26.

**지은이**   윤광원
**펴낸이**   김병호
**펴낸곳**   주식회사 바른북스

**편집진행**   김재영
**디자인**   김민지

**등록**   2019년 4월 3일 제2019-000040호
**주소**   서울시 성동구 연무장5길 9-16, 301호 (성수동2가, 블루스톤타워)
**대표전화**   070-7857-9719 | **경영지원**   02-3409-9719 | **팩스**   070-7610-9820

•바른북스는 여러분의 다양한 아이디어와 원고 투고를 설레는 마음으로 기다리고 있습니다.

**이메일**   barunbooks21@naver.com | **원고투고**   barunbooks21@naver.com
**홈페이지**   www.barunbooks.com | **공식 블로그**   blog.naver.com/barunbooks7
**공식 포스트**   post.naver.com/barunbooks7 | **페이스북**   facebook.com/barunbooks7

ⓒ 윤광원, 2023
**ISBN** 979-11-93127-45-2 03810